FELIX KUCHER

KAMNIK

Gedruckt mit freundlicher Unterstützung der Kulturabteilung der Stadt Wien.

FSC
www.fsc.org
MIXTE
Papier issu de sources responsables
FSC® C004378

Grafische Gestaltung: Dorothea Löcker, Wien
Umschlagabbildung:
© MsMoloko/iStockphoto
Druck und Verarbeitung:
EuroPB, s.r.o., Tschechische Republik
ISBN 978-3-7[redacted]

Informationen über das aktuelle Programm
des Picus Verlags und Veranstaltungen unter
www.picus.at

FELIX KUCHER

KAMNIK

ROMAN

PICUS VERLAG WIEN

I

1

BUENOS AIRES, 1947

»Er hat Deutsch gesprochen. Ich habe versucht, Spanisch mit ihm zu reden, aber ich habe dann gemerkt, dass er mich nicht verstanden hat. Ich wollte nicht Deutsch reden.«

Veronika sagte es etwas zu schnell, unter der Entschuldigung schimmerte etwas durch, das Anton schon ausgelöscht geglaubt hatte. Er blies Luft durch die Nase. *Er hat Deutsch gesprochen.* Und wenn schon. Sie würden ihn nicht wiedersehen.

Anton musste daran denken, wie oft Veronika den Satz früher gesagt hatte. Der hat mit uns Deutsch gesprochen, schau, diese Familie pflegt auch noch Deutsch als Haussprache. Aber er hatte damals beschlossen, nur noch die Sprache der neuen Welt zu sprechen, und sie hatte sich gefügt. Er wollte nicht mehr an die alte Welt erinnert werden, an all das, was zurücklag, und sie hatte in das Vergessen eingewilligt. Anfangs, als sie das Verbot manchmal nicht beachtete, sagte er dann Sätze wie: Denk an die Armut und das Elend, das du zurückgelassen hast. Denk daran, wie du als Kind gehungert hast. Denk daran, wie aussichtslos alles war. Deutsch wird uns immer an die Armut erinnern. Hier ist unsere Zukunft, Spanisch ist ein Teil davon. Zehn, zwölf Jahre musste das her sein, mein Gott.

Und es hatte nur wenige Monate gebraucht, um die Sprache auszumerzen. Kurz hatte sich nach einigen Jahren ein Schlupfloch aufgetan: Als Anita ihre ersten Wörter brabbelte, musste Deutsch für Geheimnisse herhalten, vor Weihnachten oder wenn sie über Affären von Bekannten tratschten. »Warum redet ihr so komisch?«, fragte Anita zum ersten Mal, als sie fünf war.

»Ein Spiel von Mama und Papa«, sagte er anfangs. »Weißt du, wir spielen auch manchmal, mit Worten, einfach so. Es bedeutet nichts.« Dann hatte sie zu fragen aufgehört. Und die deutschen Worte wurden seltener und starben schließlich ganz.

Und jetzt wieder dieser Satz. »Er hat Deutsch gesprochen.«

Veronika reichte ihm ein Stück Papier.

»Das ist seine Karte. Ich finde es nett, dass er uns geholfen hat. Er hat die Rettung verständigt, ich musste ja bei Anita bleiben. Er hat mit uns gewartet, bis die Ambulanz eingetroffen ist.«

Anton musterte das Stück Papier, das sie ihm vor die Nase hielt, blickte auf seine Frau, die vor ihm stand, blickte auf seine Tochter, die auf dem Diwan lag, das rechte Bein in Gips. Nur wenige Minuten vor ihm waren sie nach Hause gekommen, Unfall beim Spielen. Er war völlig ahnungslos gewesen, Veronika hatte keine Zeit gefunden, ihn über den Vorfall zu verständigen. Er war in Erwartung von Essensgeruch aus der Firma gekommen und das Erste, was er sah, als er die Tür zur Wohnküche öffnete, war seine Tochter, die mit einem Gips am Bein auf dem Diwan lag. Warum musste sie ausgerechnet auf einen Baum steigen? Von ihm konnte sie das Draufgängerische nicht haben.

»Franz Steiner«, las er. »Fa. Foerster – technische Zeichnungen.« Die Adresse lag in Belgrano, ein paar Straßen weiter.

Anton wusste nicht, was er mit der Karte anfangen sollte.

Er wandte sich von Veronika ab, legte die Karte auf die Anrichte und ging zu Anita.

»Komm, ich trage dich in dein Zimmer!«

Sie legte die Arme um seinen Hals und ließ sich aufheben.

Schwer war sie geworden, dachte Anton, als er die Treppe in den ersten Stock hinaufstapfte. Er öffnete die Tür mit dem

Ellenbogen. Ein Mädchenzimmer mit weißen Möbeln, rosa Tapete und Rüschenvorhang. Er legte sie ins Bett, deckte sie zu und setzte sich an die Bettkante.

»Es wird schon wieder. Tut es noch sehr weh?«

Anita schüttelte den Kopf, aber er merkte, dass sie die Zähne zusammenbiss. Sie wird jeden Tag größer, ich habe zu wenig Zeit für sie, dachte er.

»Das kommt bald wieder in Ordnung. Weißt du, ich habe mir auch einmal den Fuß gebrochen, da war ich schon etwas älter. Da war kein Arzt weit und breit. Aber bei jungen Menschen heilt das schnell. Und es ist ja nur angebrochen, nicht durch, hat Mama gesagt.«

Er versuchte linkisch, die Liegende zu umarmen.

»Du wirst bald elf, bist ein tapferes Mädchen.«

Er wusste schon lange nicht mehr, was er mit ihr reden sollte. So wenig Zeit. Was interessierte elfjährige Mädchen? Zuckerwatte? Pferde? Unter der Woche kam er immer spät aus dem Betrieb, und auf den sonntäglichen Ausflügen in den Palermo-Park oder in den Zoo zum Ponyreiten sprachen sie oberflächlich über die Schule, den schönen Tag und über die Dinge, die sie im Moment taten: eben spazieren oder Ponyreiten. Die Wochenenden waren für ihn wertvoll, mühsam erkämpftes Familienterrain nach so vielen Jahren der Plackerei und des Verzichts.

Er streichelte ihr übers Haar und blickte auf das Muster des Polsters. Rosen und Girlanden, rosa, weiß und grün.

Die Tür öffnete sich, Veronika kam herein. Sie trug einen Wasserkrug in der Rechten, mit der Linken stemmte sie eine Waschschüssel in die Hüfte.

»Komm, ich löse dich ab. Anita soll schlafen. Ich mache vorher noch Katzenwäsche.«

Anton erhob sich, dankbar.

Zwei Stunden später trat Veronika durch die Küchentür.

»Sie schläft jetzt.«

Sie sah müde aus. Anton schlug die Zeitung nieder. Er genoss es, abends im Lesesessel die Artikel zu überfliegen, auch wenn selten Gutes darin stand. Der Krieg war vorbei, jetzt übernahmen die Kommunisten Osteuropa.

»Gut.«

Veronika setzte sich an den Tisch und räumte die Rezepte weg.

»Es wird schon wieder, meinst du nicht?«

»Sicher.«

Er nahm die Zeitung wieder hoch. Diese banalen Dialoge! Was sollte man auf solche Fragen antworten?

Sie erhob sich, trat an den Herd und stellte einen Topf auf das Gaskochfeld.

Er blickte von der Zeitung auf und sah Zucker und Milch auf der Anrichte stehen. Bald würde der süße Karamellduft von *Dulce de leche* die Küche erfüllen.

Er schüttelte die Zeitung, um das Papier zu richten. Sowjetunion lehnt Marshallplan für Osteuropa ab.

Anita hatte einen Unfall gehabt. War einfach nur gestürzt. Nach drei Wochen würde sie wieder im Garten herumspringen, bei Kindern ging das so schnell. Er erinnerte sich an das Gesundbeten seiner Mutter. Wenn er sich einen blauen Fleck zugezogen hatte, spuckte die Mutter darauf, verrieb den Speichel und blies ihm Kühlung zu. Wenn etwas sehr wehtat oder er Fieber hatte, bat sie einen Heiligen um Beistand, Marija, poma'aj!, oder betete ein Gesätz des Rosenkranzes.

Er wollte die Zeitung lesen. Er hörte, wie Veronika die Milch in den Topf goss.

»Sollten wir uns diesem Steiner erkenntlich zeigen?«

Ihre Frage überraschte ihn. Er senkte die Zeitung.

»Wir könnten ihn zum Kaffee einladen«, sagte Veronika.

»Ja, wenn du meinst. Ich hätte ihm sonst eine Karte geschrieben und mich bedankt.«

Veronika hielt kurz inne, rührte und goss wieder Milch in den Kochtopf.

»Wir könnten wirklich einmal jemanden zum Kaffee einladen. Andere machen das auch.«

Anton hob den Kopf. Er grübelte, ob aus dem Satz ein Vorwurf herauszuhören war. Er schlug die Zeitung zusammen, erhob sich, drückte Veronika an sich und gab ihr einen Kuss.

»Meinetwegen. Wenn du es möchtest.«

Er setzte sich an den Schreibtisch im Wohnzimmer. Selten genug saß er da und schrieb private Briefe. Er überlegte.

Veronika hatte ja recht, sie kannte ihn zu gut. Er wollte mit anderen Menschen nur zu tun haben, wenn es unbedingt nötig war. In der Firma war es unumgänglich. Aber darüber hinaus? Wozu sich anderen Menschen anbiedern, er brauchte nichts von ihnen. Ihm hatte niemand etwas geschenkt, daher wollte er auch nichts von anderen. Außerdem wusste man nie, wem man trauen konnte in diesem Land. Das war in all den Jahren nicht anders geworden.

Hatte er Freunde? Damals, auf der Farm, ja, gemeinsam schuften und darben schweißt zusammen, das waren vielleicht Freunde gewesen, später dann Hugo. Aber jetzt? Die Leute in der Firma waren Untergebene, die vor ihm duckten. Die Zeiten, in denen er mit ihnen gefeiert hatte, waren lange vorbei. Mit den Österreichern in Belgrano, die vor zwei Jahren noch an den Endsieg geglaubt hatten, wollte er nichts zu tun haben. Er nahm Papier und Füllfeder.

Sehr geehrter Herr Steiner!

Ich danke Ihnen, dass Sie so freundlich waren, den Kranken-

wagen zu rufen und sich um meine Frau und meine Tochter zu kümmern, als diese neulich einen Unfall hatte.

Da ich gehört habe, dass Sie auch Österreicher sind, möchte ich Sie als kleines Dankeschön für einen der nächsten Sonntage zu Kaffee und Kuchen einladen. Wir trinken den Kaffee immer nach dem Essen gegen zwei Uhr.

Ich würde mich freuen, Sie kennenzulernen und Ihnen persönlich zu danken.

Anton Lipic

Er schrieb die Adresse darunter und widerstand der Versuchung, zwischen den Absätzen Tilden oder andere Verzierungen anzubringen, wie er es früher getan hatte.

Nachdem ein Wochenende verstrichen war, hatte er nicht mehr geglaubt, dass dieser Steiner aufkreuzen würde.

Am zweiten Sonntag, sie hatten das Essen auf der Terrasse des Hauses gerade beendet, schrillte vier Minuten vor zwei die Türglocke. Es war Ende Februar, der Herbst kündigte sich an und die ersten Blätter fielen von der Birke des kleinen Gartens, der das Haus umgab, und sprenkelten ein gelbes Muster auf den graugrünen Rasen. Anton hatte seinen Blick in dieses Muster versenkt, als ihn das Klingeln hochschrecken ließ.

Veronika war wohl gerade in Anitas Zimmer, sie hatte ihr über die Treppe geholfen und die Glocke vielleicht nicht gehört. War der Gedanke, dass Steiner vielleicht heute kommen könnte, zwischen beiden während des Essens noch im Raum gestanden, hatte er sich bald darauf verflüchtigt wie der Dampf über dem Suppentopf. Jetzt aber hatte Anton mit einem Schlag die Gewissheit, dass es sich um den Fremden handelte.

Wer sollte es sonst sein? Es klingelte ein zweites Mal.

Er erhob sich, sah Anita gerade von der Treppe herunterkommen, sagte im Vorbeigehen nur »Kaffee« und deutete zur Haustür. Durch das Rauchglassichtfenster der Tür zeichnete sich die Kontur eines Mannes mit Hut ab.

Anton öffnete. Vor ihm stand ein hagerer Mann Anfang fünfzig, der offenbar wenig geschlafen hatte, tadelloser beiger Anzug, Krawatte, Hut, unruhige Augen, energisches Kinn. Er zog den Hut.

»Guten Tag. Mein Name ist Steiner. Herr Lipic?«

Anton starrte ihn an. Er hatte Deutsch gesprochen, aber darauf war er vorbereitet gewesen. Aber der Akzent. Dieser Akzent, mit dem auf einmal die Vergangenheit wieder da war. Er war auch aus Kärnten. Die Verblüffung übertönte den Ärger, dass der Gast einfach auf Deutsch loslegte. Einem anderen hätte er ein *Buenos días!* entgegengeschmettert, aber es schnürte ihm die Kehle zu.

»Guten Tag! *No habla castellano?*«

Er versuchte das gezischte Doppel-L möglichst argentinisch hinzubekommen.

Der Mann räusperte sich.

»Entschuldigen Sie, ich spreche nur schlecht Spanisch, ich bin noch nicht lange hier. Vielen Dank für die Einladung.«

Der Akzent. Wie der Geruch eines erdfeuchten Raumes, eine Erinnerung an Rückständigkeit, Armut, das alte Leben. Anton schluckte und versuchte sich zu fassen.

»Aber gerne, bitte kommen Sie herein! Wir haben ja mit Ihnen gerechnet«, sagte er. Er hatte einen Kloß im Hals.

Sie würden Deutsch sprechen müssen, schoss es ihm durch den Kopf, als er voranging. Und wenn schon, er würde es überleben. Ruhig atmen. Er kann nichts dafür. Er geleitete den Gast auf die Terrasse, wo Veronika gerade das Kaffeegeschirr aufdeckte.

»Darf ich vorstellen? Meine Frau Veronika. Sie ist auch Österreicherin, wir haben uns aber erst hier kennengelernt. Aber ich bin ein Dummkopf, Sie kennen sich ja.«

Veronika blickte Anton erstaunt an – er hatte sie seit Jahren nicht mehr auf Deutsch angesprochen. Sie reichte dem Besucher die Hand, suchte nach deutschen Worten.

»Sehr erfreut, Sie wiederzusehen.«

»Anita hat schon gefragt, ob Sie wirklich kommen. Sie hat sich nach dem Essen niedergelegt, schläft aber nie länger als eine halbe Stunde. Der Gips kommt schon übernächste Woche herunter. Aber verzeihen Sie, alles der Reihe nach.«

Steiner lächelte höflich. »Vielen Dank, Sie sind sehr freundlich.«

Er wies auf den kleinen Garten vor der Terrasse, in dem Hortensien und Phlox in allen Farben wucherten.

»Sie haben es schön hier.«

Er legte ab, sie setzten sich und tauschten einige Höflichkeiten aus. Steiner betrachtete und lobte das Haus, das nach amerikanischem Vorbild eine Holzkonstruktion mit weiß getünchten Fassadenbrettern war, Giebel und Veranda mit Schnitzwerk verziert, als ob es aus New Orleans oder Louisiana stammte, sagte Steiner. Anton erzählte, dass er es vor acht Jahren gekauft hatte, weil es herrschaftlich wirkte, obwohl es nicht groß war. Von Baustilen hatte er keine Ahnung.

Veronika war in der Küche verschwunden. Endlich konnte Anton seine schon für letztes Wochenende einstudierten Dankesformeln loswerden. Die deutschen Worte kamen schleppend.

Steiner hob die Hände.

»Aber das war doch selbstverständlich! Das hätte jeder gemacht.«

»Meine Frau ist … gerät leicht aus der Fassung, wenn so etwas passiert.«

»Aber das versteht sich doch von selbst. Welche Mutter gerät nicht aus der Fassung, wenn ihr Kind vor ihren Augen einen Unfall hat!«

Sie sprachen über Unfälle auf Spielplätzen und im Straßenverkehr, dessen Zunahme das Leben für Fußgänger immer gefährlicher machte.

Anton musste sich eingestehen, dass dieser Steiner weder aufdringlich noch unangenehm, sondern höflich und zurückhaltend war. Die Überraschung über den Akzent war abgeflaut. Es war lange her, dass er mit einem Landsmann über alltägliche Dinge auf Deutsch gesprochen hatte. Er beruhigte sich: Er tut dir nichts. Er ist nur ein weiterer Emigrant. Tausende Österreicher waren nach Kriegsende ausgewandert, was wollte man in Argentinien anderes erwarten, als ständig neue Emigranten zu treffen? *Castellano* würde er schon noch lernen.

»Haben Sie auch Kinder?«

Steiner zögerte. »Ja, einen Sohn, aber … ich habe mich von meiner Frau getrennt. Sie sind beide in Österreich geblieben.«

Veronika trat auf die Terrasse mit dem Kaffeetablett, stellte es ab und ließ die Männer wieder allein.

Anton überlegte. Frau und Sohn. Sollte er nachfragen? Hatte er sie während des Krieges verlassen? Waren es politische Gründe? Doch er sagte: »Sie sind auch aus Kärnten?«

Steiner zog die Brauen hoch.

»Das ist ein Zufall, ja, aus einem kleinen Dorf in Oberkärnten, das keiner kennt. Mein Akzent ist wohl unüberhörbar. Woher kommen Sie, wenn die Frage erlaubt ist?«

»Ebenfalls aus einem kleinen Dorf, allerdings in Unterkärnten. Podgora.«

»Kenne ich leider nicht. Sicher sehr idyllisch.«

Er ist aus dem deutschen Teil des Landes, dachte Anton. Und er weiß, dass ich aus dem Teil bin, in dem niemand zu

Hause Deutsch spricht, sondern Slowenisch. Für ihn die Sprache der Fuhrleute und Dienstboten. Die Sprache, die in den letzten Jahren verboten war. Er beobachtete Steiner genau. Keine Reaktion.

Beide schwiegen.

Anton dachte an seine Volksschulzeit, als noch das Bild des Kaisers im Klassenraum hing. Schon damals bläute ihnen der Lehrer ein: Daheim redet ruhig euer Windisch. Hier nur Deutsch! Und dann wurde mit jedem Jahr der Ton schärfer. Der Lehrer spottete über die Fehler, die ein Schüler beim Sprechen machte. Nur drei Kinder von Großbauern hatten Deutsch als Muttersprache. Nach dem Untergang der Monarchie ging es dann los mit dem Eindeutschen. Dann war er gegangen. Viel später, nach dem Anschluss Österreichs ans Deutsche Reich, hatte ihm seine Mutter geschrieben, dass auf jedem Baum im Dorf ein Plakat mit der Aufschrift »Kärntner, sprich Deutsch! Die Sprache ist Ausdruck deiner Gesinnung!« hing. Schließlich sandte er sogar ihr, die nie Deutsch sprach, die Briefe in der Schulsprache, sie antwortete unbeholfen. Für moderne Dinge hatte die slowenische Haussprache keine Worte.

Steiner. Er musste etwas sagen. Idyllisches Dorf. Warum emigriert.

»Ich bin ja schon vor dem Krieg gekommen. Es waren keine rosigen Zeiten damals, wie Sie wissen. Die Inflation haben wir auch im Dorf zu spüren bekommen. Damals sind viele ausgewandert.«

Steiner nickte. »Auch ich habe Verwandte, die damals in die Vereinigten Staaten sind, aber der Kontakt ist abgerissen. Sonst wäre ich wohl dort. Damals war es ja wirklich eine schlimme Zeit in Europa.«

Er nahm einen Schluck Kaffee.

»Und heute ist das nicht viel anders. Schauen Sie, damals gab es die Inflation, die Leute haben gehungert. Und jetzt, nach dem Krieg, liegt Europa in Trümmern, die Leute hausen in Baracken und hungern wieder.« Er blickte auf den mit Schnitzornamenten verzierten Pfeiler der Veranda.

»Aber alle Achtung, Sie haben es zu etwas gebracht. Hier, wie man sieht, bekommt jeder Fleißige eine Chance.«

»Manche früher, manche später, manche sehr spät«, murmelte Anton.

»Sie machen Sachen mit Leder? Die Schrift an der Haustür.«

»Ja, nur ein kleiner Betrieb. Wir machen so ziemlich alles außer Schuhe. Gürtel, Mappen, Taschen, Prägungen.«

»Klingt ja interessant. An Leder gibt es in diesem Land sicher keinen Mangel.«

»Und Sie sind technischer Zeichner?«

»Ich hatte das Privileg, eine Höhere Technische Lehranstalt zu besuchen, Maschinenbau.«

»Dann haben Sie hier sicher nicht lange nach einem Job suchen müssen. Techniker sind sehr gefragt.«

»Anita!« Veronikas Stimme klang aus dem Wohnzimmer.

Das Kind stand in der Tür, verschlafenes Gesicht, Gipsfuß, Schlafoverall. Veronika erschien hinter ihr und trug ihr eine Krücke nach.

»Du sollst nur mit der Krücke gehen!«

»Geht schon, Mama«, sagte Anita und nahm unwillig die Gehhilfe. Ihr Haar war zerdrückt und fiel in Locken herunter.

Sie humpelte mit Krücke und Gipsbein, das an der Ferse einen Knauf zum Auftreten hatte, Richtung Tisch.

»Papa!«

»Komm her, mein Kleines!«

Wenn sie krank sind, sind sie gleich wieder kleine Kinder, dachte Anton, als sich Anita drehte, auf seinem Schoß postierte, das Gipsbein auf einen freien Sessel lagerte und sich an ihn schmiegte, wie früher.

Er wies sie auf Spanisch an, dem Gast die Hand zu reichen, doch sie wandte den Kopf ab. Steiner versuchte ein *¿Ola, que tal?* Anita vergrub ihr Gesicht in der Achsel ihres Vaters, der mit den Schultern zuckte.

»Sie ist müde. Später vielleicht.«

Steiner griff in die Tasche seiner Jacke und zog eine kleine Tafel Schokolade hervor.

»Für dich«, sagte er.

Anita rührte sich nicht.

Veronika nahm Steiner die Schokolade aus der ausgestreckten Hand. »Vielen Dank, das ist sehr großzügig von Ihnen. Sie wird sich später bedanken.«

Sie löste Anita von Anton herunter, stellte sie hin und stützte sie.

»Komm wieder herein!«

»Warum redet ihr wieder die Geheimsprache?«, sagte Anita.

Veronika wandte sich zu Steiner.

»Sie ist noch nicht ganz ausgebacken, wie man bei uns früher gesagt hat.«

Steiner lachte. »Den Ausdruck kenne ich auch noch.«

Veronika geleitete ihre Tochter ins Haus.

»Sie versteht kein Deutsch«, sagte Anton. Er nahm einen Schluck Kaffee.

»Sie sprechen mit Ihrem Kind kein Deutsch? Ah.«

Anton zögerte. Welche Schlüsse würde der Besucher daraus ziehen?

Er musste in die Offensive gehen.

»Sie denken vielleicht, ich spreche Slowenisch mit ihr, da ich aus Unterkärnten komme. Da liegen Sie falsch. Ja, ich habe als Kind selbst nur Slowenisch gesprochen. Das war bei uns so. In der Schule habe ich Deutsch gelernt. Das Slowenisch ist dann im Dorf immer weniger geworden. Als ich ausgewandert bin, hat sogar meine Mutter Deutsch gesprochen. Verstehen Sie mich nicht falsch, aber ich will mit diesen Sprach-Angelegenheiten nichts mehr zu tun haben. Ich habe hier ein neues Leben begonnen. Hier spricht man Spanisch, und damit hat es sich. Ich denke, ein neues Leben, das ist ja das, was Sie auch wollen.«

Ein kalter Luftzug wehte vom Garten her auf die Terrasse, Anton fröstelte.

»Natürlich, ich verstehe Sie«, sagte Steiner mit einem säuerlichen Gesichtsausdruck. »Ich hatte nur noch keine Gelegenheit, Spanisch zu lernen. In der Firma sprechen alle Deutsch.«

Anton erschrak. War er zu scharf gewesen?

Steiner blickte sich um. Im Profil sah er strenger aus als von vorne, dachte Anton.

»Ein neues Leben. Das klingt schön. Ich denke, jeder Einzelne von den Tausenden Leuten, die hier einwandern, will ein neues Leben. Warum wandern die Leute sonst aus? Glauben Sie mir, auch ich bin froh, wenn ich nicht über mein altes Leben reden muss. Ich habe den Krieg gesehen. Ich war eingerückt, habe die letzten Kriegstage am Plattensee erlebt. Zum Schluss rannten wir um unser Leben, vor den Russen davon. Wer zu langsam war, ist jetzt in Sibirien.«

Steiner fixierte einen Punkt am Zaun, hinter dem gleich das Haus des Nachbarn stand.

Anton schwieg. Er hatte mehr gesagt, als er wollte, aber auch der Fremde hatte vielleicht sogar mehr offenbart, als er wollte. Wer wollte es ihm verdenken, wenn er hier einen Neuanfang versuchte?

Er sollte nichts gegen diesen Steiner haben, der belanglose Allgemeinheiten daherredete, ein Emigrant wie tausend andere.

Vielleicht war Anton wirklich schon verschroben geworden in letzter Zeit.

Schon wieder war die Redepause etwas zu lang. Steiners Blick wanderte unruhig hin und her.

»Ja dann, ich will Sie nicht länger stören. Ich wollte eigentlich nicht vom Krieg reden, verzeihen Sie. Und offenbar bin ich doch ungelegen gekommen.«

»Nein, nein, Sie müssen entschuldigen, ich verstehe schon, was hätten Sie denn tun sollen. Sehen Sie, wir haben selten Gäste. Sind vielleicht ein bisschen eingerostet, was Gesellschaft betrifft. Sie verstehen, die Arbeit … als sein eigener Chef geht man nicht um fünf nach Hause. Und wir sind hier lieber für uns. Es ist schwer, Freunde zu finden, das können Sie mir glauben.«

»Das habe ich auch schon gehört. Trotzdem es tut mir leid, wenn ich Sie gestört habe.« Steiner stand auf. »Ich wollte ohnehin nicht lange bleiben.«

»Aber nein, Sie haben mich falsch verstanden«, sagte Anton und erhob sich ebenfalls.

»Kommen Sie doch wieder«, hörte er sich sagen.

Und dann: »Am nächsten Sonntag gehen wir in den Zoo. Es gibt neue Zebras, ich habe es Anita versprochen.«

Steiner blickte ratlos.

»Das ist schön, das wird sie freuen.«

»Wenn es nicht zu kindisch wäre, würde ich Sie einladen, mitzukommen. Offen gesagt, sind die beiden Frauen am liebsten für sich. Wenn Sie wollen.«

Er biss sich innen in die Wange. Warum sagte er das? Er wollte doch nichts von diesem Fremden. Es war ihm herausgerutscht, er könnte sich ohrfeigen dafür.

Steiner hob die Brauen, seine schmalen Nasenflügel flatterten. Wieder dieses säuerliche Lächeln.

»Wenn es Ihnen keine Umstände bereitet, gerne. Vielleicht habe ich bis dahin ein paar Brocken Spanisch gelernt.«

»Wie haben Sie eigentlich die Ambulanz gerufen?«, fragte Anton.

Steiner lachte. »Wörter wie *ambulancia* habe ich als Erstes gelernt. Wenn es nur die Vokabel wären. Es ist das Sprechen, das mir Schwierigkeiten macht.«

»Ging mir ähnlich. Bitte sehr.«

Anton geleitete den Gast hinaus, Veronika und das Kind waren nirgendwo zu hören.

»Also, bis auf Sonntag! Sie haben meine Telefonnummer.«

Anton blieb vor der Tür stehen, sie schüttelten einander die Hände. War Steiner ein Deutschnationaler gewesen? Spielte das noch eine Rolle?

Ich darf ihm nicht unrecht tun, dachte Anton. Er blickte dem Mann nach, bis er um die Ecke bog.

Wieder im Haus, fiel sein Blick durch den Flur bis in das von der Nachmittagssonne ausgeleuchteten Wohnzimmer mit seinen weißen Regalen und dunklen Tischen, auf die Terrasse und den dahinter liegenden blühenden Garten.

Ein Herrenhaus wie in Louisiana. Er hatte es geschafft. Er war Argentinier. Steiner würde es auch noch werden.

Eine Tür wurde geöffnet.

»Anton? Wo seid ihr? Anita möchte sich für die Schokolade bedanken.«

2

PODGORA, 1925

Liebe Mutter!

Mir geht es gut, ich hoffe, bei Ihnen ist alles in Ordnung.

Die Tiroler Baustelle geht für heuer dem Ende zu. Ich werde am 30ten den Frühzug ab Jenbach nehmen, dann bin ich am Tag vor Allerheiligen daheim. Am Feiertag kann ich mit Ihnen auf die Gräber gehen.

Es war eine schöne Zeit, ich habe gut verdient, nächste Woche ist die Auszahlung.

Ich habe viele Neuigkeiten für Euch.

Grüße auch an Josl und Bepa

Ihr Sohn

Anton

Er machte einen Schritt, blieb dann stehen und sah der Zuggarnitur nach. Eine Lokomotive, zwei Waggons, Schmalspurbahn. Die Dampflok spuckte schwarze Wolken aus, der Heizer hatte wohl gerade nachgelegt. Die Garnitur wurde kleiner und verschwand schließlich in einer Rechtskurve im Wald. Er wunderte sich, dass die Waggons nicht von den Schienen flogen, so hoch und schmal wie sie waren. Der Zug musste einen tiefen Schwerpunkt haben, dachte er, das Gegenteil von einem Heuwagen. Keine Zeit zum Grübeln, er musste weiter.

Er schulterte seinen Leinenrucksack und machte sich auf den Weg. Über ihm krächzte ein Rabe.

Anton war allein an der Haltestelle ausgestiegen, ein hölzerner Unterstand mit der zweisprachigen Aufschrift »Sittersdorf/ Žitara vas«, Schablonenbuchstaben. Es war kalt, auf den Bergen, die sich vor ihm auftürmen, lag Schnee, auf dem Obir, der Oistra, sogar auf dem Sagerberg. Er klappte den Kragen seiner Lodenjacke hoch und schritt aus. Die fünf Kilometer bis Podgora würde er in weniger als einer Stunde schaffen.

Er blies die Atemwolken aus und merkte, wie kalt seine Wangen waren, sie mussten schon ganz rot sein. Die Bäume hatten die herbstlichen Farben schon verloren oder hier nie gehabt, das Knallgelb, das Blutrot, das er vor einer Woche noch in Tirol gesehen hatte, suchte er hier vergebens. Die wenigen Blätter, die noch an den Bäumen hingen, wirkten schmutzig, als schämten sie sich, dass sie gleich unnütz zu Boden taumeln würden. Es wurde auch schnell dunkel hier, früher als in den Tiroler Bergen. Er lief den kleinen See entlang, an dem sich seit einigen Jahren Sommerfrischler einfanden, Leute aus der Stadt, die noch Geld hatten. Jetzt lag er verlassen da, von einer dünnen Eisschicht überzogen. Anton verlangsamte seinen Schritt, der Weg wurde steiler. Er musste lachen. Was war diese Strecke schon im Vergleich zu den Wegen auf der Baustelle, den Kaskaden von Pfaden, Treppen, Stufen, die zu den Gerüsten führten, hinter denen die Staumauer Tagwerk um Tagwerk emporwuchs! Er war jeden Pfad blind gegangen und wenn das Gerüst erhöht wurde, lernte er die neuen Wege schnell kennen. Bald würde die ganze Baustelle unter zentimeterdickem Schnee liegen.

Er würde nicht zurückkehren im Frühling, obwohl ihn sogar der Polier darum gebeten hatte. Nie mehr würde er zu einer Staumauer aufblicken, nie mehr würde ihm der Stößel aus der Hand fallen, mit dem sie den feuchten Beton stampften, nie wieder würde er das Gelächter und Geblödel der Arbeiter hören, manchmal spotteten sie einen aus, der ungeschickt war, meistens versuchten sie, die Schufterei aufzulockern.

Als er den kleinen Wald erreichte, begann er zu singen. *Pojd'mo na Štajersko, gledat kaj delajo.* Ein Lied vom Weggehen von Kärnten in die Steiermark, dabei kam er doch nach Hause. Noch war es sein Zuhause, noch konnte er hier heimkehren. Heute würde er es verkünden, die Mutter ahnte es sicher schon. Nachdem er das Gehölz passiert hatte, sah er vor dem Abendhimmel den Rauch aus den Schornsteinen des Dorfes steigen, dann zeichnete sich die Keusche vom Krištof ab, die abseits stand, dann die anderen Häuser des Weilers, geduckt aneinandergelehnt.

Es war zwar schon dämmrig, aber er konnte ihre Armseligkeit fühlen, wie Nebelfeuchte kroch sie ihm jetzt unter das Gewand. Schon am Bahnhof Kühnsdorf hatte er sie geahnt, als er von der Bundesbahn in die Schmalspurbahn umgestiegen war. Während in Tirol sogar die kleinen Haltestellen herausgeputzt und frisch gestrichen waren, blätterte hier auf den Bahnhöfen die Farbe von den gusseisernen Stützen der Bahnsteigüberdachung ab, bröselten die mit viel Sand verputzten Mauern, waren die Hinweisschilder halb verwittert.

An den Häusern und Keuschen, an denen er sich vorbeidrückte, war der Putz von den feuchten Mauern gebröckelt, darunter schimmerten weiße Kalksteine und zinnoberrote Ziegel durch, die meisten Gebäude waren noch mit Stroh gedeckt. Wie im Mittelalter.

Hier würde er wieder Slowenisch reden, drei Monate war es nur Deutsch gewesen, ein bellendes, kehliges Baustellendeutsch, nicht behäbig und lang gezogen wie hier. In jeder Saison verlief es gleich: Anfangs bemühten sich die Arbeiter, die aus allen Gegenden Österreichs kamen, deutlich zu sprechen. Mit den Tagen wurden die Anweisungen immer kürzer und schrumpften schließlich zu Ausrufen, die wie tierische Warnlaute klangen. Als er heute in der Früh mit dem Nachtzug in

Klagenfurt angekommen war, hatte er zum ersten Mal wieder seine Muttersprache gehört. Noch nicht ganz wach wankte er aus dem Zug, die Holzlattensitze der dritten Klasse hatten ihn kaum schlafen lassen. Ein Gepäckträger rief einem Dienstmädchen, das offenbar seine Freundin abholte, einen derben slowenischen Scherz zu. Anton fuhr zusammen. Um wie viel derber klangen die Scherze in dieser Sprache als auf Deutsch! Und wie vertraut und heimisch war sie ihm doch.

Anton schritt schneller aus, mit jeder Minute wurde es dunkler und kälter. Die Weinberge, die als schemenhafte Kuppen auftauchten, waren lange abgeerntet. Er sah den Rauch, der über dem Vaterhaus wie ein dünner Faden aufstieg.

Sebi hatte als Erster von dem Agenten erzählt, der durchs Dorf unten im Tal gekommen war. Am nächsten Abend stand der Mann im weißen Anzug bei ihnen im Speisesaal und erzählte den Arbeitern, die sich sonst den Feierabend mit Kartenspielen und Rauchen vertrieben, von Palmen und Sandstränden in Brasilien und Argentinien. Mit seinem weißen Strohhut sah er aus, als wäre er direkt von Südamerika nach Tirol gereist. Sie hingen an seinen Lippen, befühlten mit ihren rissigen, zementverätzten Händen die kolorierten Fotografien, die er vor ihnen ausbreitete. Der Hamburger Lloyd bietet ein Komplettservice, inklusive Unterbringung am Hafen vor der Ausreise, sagte der Mann und zupfte an seiner weißen Krawatte herum.

Sie schliefen lange nicht ein in dieser Nacht, Sebi riss Zoten über die Señoritas dort drüben, bis auch ihm die Energie ausging und ein zufriedenes Schnarchen seinen Schlaf ankündigte. Das Wort »Auswandern« hing wie eine Wolke im Schlafsaal. Auch Anton lag noch wach. Schon vor einem Jahr hatten sie darüber geredet, Hirngespinste. Er hatte es über den Winter nie vergessen, die Wirtschaftskrise wollte ja kein Ende nehmen. Doch er hatte mit niemandem in der Familie darüber gesprochen. Was würde die Mame sagen? Und seine Geschwister? Und jetzt lockte wieder die Gelegenheit. Weg von der Schufterei am Bau, weg von dem Hof, den er nie erben würde, weg von der verdammten Inflation, die Geld über Nacht vernichtete. Geld würde er haben nach diesem Sommer, er müsste bald eine Fahrkarte kaufen, bevor es wieder an Wert verlöre. Ein bisschen könnte ihm vielleicht noch die Mutter dazugeben, vom Marktgeld, das sie in der Kredenz hortete. Jede Woche fuhr sie die vierzig Kilometer mit dem Pferdewagen nach Klagenfurt, um auf dem Markt Eier zu verkaufen, im Sommer auch Heidel- und Johannisbeeren, zu Ostern Speck und Würste. Für Lebensmittel zahlten die Städter von Monat zu Monat mehr. Da die Inflation das Geld täglich entwertete, wechselte die Mutter das Geld bei der Sparkasse in Dukaten und verbarg diese in der Anrichte.

Mutter. Ihr würde er es nun beibringen müssen, dass er wegging. Dass es kein Hirngespinst mehr war. Dass ihr Sohn wegging. Vielleicht würde sie gar nicht weinen, sondern froh sein, dass einer der Fretterei und dem täglichen Kampf entkäme. Und vielleicht den anderen ein Geld schicken würde. Drüben ließ es sich gut verdienen, wenn man tüchtig war, hieß es. Keine Wirtschaftskrise, unendlich viel Land, riesige Weiden mit Tausenden fetten Rindern, jeder kann es dort schaffen.

Er stand vor dem Haus. Es war dunkel und kalt geworden. Gleich würde er sich am Ofen wärmen und alles erzählen.

Eine Stunde später lag er allein auf der Strohmatratze in seiner Bubenkammer und betrachtete den Nebel, der aus seinem Mund rauchte. Es würde noch brauchen, bis der gusseiserne Ofen die Kammer erwärmt hätte. Die Tränen drückten, wollten aber nicht heraus. Alles, alles hatte Josl zunichtegemacht.

Anton war gar nicht zum Erzählen gekommen, nichts von alledem, was ihn bewegte, hatte er loswerden können. Kein Wort über die Strände, von denen der Agent geschwärmt hatte, nichts über seinen Entschluss, endlich ernst zu machen mit der Auswanderung, aber auch nichts von der Schufterei beim Betonieren der Tagwerke auf der Tiroler Baustelle, von den Gedanken, die ihm hoch oben am Gerüst während der Sommermonate gekommen waren, nichts von den fortschrittlichen Bautechniken, gegen die das heimische Mauern primitives Herumkleckern war, nichts von der Freiheit, die er da oben in den Bergen an den wolkenfreien Tagen gespürt hatte und von der jetzt in der klammen Kammer nichts mehr übrig war, nichts von seinen neuen Freunden, die auch auswandern würden.

Gleich hatte es Streit gegeben. Josl spottete schon, als die Mame ihn, den Heimkehrer umarmte und gleich in die Speisekammer lief, um ihm einen Becher rahmige Milch zu bringen, die er so gerne mochte. Während Anton ein paar Brocken Buchweizensterz mit Milch und Schmalz verschlang, kauerte Josl mit stierem Blick am äußersten Ende der Eckbank, den Ellenbogen auf dem Tisch abgestützt, wie ein Tier, das auf der Lauer lag. Viel in der Sonne gewesen, der feine Herr. Tiroler Speck gegessen, während uns das trockene Brot schon bei den Ohren herausstaubt. Fleisch gibt's hier nur am Sonntag, schon vergessen. Anton kam sich vor wie der verlorene Sohn im biblischen Gleichnis. Doch hier war kein Vater, der den älteren Sohn zurechtwies.

Bepa hatte ihn stumm umarmt, ihm über den Kopf gestrichen und war in ihre Dachkammer gegangen. Deine kleine Schwester ist verliebt, sagte die Mutter. Sie wird heiraten. Mit neunzehn hat sie das richtige Alter, ein Straßenwärter ist es, in dritter Generation, staatlicher Posten, jedes Monat ein fixes Gehalt, wer hat das schon in diesen Zeiten. Lorenz heißt er, wohnt in einer Keusche, drüben, auf der deutschen Seite der Drau. Hat ein ruhiges Leben, füllt da und dort ein Loch mit Makadam auf, walzt einmal drüber und der Tag ist vorbei.

Um Bepa würde es ihm leid sein. Sie war die einzige Frau im Haus neben der Mutter, sie hatte ein weiches Gemüt und schlichtete oft den Streit zwischen ihm und Josl. Sie hatte ihm auch zugehört, als er ihr nach seinem ersten Sommer in Tirol über seine Fantasiereisen erzählte, die er sich während der Betonstampferei ausgedacht hatte. Er hörte ihr zu, wenn sie von Burschen schwärmte, die sie vielleicht heiraten würde.

Und jetzt ging sie wirklich weg. Es würde härter werden für ihn, wenn er hier mit Josl allein bliebe. Sicher war es gut, dass sie versorgt war in diesen Zeiten. Aber am Hof würde sie als Arbeitskraft abgehen. Vielleicht grollte Josl deswegen und sein Missmut wandte sich gar nicht gegen ihn. Ja, er wäre dann im Sommer völlig allein mit der Arbeit, würde einen Knecht aufnehmen müssen. Und die Inflation tat ein Übriges. Der Hof wurde von Tag zu Tag weniger wert.

Was Josl für ein Dickkopf geworden war! So arg war es noch nie gewesen. War das wirklich der Bruder, mit dem er vor zehn Jahren im Heu gespielt hatte?

Anton öffnete die Schublade seines Nachtkästchens und nahm ein paar Fotos mit weißem Rand heraus. Er, Josl und Bepa, dahinter der Heuwagen, Mote, der Knecht, und sein Vater, beide Männer schon lange tot. Er war zehn gewesen, als das Foto gemacht wurde. Josl hatte schon damals den verschmitzten Blick. Was er immer für lustige Einfälle hatte! Wenn wir groß sind, gehen wir nach Amerika. Sie spielten Seefahrt, der metallene Brühtrog war das Schiff, das nach zahlreichen Stürmen glücklich in den Hafen einlief. Bepa nahmen sie manchmal mit, manchmal war sie eine Indianerprinzessin. Und jetzt dieses Elend, niemand hatte Arbeit, von allem gab es zu wenig.

Er will einfach nicht arbeiten und trinkt mittlerweile jeden Tag, weißt du. Auch mit dem Kartenspielen wird es immer ärger, hatte ihm Bepa zugeflüstert. Nicht mehr lange, und er wird auch den Hof verspielen, sagte die Mame.

Anton horchte auf die Holzwand, hinter der er seine Schwester wusste. Seine Zähne schlugen noch immer aufeinander, die Ofenwärme ließ auf sich warten. Er musste an die knackenden Bulleröfen im Schlaf- und im Speisesaal der Arbeiterbaracke denken, die schon Ende September eingeheizt wurden.

Sein Magen knurrte. Richtig satt hatte er sich nicht gegessen. Er überlegte kurz, stand auf, zog sich die Jacke über das Nachthemd und schlich aus der Kammer. Wider Erwarten knarrten die Stufen der Holztreppe nicht. Der Mond schien durch die Fenster in die frostige Küche, auch sein Licht wirkte kalt. Vom Sparherd strahlte heimelige Wärme ab. Er legte seine Hände auf die Platte und drehte sich dann um. Sein Blick tastete die blasssilberne Küche ab. Auf dem Tisch fanden seine Augen, was er erwartet hatte: ein großes Jausenbrett, darauf ein Viertellaib Brot und ein Messer. Seine Mutter hatte es hingelegt, falls die Toten vorbeikommen am Vorabend vor Allerheiligen, damit sie etwas zu essen haben und das Haus von bösem Zauber verschonen. *Za verne duše,* für die armen Seelen, wie die Mame sagte. Er trat zum Tisch und säbelte vorsichtig eine Scheibe herunter. Er putzte die Krümel weg und aß sie auf. Er biss ab und kaute. Ob es in Argentinien so ein Brot gab? Am letzten Bissen kauend tappte er wieder die Treppe hinauf. Toter würde keiner mehr vorbeikommen. Die Mame würde genau merken, dass der Viertellaib kleiner geworden war, vielleicht würden ihre Mundwinkel zucken, aber sagen würde sie nichts.

3

Die Erinnerungen an die beiden Verstorbenen kamen auch diesmal so zuverlässig wie jedes Jahr, wenn die Familie nach der Allerheiligenmesse am Grab wartete, bis der Priester vorbeikam und das Grab mit Weihwasser besprengte. Die Gedanken stiegen auf wie Nebelschwaden am Nachmittag, wenn die Sonne schon bald nach Mittag hinter den Karawanken verschwand. Das erste Bild: ein Säugling, der tagelang schrie und schrie und dann auf einmal still war. Die andere: die Stimme des Vaters, auf dessen Schoß Anton saß, die kosenden Worte, die er in seine Haare hineinbrummte. Es waren dieselben Bilder wie immer, aber diesmal hatten sie den Beigeschmack des letzten Males. Sie waren der Welt zugehörig, von der er sich verabschiedete, das hier war der erste Abschied von langjährigen Gewohnheiten, nun war es Gewissheit. Antons Blick streifte über die Lettern des Grabsteins, wieder und wieder las er Namen und Daten seines Vaters und des Bruders, den er nie gekannt hatte. Festhalten an irgendetwas.

Das Rosenkranzgebet begann, das so lange gebetet wurde, wie der Pfarrer am Friedhof mit dem Weihwassersprenger unterwegs war.

Češčena si Marija, milosti polna, Gospod je s teboj …

Die auf die Gräber verteilten Dorfbewohner murmelten die Gebetszeilen im Chor, und wie immer fand Anton es befremdlich, dass hier zweihundert Menschen, die rund um die Kirche auf die Namen ihrer Vorfahren starrten, etwas gemeinsam taten, Menschen, die unterm Jahr oft stritten, sich sogar prügelten. Er spürte, dass das öffentliche Gebet vielen peinlich war. Niemand hatte Hemmungen, in der Kirche zu beten und zu singen, aber hier im Freien schien sich jeder für den gemurmelten Glauben zu schämen. Anton starrte auf die zwei identischen Jahreszahlen. Neunzehnhundertzehn, das Jahr, das alles veränderte. Acht Jahre war er gewesen, als sein Vater starb, Oswald posthum geboren wurde und sein erstes Jahr nicht überlebte.

Die Erinnerung an den Säugling war verblasst, in den ersten Jahren wurde nicht über dessen Tod gesprochen. Erst Jahre später, als eine Tante auf Besuch war, die ebenfalls ein Kind im ersten Lebensjahr verloren hatte, sprudelte es aus der Mame heraus, lange mussten die Sätze in ihr gegärt haben. Wie Apfelwein in einem kalten Herbst. Du denkst, die Gärung ist vorbei, da wird nichts mehr, und im Frühjahr treibt es dann plötzlich den Spund mit einem Knall aus dem Fass. Er hatte lange nicht einschlafen können an diesem Tag.

Es war der vierte Säugling im Dorf, der in diesem Jahr an Keuchhusten zugrunde gegangen ist, sagte die Mame. Die Tante hörte zu, nickte, weinte zwischendurch. Anton saß auf der Ofenbank und lernte Mathematik, Dreieck, Flächeninhalt. Die Stimme der Mutter, obwohl gedämpft, fraß sich in sein Ohr, das Dreieck verschwamm vor seinen Augen und wurde wieder klar, verschwamm wieder, während er zuhörte.

Er hustete nicht viel zu Beginn, sagte die Mutter. Ich flößte ihm Thymiansirup ein, den ich im Sommer angesetzt hatte, aber der Husten hörte nicht auf. Ich legte ihn an die Brust, er sog ein wenig, dann begann wieder der Husten: Die kleine Zunge war so weit herausgestreckt, als müsste er sich erbrechen. Dann wurde es seltener, aber dafür stand sein Atem immer wieder still. Zusehen, wie das Kind keine Luft bekommt. Die großen Augen, der offene Mund, kein Atem, es war so schlimm.

Dann die Gewissheit, dass dein Kind sterben wird und du nichts tun kannst. Die Nachbarn redeten etwas von einer Impfung, aber dafür war es jetzt zu spät, vorher, du weißt, man denkt ans Geld. Und bei uns am Land weiß man sich selbst zu helfen. Aber der Thymiansirup war zu schwach. Nachher bist du klüger.

Jeden Tag sah ich zu, wie der Husten das Kind schüttelte, wie es trocken würgte. Diese ständig so weit herausgestreckte Zunge. In den Nächten schlief ich kaum, in der Früh musste ich dann wieder in den Stall. Die letzten zwei Tage ließ er sich nicht mehr stillen. *Sirotej.*

Oswald, *Ožbold,* hatten wir ihn taufen lassen, so wie der Heilige am Seitenaltar in der Kirche.

Die Mittelohrentzündung kam noch dazu. Ich zündete getrocknete Liebstöckelstängel an und blies ihm den Rauch ins Ohr. Als ob das noch etwas genützt hätte.

Und dann kam das immer öfter mit dem Atemstillstand. Er riss die Augen auf, reckte die Zunge vor, der Brustkorb war eh nur noch Rippen und Haut. Als wäre er eingefroren worden in dem Moment, als er sich übergab. Zuerst dachte ich, es ist so weit. In der Nacht schüttelte ich ihn, sobald ich das Würgegeräusch hörte.

Und dann nützte es nichts mehr. Der Mund blieb offen, die Zunge herausgestreckt, die kleine Kinderzunge, wie von einer Katze, die Augen blieben offen, sie sahen mich an.

Ich habe ihm die Zunge hineingeschoben und die Augen zugemacht. Ich habe ihn angezogen und zugedeckt. Dann habe ich die anderen geweckt, eine halbe Stunde vor dem Stallgehen.

Mit diesen Worten endete die Erzählung der Mame und zugleich Antons Erinnerung. Er glaubte sich noch erinnern zu können, dass sie an diesem Tag, nachdem die Tante wieder gegangen war, beschwingter, fast übermütig war, aber vielleicht hatte er sich das nur gewünscht. Über den Tod des Vaters hingegen sprach sie nie, sie hatte ihn hingenommen wie eine Strafe …

Gebenedeit bist du unter den Weibern und gebenedeit ist die Frucht deines Leibes Jesus, der für uns Blut geschwitzt hat.

Das war doch Deutsch. Er hatte es automatisch mitgebetet, natürlich kannte er die Worte aus der Schule und wenn es einmal ein zweisprachiges Begräbnis gab, wurde auch ein Gesätzchen des schmerzenreichen Rosenkranzes auf Deutsch gebetet. Wann hatten die Beter jetzt die Sprache gewechselt? Und seit wann wurde zu Allerheiligen deutsch gebetet?

Das Murmeln der Friedhofsbesucher war leiser geworden, nicht alle sprachen den deutschen Text mit. Anton hob halb den Kopf und sah sich um. Die Mame und Bepa beteten, Josl starrte auf den Grabstein und biss die Zähne zusammen.

Der Pfarrer bog um die Ecke, er trug ein schwarzes Birett. Anton erkannte die zwei Ministranten, Tjaž und Boštej, zwei Jungen aus Sittersdorf. Sie trugen Buch und Weihwasserkessel.

Während der Priester in einem fort *In nomine Patris et Filii et Spiritus sancti* wiederholte, tauchte er das Aspergill in das Becken und spritzte das heilige Wasser nach allen Seiten. Aspergill, Anton hatte sich den Namen gemerkt, obwohl seine Ministrantenzeit nur kurz gewesen und schon über zehn Jahre her war.

Die jeweils Besprengten bekreuzigten sich, während der Pfarrer weiterschritt und hartnäckig an allen vorbeiblickte, als wäre er alleine auf dem Friedhof.

Der Rosenkranz lief immer noch auf Deutsch, schon das zweite Gesätz. Anton betete mit, sah die Mutter fragend an, die seinen Blick nicht erwiderte. Vielleicht war es eingeführt worden, weil immer mehr im Dorf deutsche Wörter und Sätze verwendeten, in die alltägliche Rede einstreuten. Die Schule war schließlich auch auf Deutsch. Wenn man es zu etwas bringen wollte, musste man gut Deutsch können. Aber was kümmerte es ihn noch, er musste jetzt Spanisch lernen.

Die kleine Glocke kündete an, dass der Priester den Rundgang beendet hatte und in die Kirche zurückgekehrt war. Der Rosenkranz erstarb, die Leute begannen halblaut zu reden.

Als Anton, Bepa, Josl und die Mame aus dem Kirchhof hinaustraten, spuckte Josl geräuschvoll auf den Boden. Anton erschrak und schämte sich. Was war das für ein Benehmen? Sah Josl denn nicht, dass die Leute, die neben ihm gingen, ihn entgeistert anblickten? Keiner sprach ein Wort, die Mame drängte zum Weitergehen. Drei Kilometer bis nach Hause, sie gingen den Weg schweigend, jeder biss auf seinen Gedanken herum. Erst als Podgora in Sicht kam, hielt es Josl nicht mehr aus.

»*Prekleti nemčurji.*« Verdammte Deutschtümler.

»Wegen dem Rosenkranz?«, fragte Anton.

»Rosenkranz, Rosenkranz«, äffte ihn Josl nach und kickte einen Stein weiter. »Der feine Bruder hat keine Ahnung, was hier los ist.«

»Na, und was?«, sagte Anton. Er fühlte sich leicht, es hatte bald nichts mehr mit ihm zu tun.

»Übernehmen wollen sie alles, die Deutschen. Du kennst die Familie nicht, die vorm Kirchhof war, oder?«

Anton verneinte. Die, vor denen Josl ausgespuckt hatte?

»Du weißt ja, dass der Tschemernjak abgehaust hat. Die Wirtschaft ist verkauft worden.«

Anton brummte zustimmend, aber was war daran Besonderes? Bei der Inflation wurden jede Woche Höfe verkauft.

»Gekauft hat es die Bodenvermittlungsgesellschaft. Die kaufen jetzt alles zusammen und siedeln Leute aus Deutschland an, verstehst du? Das war die Familie Schalk aus dem Sauerland.« Er sagte den letzten Satz auf Deutsch und äffte den deutschen Tonfall nach.

»Ja, aber wenn es sonst niemand kauft, muss man ja froh sein. Bei uns hat ohnehin niemand mehr ein Geld und vielleicht haben die ja auch …«

»Du Dummkopf, ach kleiner Bruder, du warst wirklich lange weg.« Josl blieb stehen und klatschte sich mit der Hand auf die Stirn. »Ist dir nicht aufgefallen, dass in der Kirche immer mehr Deutsch gesprochen wird?«

Anton blieb ebenfalls stehen, die Frauen gingen weiter.

Josl, obwohl nur zwei Jahre älter als Anton, war rot angelaufen und atmete schwer. Anton sah, dass Josl dicker geworden war. Warum fiel ihm das gerade jetzt auf?

»Weißt du, was bei der Primiz vom Pleschounig los war im Juni? Bäumchen hat die Familie aufgestellt, vom Elternhaus bis zur Kirche. Fichtenwipfel, in die Erde gerammt. Für die Prozession. Der frisch Geweihte sollte am Primiztag mit seiner Primizbraut feierlich zur Kirche gehen. Weiße Bänder haben sie auf die Bäumchen geknüpft. In der Früh waren alle Bäumchen ausgerissen, die weißen Bänder lagen im Dreck. Sie haben darauf herumgetrampelt, man sah die Abdrücke der Schuhe auf den Bändern. Die wollen nicht, dass ein Slowene Pfarrer wird, verstehst du? Alles soll nur noch deutsch sein.«

Er fuchtelte mit den Händen herum.

Anton kam das kindisch vor, eine andere Welt. Er hatte auf den Tiroler Baustellen in den letzten zwei Jahren Vorarlberger gehört, deren Alemannisch er genauso wenig verstand wie das Italienisch der Maurer, aber alle hatten sich irgendwie verständigt, meistens auf Hochdeutsch. Warum sollte es hier anders sein? Der slowenische Dialekt in Podgora war so anders als der in Bleiburg oder im Gailtal. Dann würden halt alle Deutsch reden, mein Gott. Er konnte mit dem Nationalismus nichts anfangen. Er blickte in das rot angelaufene Gesicht seines Bruders.

»Du verstehst nichts«, schnaubte Josl. »Wirst schon noch sehen.« Er ging davon.

»Kommt weiter«, rief die Mame. Sie stand mit Bepa zehn Meter weiter vorne.

Du wirst noch sehen, dachte Anton und folgte seinem Bruder.

4

KLAGENFURT, 1920

Der Tag ist nahe, an dem Kärntens Schicksal entschieden wird für ewige Zeiten.

Jeder sei stolz, daß auch in seine Hand gegeben wurde, die Zukunft seiner Kinder und Kindeskinder bestimmen zu dürfen.

Kennt auch jeder seine Pflicht?

Bedenket Eure Entscheidung wohl, ermesset ihre Bedeutung!

Die ganze Welt sieht auf Euch, die Jahrhunderte sehen auf Euch.

Seid ihrer würdig!

Die Toten aus den Gräbern würdet Ihr schänden, wenn die Erde, in der sie liegen, nicht mehr kärntnerisch bliebe.

Kamnik legte seine Handwurzeln auf die Tischkante und lugte über die kleine Höhle mit den Buchstabenhebeln auf das, was er getippt hatte. Steinacher würde begeistert sein.

Er stand auf und ging zum Nebentisch, auf dem mehrere Bilder lagen, Reproduktionen von Holzschnitten, die aufs Titelblatt sollten.

Der SHS-Staat war auf allen Bildern durch Schlangen und Drachen dargestellt. Auf einem führte König Peter ein Gefolge von Bettlern an, auf einem anderen redete ein Halbwüchsiger auf seine Mutter ein, nicht für Jugoslawien zu stimmen. Die Menschen, die für Deutschösterreich warben, hatten kantige Gesichter, entschlossene Blicke und standen vor hellen Hintergründen. Kamnik legte Blatt um Blatt beiseite.

Dieses hier würde er Steinacher vorschlagen, das musste aufs Titelblatt.

Der monochrome Holzschnitt zeigte in der Mitte eine riesige Wahlurne, die auf Füßen stand, die wie Löwenpranken aussahen. Links geiferte eine drachenartige Riesenschlange mit geöffnetem Mund und gespaltener Zunge über dem Gefäß, darüber standen die zackigen Buchstaben »SHS«. Rechts von der Urne stand ein blonder Hüne mit locker sitzendem Hemd und Jacke, der gerade mit der ausgestreckten Rechten einen Zettel mit der Aufschrift »Kärnten frei« in das Wahlgefäß warf. Auf dem schwarzen Sockel, auf dem die Urne stand, prangte die weiße Schrift »Fiat Justitia! Ihre Stimme rettet ein Stück Heimaterde!«

Unter diesem Bild würde sein Text stehen!

Er ging zurück zum Schreibtisch und überflog die Zeilen. Etwas fehlte. Er musste noch etwas hinzufügen, etwas, das die weltgeschichtliche Bedeutung dieser Abstimmung hervorheben würde.

Die Tür sprang mit einem Knall auf, als ob jemand nicht erwarten könnte, bis die Klinke ganz heruntergedrückt ist, sich der Sperrbolzen zurückgezogen hat und glaubt, die Tür anschieben zu müssen. Der Knall tat ihm weh, wie immer, wenn Material unnötig zu leiden hatte. Steinacher trat ein, zackig, raumfüllend, wie immer ohne Gruß. Sein schwarzes Haar glänzte, das energische Kinn stand in einem seltsamen Gegensatz zu seinen ausdruckslosen Augen.

»Weg sind sie endlich, dieses Pack! Vierzehn Tage haben sie gebraucht, um die Zone A zu räumen.«

»Herr Steinacher …«

»Für Sie immer noch Herr Landesagitationsleiter.«

Er hat etwas Weißes in den Mundwinkeln, dachte Kamnik.

»Herr Landesagitationsleiter, ich hätte den Text fertig. Wenn Sie einmal drüberschauen wollten.«

Er wies zur Schreibmaschine.

Steinacher schritt zum Schreibtisch und zog das Papier von der ratschenden Walze.

»Der Tag ist nahe … mhm … bedenket … mhm … Jahrhunderte, das ist gut, … schänden, ein bisschen stark, aber gut …. toll!«

Er drehte sich um und stieß fast mit Kamnik zusammen, der ihm über die Schulter lugte.

»Gut gemacht, Kamnik. Das geben wir in Druck. Haben Sie gehört, was ich vorhin gesagt habe?«

»Die SHS-Truppen sind endlich weg?«

»Genau. Jetzt haben wir freie Bahn. Wir werden die Zone A mit Flugblättern und Zeitungen überschwemmen. Überschwemmen! Zwei Wochen bleiben uns noch, Kamnik, zwei Wochen. Wäre doch wirklich gelacht, wenn wir das nicht schaffen.«

Er klatschte mit der Hand auf Kamniks Schulter, der ein wenig in die Knie ging, und wandte sich dann seinem Schreibtisch zu.

Kamnik ging zurück an seinen Platz und starrte auf die Papiere. In vierzehn Tagen würde die Abstimmung stattfinden, dann wäre das hier vorbei. Er dachte zurück. Nach Kriegsende hatten die jugoslawischen Truppen Südkärnten besetzt und wollten die slowenischsprachigen Gebiete ihrem neuen SHS-Staat anschließen. Im November '18 waren sie einmarschiert, aber die Kärntner ließen sich das nicht gefallen. Sie organisierten aus eigenen Kräften einen bewaffneten Widerstand, und Steinacher gab den Befehl zum ersten Schuss! Die Wiener Regierung unternahm nichts, sondern wartete den Ausgang der Verhandlungen in St. Germain ab, wieder typisch für die Wasserköpfe, die Provinz war ihnen egal. Zwei Monate wurde hin- und hergeschossen. Dann gab es drei Monate Waffenstillstand, und im April '19 ging es wieder los. Er hatte gerade die letzten Prüfungen an der Technischen Lehranstalt in Klagenfurt abgelegt, als Ende Mai die slawischen Truppen in die Stadt einmarschierten und sich eine Woche lang wie neuen Herren im Land aufführten, dann mussten sie abziehen, auf Druck von den Alliierten. Dafür besetzten sie dann das Gebiet südlich der Drau und da hatten sie jetzt trotz der Proteste der Landesregierung über ein Jahr geherrscht und die Bevölkerung schikaniert. Den Wienern war das alles egal.

Er konnte sich noch genau erinnern: Am 20. Juli 1919 hatte er sich mit seinem Abschlusszeugnis bei einer Maschinenbaufirma vorgestellt, am selben Tag bekam die österreichische Delegation in St. Germain den Vertrag ausgehändigt, der Österreich so demütigte. Als er vom Vorstellungsgespräch kam, riefen die Zeitungsjungen die Sonderausgaben aus. In Kärnten las man vor allem Artikel 49 und 50, die das Land in drei Gebiete teilten: Der rein deutschsprachige Nordwesten Kärntens war ohne Diskussion österreichisch, der fast ausschließlich slowenischsprachige Südosten blieb unter jugoslawischer Verwaltung und wurde Zone A genannt, ein kleiner gemischtsprachiger Streifen dazwischen kam als Zone B unter österreichische Administration. Ein Jahr sollte dieser Zustand währen, am 10. Oktober 1920 sollte in der jugoslawischen Zone A für oder gegen Österreich abgestimmt werden. Wenn die Abstimmung pro Österreich ausfallen sollte, dann sollte sie zu Österreich kommen, wenn pro Jugoslawien, dann dorthin, und überdies sollte dann in der gemischtsprachigen Zone B ein zweites Plebiszit stattfinden. Bis zur ersten Abstimmung in der Zone A mussten aber alle SHS-Truppen abziehen, was diese bis jetzt hinausgezögert hatten.

In diesem einen Jahr zwischen St. Germain und dem 10. Oktober 1920 war die Propagandamaschine auf beiden Seiten zu

Hochtouren aufgelaufen. Hans Steinacher hatte die Agitationsleitung sofort für sich beansprucht. Tonnen von Plakaten und Flugblättern waren gedruckt worden. Da Kamnik nach dem Schulabschluss keine Arbeit fand, hatte er zunächst Flugblätter verteilt und als Ordner bei den Kundgebungen gearbeitet. Steinacher hatte ihn angesprochen, ob er nicht Lust hätte mitzuarbeiten. Und so war er seit sechs Monaten sein Adlatus, schrieb flammende Texte, telefonierte mit Behörden und begleitete seinen Mentor auf Schritt und Tritt.

Ein Geräusch.

Steinacher stand neben ihm.

»Sind Sie müde? Dafür ist jetzt keine Zeit, es gilt alle Sinne anzuspannen! Wir gehen ab morgen auf Tour. Vierzehn Tage noch! Ich möchte das ganze Gebiet abfahren. Alles, von Rosegg bis Bleiburg. Ich erwarte mir, dass Sie dabei sind. Vielleicht können Sie ja mit denen in ihrer Sprache reden.«

Kamnik glaubte, er habe einen Nadelstich bekommen. Immer zog ihn Steinacher damit auf! Er erhob sich.

»Herr Stei... Herr Landesagitationsleiter, ich versichere Ihnen zum wiederholten Male, auch wenn ich einen slawischen Namen trage, wie viele Kärntner, ja Österreicher. Ich spreche kein Wort Slowenisch. Diese Sprache ist mir verhasst. Ich brenne wie Sie für Deutsch-Österreich. Wir werden diese Volksabstimmung gewinnen!«

Kamnik war rot geworden. Er erinnerte sich an seine Großmutter, die kein Wort Deutsch konnte und für die er sich immer geschämt hatte. Natürlich hatte er mit ihr Slowenisch gesprochen. Aber er wollte damit nichts mehr zu tun haben. Auch nicht auf einer Tour, um die letzten Kärntner Slowenen zu überzeugen, für Österreich zu stimmen.

Steinacher blickte überrascht, als ob er sich wunderte, dass ein kleiner Hund so laut bellen konnte.

Er winkte ab. »Sie müssen noch viel lernen. Österreich ist nur eine Zwischenstufe, Kamnik. Es geht um die großdeutsche Zukunft, um den Anschluss ans Mutterland, den sie uns in St. Germain verboten haben. Das muss unser Ziel sein, verstehen Sie?«

»Jawohl, Herr Landesagitationsleiter.«

»Was will denn dieses kleine Land allein machen? Deutsch-Österreich ist nicht überlebensfähig.«

Er klopfte Kamnik auf die Schulter.

»Setzen Sie sich doch!«

Wie ein Scharfrichter, der versucht, freundlich auszusehen, dachte Kamnik. Er setzte sich, auch Steinacher zog einen Stuhl herbei. Er beugte sich vor, Kamnik roch seinen säuerlichen Atem.

»Sehen Sie, ich bin zwar auch von hier, aber ich sehe das Größere. Das ist der Unterschied zwischen uns.«

Kamnik sagte nichts. Dieser aufgeblasene Wichtigtuer! Und doch wusste er, was genau in dieser Zeit an diesem Ort zu tun war, verstand immer zur rechten Zeit, sich ins Spiel zu bringen.

Steinacher ließ die Finger seiner rechten Hand auf dem Schreibtisch galoppieren.

»Wenn wir hier fertig sind, warten andere Dinge, Kamnik. Sagt Ihnen Oberschlesien etwas?«

Kamnik wusste, wo das Land lag, aber nicht mehr. Er zögerte.

Steinacher griff an seinen glänzenden Schnurrbart und zwirbelte ihn an seinem rechten Ende.

»Sie haben angefragt. Es wird dort auch eine Volksabstimmung geben, im März schon. Deutschland oder Polen. Jedenfalls wollen sie mich haben als Experten. Dasselbe in Grün, Appell an die Landeseinheit, gemeinsame Muttererde und so weiter. Man kann sogar dieselben Sätze verwenden wie hier, stellen Sie sich vor! Und dann wird es vielleicht noch eine Abstimmung in Österreich geben. Ödenburg soll die Hauptstadt von Burgenland werden, aber die Ungarn wollen sie nicht hergeben, stand ja in der Zeitung. Verdammtes Selbstbestimmungsrecht, diese Idioten! Auch die werden einen Experten brauchen. Es kann ja nicht sein, dass der deutsche Sprachraum an allen Enden angeknabbert wird. Elsass-Lothringen, Untersteiermark, Südtirol – es ist schon genug verloren gegangen.«

Kamnik nickte und schürzte die Lippen. Schön für Herrn Hans Steinacher, dass er wieder Arbeit hatte, schlecht für den deutschen Sprachraum. Was ging ihn das an?

»Wenn Sie wollen, kommen Sie mit. Tüchtige Leute kann ich brauchen. Es sei denn, Sie wollen in der Provinz versauern. Ich werde viel zu organisieren haben und Sie haben ja keine schlechte Feder. Solche Leute brauchen wir. Aber … ich weiß nicht, ob Ihnen klar ist, dass es um mehr geht. Es geht letzten Endes um Großdeutschland.«

Kamnik schlug reflexartig im Sitzen die Hacken zusammen. Steinacher hatte recht. Sollte er hier versauern? Lieber als Lakai dieses visionären Menschen in die Welt hinaus als in diesem armen Land bleiben.

»Selbstverständlich, Herr Landesagitationsleiter! Großdeutschland. Ich habe verstanden. Es wäre mir eine Ehre!«

5

BUENOS AIRES, 1947

»Ich muss noch weg, in die Firma.«

»In die Firma? Ist etwas passiert?«

Veronika sah von ihrem Buch auf. Der Lehnstuhl war abends, wenn Anita schlief, ihr Lieblingsplatz geworden. Anton stand etwas verloren mitten im Raum, in der Linken einen Brief. Er hatte gerade telefoniert.

»Du erinnerst dich, ich habe ja neulich gesagt, wir werden einen Zubau brauchen. Ernesto hat heute Zeit. Wegen des Plans.«

Veronika klappte das Buch zu und legte es auf den Beistelltisch.

»Ernesto? Ich dachte, das kommt erst im Winter. Ist es schon so dringend?«

Anton stand noch immer unschlüssig mitten im Wohnzimmer.

»Ja«, murmelte er. »Aber nicht, weil wir mehr produzieren.«

»Die Gerbereien?«

Er war überrascht, dass Veronika das noch wusste, er hatte es nur einmal angedeutet.

»Ja. Die kleinen sperren zu, wie ich gesagt habe. Die strengen Auflagen.«

»Ich finde es gut, dass sie nicht mehr ihren ganzen Dreck in den Fluss leiten dürfen. Wenn hier immer mehr Wohnhäuser stehen, geht das nicht. Aber du riechst den Gestank wahrscheinlich ja gar nicht mehr.«

Anton überging den Vorwurf. Er war viel im Betrieb, wenig bei der Familie. Verdammt, ja, und ihn störte der Geruch von gegerbtem Leder nicht mehr.

»José hat seinen Betrieb schon dichtgemacht. Die Großgerberei draußen am Punte soll schon nächsten Monat fertig werden. Da stört der Gestank und das verschmutzte Wasser wenigstens niemanden.«

»Na Gott sei Dank. Und deswegen brauchst du jetzt dieses Lager. Wie ein Hamster.«

Anton hörte auch diese Vorwürfe: Was das wieder kostet. Krämerseele, immer einen Vorrat anlegen, falls schlechte Zeiten kommen.

»Wir können es uns leisten. Es ist nur ein Holzbau. Wer weiß, wann die in Zukunft liefern können. Und ob es in der Großproduktion wirklich billiger wird, weiß ich nicht. Die werden sich das Geld für ihre Neubauten auch irgendwoher holen.«

Er ging zu dem Tischchen, auf dem seine erloschene Zigarre lag, die er vor dem Telefongespräch geraucht hatte. Er tupfte sie nicht mehr aus, seit ihm ein Mitarbeiter gesagt hatte, dass sie ohnehin von selber ausgehe, wenn man nicht mehr daran zöge. Das hatte er bis letzte Woche nicht gewusst. Das Chefsein war ihm immer noch eine Nummer zu groß.

Veronika stand auf.

»Dann gehen wir heute nicht zu dem Chorkonzert?«

Ihre Stimme klang nervös.

»Chorkonzert?«

»Im Österreichischen Club! Du hast doch gesagt, wir könnten da endlich einmal hingehen.«

Verdammt, der Club. Anton wurde heiß.

»Es tut mir leid, ich hatte völlig darauf vergessen. Du kannst ja allein gehen. Frag doch Elvira, ob sie auf Anita schauen kann.«

Die Nachbarstochter freute sich immer über eine kleine Verdienstmöglichkeit.

Veronika zog die Lippen zusammen.

»Du hast es vergessen.«

»Es tut mir leid. Ich muss zu Ernesto. Er könnte morgen schon einreichen. Und außerdem – was sollen wir mit diesen Schnöseln?«

Er war laut geworden und erschrak selbst darüber. Er hasste den Österreichischen Club. Er konnte sich zu gut erinnern, wie er vor fünfzehn Jahren »für die gehobene Klasse« gegründet worden war, wie es im *Argentinischen Tageblatt* gestanden hatte. Für die gehobene Klasse! Und: »für gebildete, unbescholtene österreichische Bundesbürger«. Ein Club, der per Statut Arbeiter, Handwerker und Bauern ausschloss. Die wenigen Österreicher, die er getroffen hatte, waren allesamt nicht gebildet, aus keiner gehobenen Klasse, es waren einfache Leute wie er, die hier ihr Glück versuchten und sich durchschlugen. Sie waren nicht erwünscht. Wie ein Hohn war ihm dieser Club erschienen, gegründet für Reiche, die ihn nicht brauchten, während die Mehrheit der österreichischen Einwanderer ohne Hilfe war, wenn man von den Ausspeisungen absah, die die *Asociación Austria* für Arbeitslose veranstaltete.

Als er dann Firmenchef wurde, traten sie an ihn heran. Veronika überredete ihn, wenigstens unterstützendes Mitglied zu werden, was er duldete. Er blieb es auch, als dort alle mit Hakenkreuz-Armbinden herumliefen, er blieb es, als der Club dem deutschen angegliedert und 1945 wieder herausgelöst wurde. Nur hingegangen war er nie, auch wenn der Verein sich jetzt offiziell von jeder Politik distanzierte. Es waren noch immer die Leute da, die vor zwei Jahren noch Hitler nachgelaufen waren. *Nemčurji*, verdammte. Er war hier Argentinier und sonst nichts. Aber was tat er nicht alles für seine Frau.

Veronika trat zu ihm und strich über seinen Handrücken.

»Warum so aufbrausend? Ist es wegen diesem Steiner? Weil er Deutsch geredet hat?«

»Steiner? Nein. Aber du weißt, welche Leute dort sind.«

»Ich weiß es und ich verstehe dich nicht. Du sagst immer, du bist unpolitisch, dabei verzeihst du nichts und rechnest alles auf. Sie haben sich geirrt, na und? Niemand von den Leuten hier hat aktiv im Krieg gekämpft oder einen Juden getötet – die haben nur herumgemault und großgetan. Damit ist es ohnehin vorbei. Außerdem gibt jetzt viele neue Leute, junge.«

Veronika hatte rote Backen bekommen, er hatte sie schon lange nicht mehr so in Rage erlebt. Die gesunde Gesichtsfarbe erinnerte ihn an das Mädchen, das er vor zwölf Jahren kennengelernt hatte. Verdammt. Zuerst dieser Steiner und jetzt der Chorabend. Und er hatte gedacht, es sei endgültig vorbei mit Deutsch!

»Weißt du was? Ich beeile mich mit der Besprechung. Frag Elvira, ob sie Zeit hat, auf die Kleine zu schauen. Wenn ja, sei um acht gestellt, fertig in Mantel und Schuhen. Ich werde zusehen, dass ich um Punkt acht mit dem Auto vor der Tür stehe. Dann kommen wir vielleicht zehn Minuten zu spät.«

Oder fünfzehn, und wenn schon, die Reden zu Beginn wollte ohnehin niemand hören.

Anton küsste seine Frau auf die Stirn, sie war heiß. Er fühlte, wie sie die Arme um ihn schlang. Er umarmte sie und drückte sie an sich, ein Moment Ewigkeit, bis sie sich der Umarmung entwand.

»Danke! Und Elvira habe ich schon gefragt, ich hatte ja damit gerechnet, dass du es nicht vergisst.«

»Ach, ich Dummkopf. Aber ich muss wirklich.«

Er drehte um und ging Richtung Garage. Er würde sich sehr beeilen müssen. Warum hatte er nachgegeben? Warum blieb er nicht einmal konsequent? Er liebte sie, natürlich, er wollte ihre

Zuneigung nicht verlieren, die auf einmal, inmitten des kleinen Streits, aufgeflammt war. Sie wollte doch mit ihm zusammen etwas erleben, hinaus aus diesem sauer ersparten Haus, einmal in Gesellschaft sein. Wie konnte er es ihr verargen?

Trotzdem – es beunruhigte ihn, dass Deutsch wieder ins Spiel kam. Zuerst die Sache mit diesem Steiner, und jetzt, nach so vielen Jahren wieder der Club.

Er öffnete die Garagentür, stieg in den Wagen, startete und fuhr los.

Die Sache mit Ernesto würde schnell erledigt sein, es waren ohnehin nur noch Kleinigkeiten zu klären.

Er fuhr durch eine schwach beleuchtete Straße, in einem Hauseingang standen einige Jugendliche zusammen, einer redete stark gestikulierend auf die anderen ein. Straßenkinder wahrscheinlich, vom Land zugezogen, wie sie jetzt zu Hunderten kamen.

Er musste an seine Volksschulzeit denken, an die drei Großbauernkinder, die die fünfundzwanzig Slowenenkinder hänselten, die sich ihrer Rückständigkeit schämten und die Häme über sich ergehen ließen. Die paar deutschnationalen Hitzköpfe auf der Baustelle in Tirol, die seinen vom Slowenischen geprägten Satzbau nachäfften. Die Männer im Wirtshaus in Sittersdorf, die über ihn lachten, weil er ein spanisches Wörterbuch besorgt hatte. Slowenenbub, kann nicht einmal richtig Deutsch und will Spanisch lernen. Die Clubmitglieder, die bis vor zwei Jahren mit der Hakenkreuzbinde herumliefen.

Andererseits konnte die Sprache nichts dafür.

Und nicht zuletzt schrieb er seine Briefe an Bepa noch auf Deutsch.

Er stieg auf die Bremse, die Reifen quietschten.

Fast hätte er einen Bauern mit einem Maultierkarren übersehen. Er schimpfte in einer Sprache, die Anton nicht verstand.

6

KLAGENFURT, 1925

»Ich schau gleich, ob der Herr Kurt da ist!«

Die Mame nickte.

Sie waren am Marktplatz angelangt, dessen Stände zu dieser Stunde nur aus Holzböcken und Brettern bestanden. Anton brachte das Pferd zum Stehen und sprang vom Kutschbock. Er hüpfte auf der Stelle und schlug seine Fäustlinge zusammen. Endlich konnte er sich bewegen, er hoffte, es würde ihm dadurch etwas wärmer werden.

Um vier Uhr Früh waren sie in Podgora aufgebrochen, zwei Stunden bis Klagenfurt auf Makadamstraßen bei zehn Grad unter null. Das Sauerkrautfass fest vertäut, damit es nicht herumrutschte und dadurch den Schwerpunkt des schmalen Pferdewagens verlagerte. Die Mame hatte auf der Ladefläche neben dem Fass gekauert, eingehüllt in die schwere Kotzendecke, und kein Wort gesprochen, Anton hatte vorne am Kutschbock gesessen, die Hände an den Zügeln, denen der Reif weiße Konturen angefroren hatte.

Er lief Richtung Postgebäude, wo der Marktaufseher seinen Verschlag hatte, in dem er meistens saß und rauchte. Die Koje war leer. Anton drehte sich um und sah den Aufseher hinter einer Bude auftauchen, die dem Korbflechter und Bürstenbinder gehörte.

»Herr Kurt, würden Sie uns bitte helfen.«

Er war dicker geworden, seit ihn Anton das letzte Mal gesehen hatte, der Schnurrbart buschiger, aber er trug noch immer denselben Schladminger Rock.

»Ah, die Windischen mit dem Sauerkraut. Ja, ich komme schon.«

Sie gingen zum Wagen und hievten das Fass herunter. Die Mame hatte inzwischen die Bretter auf die Böcke gelegt und eine Wachsleinwand darüber gebreitet. Andere Wagen knirschten auf den schneebedeckten Platz. Im Winter gab es viel weniger Stände auf dem Bauernmarkt. Verkauft wurde, was die Bauern in den Kellern überwinterten: Kartoffeln, Zwiebeln, Karotten, Lauch und Äpfel. Und eben Sauerkraut, das die Städter besonders jetzt, eine Woche vor Weihnachten, kaufen würden. Die Mame hatte im Sommer vier Fässer eingeschnitten, zwei davon waren für den Verkauf am Markt bestimmt.

»Keine Äpfel heute?«, fragte Herr Kurt.

»Nein, brauchen wir selber«, antwortete Anton.

Herr Kurt sagte nichts und widmete sich dem nächsten Gespann, ein Bauer mit Selchwürsten und Speck.

Anton war lange nicht mehr auf dem Markt gewesen. Er wäre auch heute nicht gefahren, aber er musste in die Buchhandlung, das Spanisch-Wörterbuch kaufen. Josl war froh gewesen, dass ihm die Fahrt erspart blieb. Wahrscheinlich war er gerade im Stall und legte sich dann wieder schlafen. Anton blickte auf die große Marktuhr, die den Fieranten zur Orientierung diente. Die Buchhandlung schloss um zwölf, eine Viertelstunde vorher würde er die Mame kurz allein lassen.

Immer mehr Bauern kamen auf den Marktplatz und bauten ihre Stände auf. Als die Gaslaternen mit einem dumpfen Geräusch verlöschten, wurde es schlagartig dunkel, Anton schien es auch viel kälter geworden zu sein. Sicher hatte es noch Minusgrade. Er wusste, dass er das Pferd zum Gasthaus Leitner bringen musste, wo die Mame, sobald er zurück war, hingehen würde, um sich bei einem Kännchen Tee aufzuwärmen. Er schirrte das Pferd aus und hob den großen Zinktopf vom Wagen. In dem Gefäß, das gut fünfzig Liter fasste, kochte die Mame sonst die Wäsche aus. Mit Ross und Topf ging er zum Gasthaus, in dessen Innenhof ein Kohlebecken stand. Ein Mann löste sich aus dem Dunkel der Holzlege, die an einer Seite des Hofes zu dieser Stunde eine schwarze Wand bildete, trat zu ihm und fragte ihn, ob der Gaul eine Erfrischung brauche. Anton wusste, was das bedeutete: Der Mann würde dem Pferd Hittrach geben, Arsenik, damit es frischer aussah. Er schüttelte den Kopf und suchte den Wirt, dem er zwei Münzen für Futter und Kohle in die Hand drückte. Er ging zum Kohlebecken und schüttete ein paar Schäufelchen der glühenden Brocken in den Wäschetopf.

Als er zurückkam, nickte die Mame nur und machte sich in Richtung Wirtshaus auf. Sie erschien ihm uralt, als sie, eingehüllt in die Decke, davonstapfte, nächstes Jahr würde sie fünfzig. Er holte ein Brett vom Wagen, legte es über den Topf und setzte sich darauf. Die Kohlen waren noch sehr heiß, sie würden für zwei, drei Stunden Wärme geben. Er rückte ein wenig hin und her. Allen ging es hier gleich. Am Anfang wetzten sie noch auf ihren Hosenböden herum, weil die Kohle zu heiß war, am Ende des Vormittags froren sie alle wieder. Fast alle Marktfahrer hatten inzwischen die Stände eingerichtet, viele saßen auf ähnlichen Kohletöpfen. Er blickte wieder auf die Uhr: herräumen nur bis sieben Uhr, blanke Tische spätestens um zwei Uhr nachmittags. Herr Kurt war schnell im Verhängen von Strafen.

Vor zehn Tagen hatte er die Buchhandlung angerufen, vom Fernsprecher im Gasthaus in Sittersdorf. Er stand im ungeheizten Flur und hielt die Hand über die Sprechmuschel in der Angst, jemand könnte sein Gespräch belauschen. Vermittlung. Buchhandlung Zechner, Klagenfurt. Ja, sie hatten Spanisch-Wörterbücher. Ja, sogar in einem Band, Spanisch-Deutsch und Deutsch-Spanisch. Wortverzeichnis inklusive spanischer Abkürzungen, Eigennamen und Zahlwörter. Zwanzig Schilling, kein Skonto. Ja, sie könnten es zurücklegen. Nein, keine Ratenzahlung. Übernächsten Donnerstag. Dann war er wieder in die Wirtshausstube geschlüpft und hatte das Gespräch bezahlt. Die Kartenspieler am Tisch gegenüber der Schank blickten kurz auf und setzten ihr Spiel fort. Er war ohnehin schon der Sonderling, der nach Tirol arbeiten ging und seitdem nur Flausen im Kopf hatte. Er stürzte hinaus, ein Bauer rief ihm Worte nach, die wie »Olé olé« klangen. Irgendwer hatte mitgehört.

Die ersten Kunden betraten den Platz. Dienstmägde, die gleich in der Früh kamen, um für ihre Herrschaften die besten Stücke zu sichern. Sie blieben beim Stand mit den Würsten stehen.

Anton war nicht oft am Markt gewesen, nur wenn Josl krank war oder wieder einmal zu viel getrunken hatte und in der Früh nicht hochkam. Er wusste aber, dass immer zuerst die Dienstboten auftauchten, gegen zehn Uhr dann die Bürgerfrauen, und erst gegen Mittag kamen die Handwerker, die in der Mittagspause ihre Werkstatt zusperrten. Erst nach eins, beim Zusammenräumen, kamen die Bettler und die, die in der Stadt alleine lebten – etwas, was es am Land nur selten gab. Die waren im Sommer um jedes Salatblatt froh, im Winter um jeden eingedellten Apfel, der sich nicht mehr verkaufen ließ.

»Würste«, rief mit einem Mal der Bauer neben ihm, »Winteräpfel« der gegenüber. Eine Gruppe Dienstmädchen war in die Gasse der Marktstände eingetreten, in der auch Antons Stand lag.

»Sauerkraut, frisch aus dem Fass!« Seine Stimme klang dünn, er sollte versuchen, tiefer zu sprechen. Aber wie konnte er dann rufen? Hoffentlich würde er noch eine Stimme haben, wenn er zu Mittag das Buch kaufte. Er erhob sich von seinem warmen Sitz.

Die Dienstmädchen standen vor ihm, dick eingepackt in Lodenüberwürfe mit festgezogenen Kopftüchern. Erst jetzt sah er, wie jung sie waren, schmale Gesichter mit rot gefrorenen Backen, nicht älter als zwanzig. Er stellte sie sich im Sommer in leichter Kleidung vor, ohne Kopftücher. Eine von ihnen fragte ihn auf Slowenisch, was das Sauerkraut koste. Die anderen kicherten. Fast alle Bediensteten in der Stadt sprachen Slowenisch, ob Küchenhilfe oder Stubenmädchen, ob Rossknecht oder Kutscher. Anton fragte sich, woher die Mädchen wussten, dass er aus dem Unterland kam. Er nannte den Preis und als sie nickte, schöpfte er mit der Kelle das Kraut in die Emailkanne, die das Mädchen ihm reichte. Sie zahlte und entfernte sich mit den anderen, die wieder tuschelten und kicherten.

Später kam die Mame zurück und nahm den Platz auf dem warmen Topf ein.

Um halb zwölf begann er zu zappeln. »Nun geh schon«, sagte die Mame. »Du willst sicher noch etwas von der Stadt haben. Beim Leitner oder Adamitsch kennst du sicher wen.«

»Danke.«

Die Sonne hatte inzwischen die Temperatur ansteigen lassen, das Fass war fast leer. Einige Standler begannen schon zusammenzuräumen. Er nahm die enge Gasse zum großen Platz.

Er war an der Buchhandlung schon oft vorbeigekommen, hatte aber nie ein Buch gekauft. Wozu auch? Er tastete nach den zwanzig Schilling in seiner Hosentasche. Das Gasthaus würde er sich sparen. Wen sollte er dort schon treffen? Bauern, die die Einnahmen des Vormittags versoffen oder verspielten, Nichtsnutze, die auf gebende Hände hofften und alles mögliche Gesindel, das es nur in der Stadt gab. Er erinnerte sich an die Kartenpartien in Tirol, die immer bedächtig und nüchtern abgelaufen waren. Hier tranken die Leute viel mehr, sie gerieten schneller in Rage und begannen sich zu prügeln. Und nach drei Schnäpsen redeten hier sogar die Deutschnationalen wieder Slowenisch.

Über den großen Platz noch, in der Gasse dahinter lag die Buchhandlung. Er hatte schließlich angerufen, das Buch wartete, zehn Minuten hatte er noch. Da vorne war die Volksküche. Menschen. Eine Menschentraube. Mehlsuppenausgabe für die Städter, die sich kein Essen kaufen konnten. Den Bauern ging es wohl viel besser als diesen Gestalten, die in schlecht geheizten Sozialwohnungen froren und hungerten. Er musste durch den Pulk. Ein Mädchen kam auf ihn zu, vielleicht zwölf, starr vor Schmutz, in viel zu dünner Kleidung. Keine Zeit für Bettler, ein Blick auf die Taschenuhr, in acht Minuten schloss die Buchhandlung.

»Einen Großen, der Herr! Die Mudder isse krank und die Stube issa kald!«

Eine Italienerin, es gab unzählige Welsche hier, Maurer, Schlosser, Zimmerleute. Mittlerweile waren auch die Katzelmacher arbeitslos. Pack! Sie fasste Anton am Rockärmel und redete auf ihn ein. »Biite der Herre.«

»Tut mir leid!«

Er stieß sie weg. Er brauchte das Wörterbuch. Ohne Wörterbuch kein Spanisch. Er lief weiter, sie folgte ihm ein Stück, endlich gab sie es auf. Sie heulte, als ob sie einen Schlag bekommen hätte. Einige Leute schauten. Anton zerriss es das Herz, sieben Minuten. Endlich stand er vor der Buchhandlung. Hohe Schaufenster, ein unbekanntes Reich. Er öffnete die Tür, eine Glocke bimmelte.

Eine Dame mit hochgeschlossenem Kleid wandte sich um.

Sie trug einen Hut, der wie ein Topf aussah. Sie stand diesseits einer Art Theke, hinter der ein Mann mit einem Stirnschirm und dicken Brillengläsern aufblickte. Beide musterten Anton, die Frau eher spöttisch, der Mann konzentriert. Anton fühlte sich wie der letzte Tölpel aus dem Unterland in seiner dicken Lodenjacke. Die Dame rückte beiseite, wollte sich offenbar das Spektakel nicht entgehen lassen. Ein windischer Bauernbub in der Buchhandlung.

»Sie wünschen?«, sagte der Stirnschirm. Anton spürte die unverhohlene Herablassung. Gleich wird der Tölpel merken, dass er sich verirrt hat.

Er brachte sein Anliegen vor, der Verkäufer nickte, drehte sich um, schob einen Vorhang beiseite, den Anton erst jetzt bemerkte, und verschwand in einer Art Hinterzimmer. Anton hörte sein Hüsteln, irgendwo machte ein Ofen einen Puff. Die Dame schien noch immer amüsiert und blickte abwechselnd auf das Regal neben ihr und auf den exotischen Besucher.

Der Buchhändler kehrte zurück und legte das Wörterbuch vor Anton hin. Er fixierte ihn skeptisch. Wahrscheinlich glaubte er nicht, dass er das Geld hatte. Anton holte die Münzen und Scheine aus der Tasche hervor. »Zwanzig, ohne Skonto, hatten Sie gesagt, oder?«

Der Buchhändler schien erstaunt und sagte »Neunzehn fünfzig.« Er wickelte es in Kraftpapier und klebte die Enden der Verpackung zu.

Erst auf der Straße fiel Anton ein, dass er hätte handeln müssen. Fünf Prozent Skonto bei Barzahlung waren überall üblich. Er überschlug den Betrag, er hätte sich einen Schilling sparen können. Egal. Er hatte in Tirol gut verdient und hatte sich nun das Buch geleistet. Das Buch, das er in seiner Rechten fest umklammerte, erschien ihm wie ein Pfand auf ein Versprechen. Jetzt gab es kein Zurück mehr. Gleich heute Abend würde er mit dem Lernen beginnen, Wort für Wort würde er es angehen. Er lief etwas schneller, die Mame sollte nicht so lange allein bleiben. Da vorne wieder die Menschentraube vor der Volksküche. Die Wartenden wirkten müde. Das Mädchen war verschwunden.

7

TAINACH, 1926

Jetzt ging es die lange Stiege hinunter, Gott sei Dank hatte hier noch jemand Sand gestreut. Kranzler und Kranzlerin voran, dahinter das Brautpaar, dann die paar Verwandten, alle in dicke Mäntel gehüllt, einige mit verlängerten Ärmeln. Nur nicht bei Josl bleiben, am besten sich unter die Verwandten des Bräutigams mischen, wo ihn niemand kannte.

Geheiratet wird im Winter, da ist am wenigsten Arbeit. Wie oft hatte er diesen Spruch in den letzten Monaten und alleine heute schon gehört! Es war ohnehin schon spät, Ende Februar, in einem Monat, zu Josefi, konnte die Aussaat beginnen. Er musste aufhören, an solche Dinge zu denken. Er würde nicht mehr da sein am 19. März, dem Bruder nicht zum Namenstag gratulieren.

Schritt um Schritt auf der Stiege, hundertdreiundzwanzig Stufen, hatte jemand gesagt.

Er sollte sich für Bepa freuen, sagte er sich, aber er war den ganzen Tag schon abwesend. Während der Messe war er völlig weggedämmert und hatte an die Pampas gedacht, an Gauchos, die durch endlose Grasebenen ritten und bitteren Tee tranken, wie ihm jemand erzählt hatte. Das reflexartig gemurmelte *Deo gratias* auf das *Ite, missa est!* des Pfarrers am Ende der Messe ließ ihn ans Spanische denken: *Gracias* hieß »Danke«, das wusste er von den ersten Seiten des Wörterbuchs, auf denen sich häufige Vokabel fanden. Jeden Tag versuchte er ein paar Wörter zu lernen, er hatte sogar ein Heft begonnen, in das er die neuen

Wörter schrieb und aus dem er repetierte. Ob ihm das etwas nützen würde? Bei der Aussprache war er sich nie sicher, weil er niemanden fragen konnte.

Nächste Stufe, der Fuß fand plötzlich keinen Halt, verdammtes Eis, er verlor den Stand, kippte nach hinten, prallte an den Hintermann, wurde von ihm gehalten. »Vorsicht, da ist es glatt!«, sagte eine Stimme.

Er fand sein Gleichgewicht wieder und blickte sich um. Ein fleischiges Gesicht, Knollennase, es war der Halbbruder des Bräutigams, Teužej, der mit dem missmutigen Gesichtsausdruck.

»Danke! Es ist wirklich sehr glatt hier.«

Teužej stieß mit geschlossenem Mund einen kehligen Laut aus, der wie ein Räuspern klang. Von hinten sagte jemand halblaut: »Geht weiter!« Antons Ausrutscher hatte einen kleinen Stau auf der Treppe verursacht.

Vorsichtig nahm er die restlichen Stufen, die den Kirchhügel hinunter bis ins Dorf vor das Gasthaus führten.

Der Hochzeitszug kam vor dem Eingang des Gasthofs zum Stillstand, mickrig sah die Gesellschaft jetzt aus. Gut zwanzig Leute waren übrig geblieben, die neugierigen Dorfbewohner, die bei der Messe gewesen waren, gingen vom Treppenabsatz weg nach Hause, sie würden am Abend zum Tanz wiederkommen, da durfte ja jeder ohne Einladung erscheinen. Die Wirtsleute, beide mit glänzender Klothschürze, standen vor der Tür und begrüßten das Brautpaar. Bepa, die kleine Bepa, hat einen Mann, sie wird bei ihm bleiben. Jetzt gab es nur noch ihn und Josl, und in drei Tagen nur noch Josl, der bei der Mame bleiben würde. In drei Tagen ging sein Zug.

Er wusste, was nun kommen würde, das Prozedere, dem jede Hochzeit zu folgen hatte: das verspätete Mittagessen um zwei Uhr, einer Zeit, zu der man sonst vom Mittagsschlaf aufstand.

Gekochtes Rindfleisch mit Semmelkren, dann die Kekse, die die Mame und die Tante gebacken hatten. Die tote Zeit nach dem Essen. Das Herumsitzen, die Gespräche der Verwandten, die sich selten sahen, das Kennenlernen der jeweils anderen Verwandtschaft und trinken, trinken, trinken.

Nach dem Essen legten sich die Eltern des Bräutigams nieder, auch für die Mame war ein Zimmer gerichtet. Die Alten würden am Abend wieder aufstehen, wenn sie den ersten Ton aus der Ziehharmonika hören würden.

Anton fühlte sich wie hinter einer Glasscheibe. Die Vorgänge im Gastraum hatten nichts mehr mit ihm zu tun. Die Jungen bestellten ein Bier nach dem anderen und tranken um die Wette. Er fischte die Taschenuhr aus seiner Weste. Noch zwei Stunden bis fünf Uhr, bis die Musikanten kamen und das ganze Dorf zusammenströmte.

Am liebsten wäre er jetzt zu Hause gewesen, wo der Koffer schon halb gepackt wartete, doch er musste hier bleiben, der Brauch wollte es so. Wo war eigentlich Josl, neben dem er gesessen war? Er ließ seinen Blick durch den Saal schweifen, in dem die Gäste in Grüppchen zusammensaßen. Josl stand an der Theke mit zwei jungen Männern und einem Mädchen, dem er wahrscheinlich Komplimente machte. Bepa im weißen Kleid saß noch immer in der Mitte der Tafel und sprach mit der Mame, der Bräutigam war nicht zu sehen. Bald würde es vorbei sein, vorbei mit allen lähmenden Bräuchen und Traditionen. Nur die Zeit überbrücken, vielleicht mit ein wenig Bewegung. Er nickte in Richtung Schwester und Mutter, die ohnehin nicht hersahen, und durchquerte die Wirtsstube mit ihren Gerüchen von Essen, Tabak und Schweiß. Draußen standen ein paar rauchende Männer zusammen, Teužej, der ihn vorhin aufgefangen hatte, war unter ihnen. »Ein wenig die Füße vertreten? Warte, ich komme mit!«

Was sollte das? Er kannte diesen Menschen nicht, der jetzt zu ihm hinkte. Hinkte! Es war ihm auf der Treppe nicht aufgefallen. Anton hatte wohl zu auffällig geschaut. »Ein Unfall«, sagte Teužej, »ein Eisenbalken hat mir das Knie zerschmettert. Was soll's. Bewegung nach dem Essen ist trotzdem wichtig. Du hast doch nichts dagegen?«

Anton verneinte, was hätte er sagen sollen? Sie gingen Richtung Dorfmitte. Teužej legte trotz seines Beines ein schnelles Tempo vor. Nichts Ungewöhnliches, zwei Hochzeitsgäste, die sich während des langen Tages die Füße vertraten.

»Du bist der Auswanderer, nicht?«

Anton zuckte ein klein wenig zusammen. Hatte es sich schon so weit herumgesprochen? Er bejahte und warf einen Blick auf seinen Begleiter. Teužej war nicht viel älter als er, wirkte aber schon resigniert, sein ganzes Gebaren strahlte eine Vergeblichkeit aus, ähnlich wie bei Josl, nur noch stärker und trotziger. Vielleicht trank er ja auch. Mit seinem steifen Bein hatte er es sicher nicht leicht, eine Frau zu finden, wahrscheinlich wurde er auch oft genug von Schulkindern verspottet. Warum lief er bloß so schnell, musste er beweisen, dass sein Bein keine Behinderung war?

Teužej schien darauf zu warten, dass Anton von sich erzählte. Aber wo anfangen?

Teužej räusperte sich und spuckte den Schleim in den Schnee. »Auswandern, ha! Hast du gesehen, was auf dem Gemeindeamt hängt? Sicher auch bei euch da unten.«

»Was meinst du?«

»Dieses Schreiben des Wanderungsamts. Hab gar nicht gewusst, dass es so etwas gibt in unserer Republik. Wanderungsamt. Das hängt hier bei der Gemeinde aus. Wir können ja hinspazieren.«

Anton wurde es mulmig – gab es am Ende eine neue Quote,

von der er noch nichts wusste? Und warum beschäftigte sich Teužej damit? Er kickte einen Stein weiter, der auf dem festgetretenen Schnee der Dorfstraße lag

»Hast du dir auch schon überlegt wegzugehen?«

Teužej blieb stehen.

»Auswandern? Ja, eine Zeit lang habe ich tatsächlich daran gedacht. Es wird ja nichts besser hier. Aber glaubst du, dass drüben jemand auf dich wartet? Oder auf so einen wie mich? Ha!« Er spuckte wieder aus und humpelte weiter, Anton lief ihm nach.

»Arbeiten muss man überall, das ist klar. Aber dort wird das Geld nicht immer weniger wert. Außerdem habe ich jemanden, der drüben ist, oder zumindest kenne ich Leute, die auch hingehen. Leute, mit denen ich zusammengearbeitet habe, in Tirol. Die haben Verwandte dort. Es ist nicht so schlimm wie du denkst. Da drüben gibt es Arbeit für alle!«

Sie hatten den Dorfplatz erreicht, Teužej ging immer weiter.

»Zuckerschlecken ist es sicher keines. Und offenbar gibt es dort jetzt auch zu viele Einwanderer.«

»Steht das in dem Schreiben?«

»Das Wanderungsamt rät allen dringend ab, nach Brasilien und Argentinien auszuwandern. Seitdem die Vereinigten Staaten diese Quote haben, wollen ja alle nach Südamerika. Und nun haben einige Länder dort auch Quoten eingeführt. Aber ist eh gut für Österreich. Sonst wäre unser ganzes neues Bundesland schon ausgewandert.«

»Du meinst das Burgenland?«

»Na sicher, was denn sonst. Hat mir ein Kollege erzählt bei der Straßenmeisterei. Über zehntausend Leute pro Jahr. Dort sind ja ganze Dörfer leer. Ich bleibe auf jeden Fall hier. Hunger leiden kann ich hier auch. Und irgendwann geht es ja wieder bergauf. Gehen wir zur Gemeinde? Willst du das Schreiben sehen?«

Sie standen mitten auf dem Dorfplatz, keine Menschenseele weit und breit, Atemwolken vor den Mündern.

»Ich möchte lieber aus dem Dorf raus, weg von den Häusern. Was auf dem Gemeindeamt hängt, ist mir egal. Noch ein wenig die Gegend sehen. Dort gibt es keinen Schnee.«

»Und wo ist dort? Wo gehst du hin?«

»Buenos Aires. Liegt am Meer. Drittgrößte Stadt der Welt, stell dir vor! In der Stadt sind so viele Menschen, da gibt es genug Arbeit.«

»Und daher genug Arbeitskräfte, die schlecht bezahlt werden können. Ich weiß nicht, das ist nichts für mich. Mit meinem Bein nimmt mich sowieso keiner.«

Hinter dem Dorfplatz fiel der Weg steil ab, ein Graben, Teužej deutete auf ein Schild, das auf ein Sägewerk hinwies, und humpelte voran.

Die Luft im Graben war kälter, sie gingen wieder schweigend nebeneinander einen vereisten Bach entlang, bis eine lang gestreckte Hütte auftauchte. Alle Bäume rundherum waren von Raureif überzogen, bis hierher kam die Sonne nicht. Teužej blieb stehen. Er keuchte. »Die Söhne von der Sägemühle da sind auch weg«, sagte er, »Brasilien, glaube ich.«

»Ausgewandert?«

»Ja, alle weg. Nur der Alte ist dageblieben. Wenn sie meinen.«

Die Kälte kroch Anton in die Zehen. »Vielleicht kehren wir besser um. Die Musikanten kommen ja auch bald.«

Teužej zuckte mit den Schultern und machte auf dem Absatz seines gesunden Fußes kehrt.

Anton fiel ein, dass Teužej mit seinem Bein nicht tanzen konnte, sondern den ganzen Abend nur zuschauen würde. Sie gingen schweigend den ganzen Weg zurück. So wenig wie ich ihn werde überreden können zu tanzen, so wenig kann er an meinem Entschluss etwas ändern, dachte Anton.

Erst vor dem Gasthaus sprach Teužej wieder.

»Du bist ein Narr. Du wirst drüben genauso darben wie hier. Glaubst du, du bekommst dort etwas geschenkt? Mir ist es ja egal, aber an deiner Stelle würde ich mir das gut überlegen.« Er wandte sich ab und verschwand im Gasthaus.

Anton hörte durch die kurz geöffnete Tür das Grölen derer, die schon zu viel getrunken hatten. Er dachte an die nächsten Stunden, die er überbrücken musste. Er würde sich heute von Bepa verabschieden, von Josl und der Mutter erst übermorgen zu Hause, vor seinem Aufbruch. In ein paar Jahren würde er mit viel Geld zurück sein. Oder nie mehr.

8

HAMBURG, 1926

Drei Tage später saß er im Zug nach Salzburg. Ein Koffer aus mattbraun lackiertem Karton mit Lederecken und Holzgriff schaukelte im Netz über ihm. Zwei Anzüge zum Wechseln, Leibwäsche, Hosenträger, ein Stück Seife, ein paar Fotos. Alles andere würde er sich drüben kaufen. Geld und Papiere trug er an der Innenseite des Sakkos. Die verschneiten Berge des Pongaus erinnerten ihn an Tirol. So mussten die Berge dort im Winter auch aussehen. Der Zug war halb leer, hier in der dritten Klasse pfiff die eiskalte Luft durch alle Ritzen. Fast alle Reisenden kauerten auf den Holzlattensitzen in Mäntel oder Decken gehüllt und bibberten dem Ende der Fahrt entgegen. In Buenos Aires wurde es nie so kalt wie Österreich, hatte er gelesen, wegen dem Meer. Überhaupt – das Meer! Bald würde er es zum ersten Mal sehen, er würde drei Wochen auf dem Schiff verbringen und dann in einer Stadt am Meer wohnen.

In Salzburg stieg er um in den Zug nach München, wo er zwei Stunden auf den Anschluss warten musste. Als er ausstieg, machte ihm das Gewimmel am Bahnsteig Angst. So viele Menschen! Und alle hatten es eilig, schienen aber genau zu wissen, wohin sie zu gehen hatten. Er blickte nach oben. Glas und Stahl. Wie war es möglich, so ein Dach zu bauen? Nicht auszudenken, wenn ein Träger einknickte oder eine Scheibe zerbrach und herunterfiel! Jemand rempelte ihn an, ein Mann in einer schwarzen Kutte, Backenbart, eine Melone auf dem Kopf. Er fluchte in einer fremden Sprache und eilte weiter.

Anton fasste seinen Koffer fester und suchte einen Bahnbediensteten, den er nach dem Warteraum fragen konnte. Nur weg von den vielen Menschen, in einen geschlossenen Raum, ein Zimmer! Wenn schon hier so eine Unruhe herrschte, was für ein Gewimmel würde es erst in Buenos Aires geben! Sollte er noch umkehren? Wenn er heute noch einen Nachtzug nähme, könnte er vielleicht morgen Abend wieder zu Hause sein.

Im Warteraum dritter Klasse saßen mehrere Männer, die nicht aussahen, als könnten sie sich eine Fahrkarte leisten. Ihre Jacken hatten ausgefranste Ärmel, die Hosen waren viel zu kurz. Er packte seine Brotzeit aus, der Duft von zu Hause, und säbelte die Trockenwurst in kleine Scheibchen auf. Er spürte die gierigen Blicke der Mitwartenden und aß hastig. Sein Nebenmann blickte zuerst ihn an, sah auf seine Uhr, sprang auf und lief hinaus, als ginge es um sein Leben. Anton wurde unsicher – auch er musste sehen, dass er zum Zug käme. Er packte Wurst und Brot weg und eilte dem anderen nach.

Der Nachtzug nach Hamburg war voll. Er fand noch einen Sitzplatz zwischen einer dicken Frau im Lodenmantel, die nach ranziger Butter roch, und einem verschrumpelten Männchen mit Zwicker. Auf den drei Plätzen gegenüber saß eine Familie, ein streng aussehendes Paar, in der Mitte die vielleicht elfjährige Tochter, so hager wie die Eltern.

Der Zug bestand zwar zur Hälfte aus Schlafwagenwaggons, aber so einer hätte zu viel gekostet, fünfzehn Stunden Fahrzeit würde er schon überstehen. Wenigstens war es in einem vollen Abteil nicht so kalt. Der Zug fuhr an, als er die Stadt verließ, merkte Anton erst, wie dunkel es schon war. Er las in seinem Wörterbuch und versuchte, sich die Vokabel zu merken. Um zweiundzwanzig Uhr ging ein Schaffner durch und knipste ohne Vorwarnung das Licht aus. Die Familie gegenüber schlief bereits, das Kind an die Mutter gelehnt. Er ärgerte sich, dass er keine Gelegenheit gehabt hatte, sich zu waschen, es juckte ihn in der Leistengegend, wo der Schweiß sich gesammelt hatte. Er tastete nach dem Buch, fuhr mit den Fingern über die geprägten Lettern des Leineneinbands. Noch immer wusste er nicht, wie die Wörter genau ausgesprochen wurden und noch weniger, wie sie zu verbinden waren. Die Konjugationstabellen im Anhang mit den Beispielwörtern hatte er sich zumindest eingeprägt, *voy, vas, va, vamos, vais, van.* Vielleicht würde er auf dem Schiff jemanden fragen können.

Er tastete in seine Jackentasche nach dem Brief von Sebi. Er hatte ihn gerade noch vor der Abreise bekommen, als er schon gar nicht mehr daran geglaubt hatte. Der Tiroler hatte ihm geschrieben, bevor er selbst aufgebrochen war. Da er einen früheren Termin bekommen hatte, war er mit einer Woche Vorsprung unterwegs. In Hamburg, so schrieb er, werde er für Anton eine Nachricht hinterlegen und in Buenos Aires gebe es dann ein Wiedersehen. Sebi werde bei Verwandten Arbeit bekommen, vielleicht hätten sie auch eine Stelle für Anton. Vielleicht. Anton musste sich eingestehen, dass dieses »vielleicht« derzeit alles war, woran er sich klammerte. In Tirol hatte Sebi noch geschwärmt, es gebe Arbeit für alle. Und jetzt dieses »vielleicht«. Aber sicher hatte er es nur so formuliert, weil Anton immer wieder Zweifel geäußert hatte, dass er kommen würde. Auf Sebi war ja Verlass.

Es zog durch die Tür des Abteils. Anton stellte den Kragen seiner Jacke hoch und versuchte zu schlafen.

Gegen vier Uhr wurde es hell, der Zug hielt, auf einem Schild las Anton »Hannover Hauptbahnhof«. Er hatte den Namen dieser Stadt noch nie gehört. Der Bahnhof erinnerte ihn an ein englisches Schloss, das er einmal in einem Schulbuch gesehen hatte. Irgendwoher blies noch immer kalte Luft, obwohl der Zug stand. Der Familienvater, der ihm schräg gegenüber saß, hustete bereits. Nur nicht krank werden! Kranke wurden auf den Schiffen nicht mitgenommen. Er versuchte sich abzulenken und aus dem Fenster zu blicken. Der Zug fuhr wieder an. Er wunderte sich über die flache Landschaft, die kein Ende nahm. Jetzt hustete auch die dicke Frau neben ihm.

In der Wandelhalle des Hamburger Bahnhofs erblickte er sofort den Agenten. Er hielt einen Stab in seiner Rechten, an dessen Ende ein Schild mit den Lettern HAPAG befestigt war. Etwa fünfzehn Leute standen um ihn herum. Anton meldete sich. Sie mussten warten, bis die Gruppe vollständig war, ein Zug aus Polen sollte noch eine Gruppe Auswanderer bringen. Endlich trafen sie ein, vorwiegend jüdische Familien. Sie sahen anders aus als die Juden, die er bisher gesehen hatte. Einmal im Jahr kam ja auch einer in Podgora vorbei, er hatte einen Bauchladen und verkaufte Schnürsenkel. Diese hier trugen altmodische Hüte, kuttenartige Mäntel und hatten lange Bärte, Frauen und Männer trugen schwarz, als ob sie von einem Begräbnis kämen.

Der Agent strich auf einer Liste herum. Er verteilte Fahrkarten für den Regionalzug, der von einem Nebengleis abfuhr. Das kostete zwei Mark zusätzlich, man konnte aber auch gehen, eine gute Stunde mit Gepäck. Anton zahlte und folgte dem Agenten, die Gruppe teilte sich. Die Fußgeher hatten eine Wegbeschreibung bekommen, einige fluchten im Weggehen.

Der Zug ratterte an Lagerhäusern und Kränen vorbei. Wieder dieser kalte Wind, der durch die Ritzen blies. Nicht an die Kälte denken, nicht ans Krankwerden, sondern: Im Winter war das Schiff billiger, viel billiger. Er blickte aus dem Fenster und fragte sich, ob die vielen Kanäle schon zum Meer gehörten oder noch zur Elbe. Ob das Wasser salzig war?

Der Zug fuhr über eine große Bogenbrücke und hielt an einer Haltestelle. Veddel. War das ein Ort? Aussteigen, zusammenwarten, Abmarsch. Hinter verkrüppelten Bäumen erschien ein umzäuntes Gelände, dahinter kamen Baracken aus Backstein in den Blick. Der Agent machte vor einem Tor Halt und pflanzte sich vor der Gruppe auf.

»Das ist Ballinstadt. Die Auswanderersiedlung, wo ihr die Tage bis zu eurer Abfahrt zubringen werdet. Eigentlich heißt sie seit Kurzem Überseeheim, aber niemand nennt sie so. Jedenfalls bietet sie euch alles, was eine kleine Stadt bieten kann.«

Der Agent erzählte, dass es eine richtige Stadt sei, mit Geschäften aller Art, Kirchen für mehrere Konfessionen, einem Hotel für die Bessergestellten, sogar einen Musikpavillon mit eigener Musikkapelle gab es. Dabei war das Gelände sicher nicht größer als Podgora mit allen Höfen und Keuschen, schätzte Anton, doch stand hier, soweit er durch den Zaun erkennen konnte, Baracke an Baracke.

»Wir sind jetzt auf der unreinen Seite. Wenn ihr da hineingeht, bleibt ihr in der Quarantänezone, bis die Untersuchung abgeschlossen ist. Denkt daran: Ihr könnt jederzeit abgewiesen werden. Jeder einzelne Insasse wird täglich untersucht.«

Er machte kehrt, ging zum Tor, das ein Wachtposten öffnete, die Schar folgte ihm. Anton fühlte ein Beißen im Hals, er kaschierte ein Husten, indem er sich räusperte.

Die Empfangshalle erinnerte Anton an den kleinen Bahnhof in Klagenfurt, ähnlich wie dort gab es mehrere Schalter, an denen Menschen anstanden. Es stank nach ungewaschener Kleidung und fettigen Haaren.

Während die Gruppe in einer Reihe vor einer Tür wartete, sprach der Agent in einem fort weiter. Er erklärte die Sache mit den Kontrollkarten, auf denen die Nummer der Baracke, des Schlafsaals und des Bettes vermerkt war.

»Das ist zugleich euer Essensgutschein. Wer den verliert, muss das Essen extra bezahlen.«

Er erklärte die Vorgänge der nächsten Stunden: Zuerst ging es ins Bad – »Bitte gut abschrubben, Zähne putzen und gurgeln!« –, darauf folgte die medizinische Untersuchung, die nackt zu absolvieren war, währenddessen die abgelegte Kleidung und der Koffer mit Dampf desinfiziert wurden. Zuletzt würden die Auswanderer auf der »sauberen Seite« grob nach Herkunftsorten aufgeteilt werden und die Lagerordnung ausgehändigt bekommen.

Anton versuchte sich alles zu merken, gab es aber irgendwann auf. Wann war die tägliche Untersuchung? Musste er seinen Koffer abgeben oder konnte er ihn behalten? Hatte der Agent eine Größe genannt, ab der der Koffer in den Gepäckraum musste? Nach so vielen Zeiten des Alleinseins und Grübelns so viele Informationen auf einmal. Er blickte zu den anderen. Ein alter Jude, der sich niedergesetzt hatte, war eingenickt. Anton schloss sich der Gruppe an, die in den nächsten Raum geführt wurde. Die vier Tage bis zur Abreise würde er schon überstehen. Wieder kratzte es ihn tief ihm Hals, er räusperte sich. Nur nicht krank werden.

9

MÜNCHEN, 1926

»Und heute ist es so weit?«

»Wenn wir das heute nicht erledigen, machen wir es nie. Wir müssen nur dieses verdammte Formular ausfüllen, das uns Strasser gibt.«

Steinacher winkte einen Dienstmann herbei, der weiter hinten am Perron stand und zum Zeichen, dass er verstanden hatte, die Hand hob.

Kamnik musterte den dicken Bediensteten, der sich langsam in Bewegung setzte und auf sie zukam. Dem würde er Beine machen als Vorgesetzter. Der Dienstmann nahm Steinacher den Koffer ab und sah ihn fragend an.

»Besorgen Sie mir ein Taxi zum Hotel Regina«, sagte Steinacher.

»Sehr wohl, der Herr«, schnarrte der Dicke und ging voraus, Kamnik und Steinacher folgten. Kamnik schien es, als wäre Steinacher noch größer geworden, wahrscheinlich trug er hohe Absätze, obwohl er auch ohne sicher an die eins fünfundachtzig war.

»Es tut mir leid, dass ich zu deiner Promotion nicht kommen konnte. Die Feier war sicher schön.«

Steinacher winkte ab. »Ach was, die Burschen von meiner Vereinigung waren halt da. Haben eine Ehrenbude gemacht danach. Meine Eltern reisen ja nicht mehr so weit. Klagenfurt–Frankfurt, das wäre eine Zweitagesreise mit Nacht im Zug, das macht meine Mutter nicht mehr mit.«

»Verstehe. Und was wirst du jetzt machen?«

Steinacher winkte ab. »Später, wir trinken dann einen Kaffee. Du musst mir auch erzählen, was du so getrieben hast.«

Sie durchquerten die Bahnhofshalle, in der es von Menschen wimmelte, viele waren ärmlich gekleidet und standen in Gruppen zusammen.

Kamnik atmete hörbar aus.

»Immer mehr Auswanderer. Faules Pack, das nicht arbeiten oder lernen will. Mit solchen wird Hitler aufräumen. Ist eh besser, wenn die nicht hierbleiben.«

Steinacher brummte zustimmend.

Der Dienstmann hatte ein Taxi herbeigewinkt und blieb davor stehen, während der Chauffeur bereits den Koffer verstaute. Steinacher drückte ihm ein paar Münzen in die Hand, sie stiegen ein.

Später saßen sie bei einem Kaffee im Foyer des Hotels. Kamnik hatte auf Steinacher gewartet, bis dieser sein Zimmer bezogen hatte. Steinacher erzählte von seinem Studium und den Streichen der Studenten.

»Und stell dir vor, ich hatte die Promotionsurkunde noch nicht in der Hand, haben die aus Wien schon angefragt.«

»Wer? Die Nationalsozialisten?«

»Aber nein, die gibt es ja dort gar nicht offiziell. Der deutsche Schulverein ›Südmark‹. Meine alten Kärntner Deutschnationalen, die jetzt in Wien sind. Du kennst sicher noch einige von ihnen, Huber, Maierbrugger zum Beispiel.«

Vor Kamniks Augen stiegen Erinnerungen an Menschen auf, die sich damals bei der Volksabstimmung in den Vordergrund gedrängt und deutschnationale Propaganda gemacht hatten, aber kein Gesicht erschien klar vor ihm.

»Ich kann mich dunkel erinnern.«

»Dunkel erinnern, ha ha, wie du dich ausdrückst. Aber sag, was gibt's bei dir Neues? Wie gehen eure Motorräder?«

Kamnik dachte an seine Arbeit, an die Firma, die seit vier Jahren Bayerische Motorenwerke hieß und seit dem Vorjahr endlich wieder Flugzeuge herstellen durfte. Der neue Hauptaktionär, Castiglioni, hatte die Idee gehabt, auch Motorräder zu produzieren.

»Ja, sie verkaufen sich gar nicht so schlecht, trotz diesem Boxermotor. Castiglioni denkt sogar daran, Automobile herzustellen. Aber ich weiß nicht. Ein Auto, das BMW heißt?«

»Ach, dem fällt schon ein klingender Name ein. Aber ich wollte dich eigentlich etwas fragen.«

»Ja?«

»Ich sehe, du bist voll dabei bei den technischen Entwicklungen. Verstehe ich auch, du kannst in deinem Beruf arbeiten und bist sicher nicht schlecht. Ich habe schon gesagt, ich gehe nach Wien, Deutscher Schulverein. Wenn du wolltest … Wir haben ja gut zusammengearbeitet bei den Volksabstimmungen.«

Kamnik fühlte die Abneigung gegen diesen Mann aufsteigen, der ihn zwar seinen Freund nannte, ihn aber immer nur ausgenutzt hatte. Steinacher konnte seine Gutsherrenart nie ablegen, bei ihm war man immer der Zweite. Was war Kamnik denn anderes gewesen als ein Befehlsempfänger, der zugegeben um die Gunst seines Herrn buhlte? Nach den Volksabstimmungen in Kärnten, Oberschlesien und Ödenburg hatten sich ihre Wege getrennt, Kamnik hielt es nicht mehr aus. Steinacher ging nach Frankfurt zum Studium, er, Kamnik, fand eine Anstellung in München bei den Motorenwerken. In der Firma, in der seine Fähigkeiten als genauer Zeichner sehr gefragt waren, hatte er endlich das Gefühl, ernst genommen zu werden, hier zählten Können und Fleiß.

»Danke, aber ich denke, ich habe einen Platz gefunden, an dem ich mich wohlfühle.«

»Das sagst du jedes Mal, bald glaube ich dir's«, grunzte Steinacher. »Wann ist das heute im Bürgerbräukeller?«

»Um acht. Die Bewegung wächst jeden Tag. In Frankfurt hast du das nicht so mitbekommen, aber seit Hitler versprochen hat, dass er nur noch legale Politik machen wird, ist alles anders. Jetzt kommen auch Leute, die mit den Radaubrüdern nichts zu tun haben wollten. Er hat sich auf die Kommunisten und Juden eingeschossen und sagt nichts mehr gegen die Kirche. Es wird wirklich höchste Zeit, dass wir auch beitreten.«

Kamnik dachte an die Versammlungen, unter die sie sich gemischt hatten, wenn Steinacher aus Frankfurt auf Besuch kam. Steinacher war begeistert vom deutschnationalen Gedanken, während Kamnik sich freute, dass die neue Bewegung endlich die Armut beseitigen und mit dem arbeitsscheuen Gesindel aufräumen würde.

Kamnik erhob sich.

»Ich hole dich um halb acht ab.«

Sie schüttelten einander die Hände, keine Spur von Herzlichkeit.

Zwei Stunden später, der Applaus zu Hitlers Rede war verebbt, hielt ihnen Gregor Strasser die Formulare hin.

»Die Namen stehen schon drin. Ganz unbekannt seid ihr mir ja nicht. Die Ausweise brauche ich trotzdem.«

Kamnik kramte seinen Ausweis hervor und legte ihn auf den Tisch. Er nahm die Feder und blickte auf das Papier. Der Auftritt Hitlers war so anders gewesen als die Auftritte zuvor. Jede Pause, jede Geste, jedes Mienenspiel wirkte wie einstudiert und nicht mehr so spontan wie bei früheren Reden. Er hatte diesmal auch nicht vom Kampf gegen den Kommunismus gesprochen, sondern von der Vorsehung, die das deutsche Volk zur Herrschaft über die Erde bestimmt habe und ähnlichen vagen Dingen, die Kamnik so noch nie gehört hatte. Aber was soll's? Die Bewegung war die Zukunft, hier galt es, dabei zu sein. Er unterschrieb. Als er aufblickte, sah er, dass Steinacher schon fertig war und Strasser das Blatt hinübergeschoben hatte.

Strasser zog die Bögen zu sich und faltete sie zusammen.

»Willkommen in der NSDAP!«

10

HAMBURG, 1926

Die Tür sprang auf. Ein hochgewachsener Mann stürzte nackt aus dem Untersuchungsraum. »Schwindsucht! So ein Unsinn! Ich huste kein bisschen!«, bellte er Anton ins Gesicht, der nicht wusste, wie ihm geschah. Er hatte sich gerade ausgezogen, in Gedanken bei den Duschräumen der Arbeiterbaracken in Tirol. Er hatte an Josl gedacht, der wegen der Nacktheit sicher obszöne Bemerkungen machen und sich wahrscheinlich dem Ausziehen verweigern würde.

Der Mann kleidete sich fluchend an. Anton räusperte sich ein letztes Mal, spuckte seinen Schleim in das Waschbecken an der Wand und trat in das Zimmer. Ein Arzt, zwei Assistenten, helles Licht, allerlei Gerät.

Zum ersten Mal in seinem Leben stieg er auf eine Waage und wurde mit einem Maßband vermessen, der Arzt leuchtete ihm in den Rachen und in die Augen. Ein Assistent sagte, dass eine Augenkrankheit namens Trachom momentan am meisten verbreitet sei. Mit den Augen hatte Anton Gott sei Dank nie Probleme gehabt, auch wenn ihm der ständige Wind hier manchmal Tränen in die Augen trieb. Jetzt das Stethoskop.

»Tief einatmen!«

Anton schlug das Herz bis zum Hals. Ich muss durch die Nase atmen, oder wenigstens die Luft durch die Nase mitströmen lassen, nur nicht husten, nicht husten.

Später nahm er Koffer und Gewand in Empfang, beides dampfte noch von der Desinfektion.

Draußen ging er sofort hinter den nächsten Busch, hustete kräftig durch und spuckte den Schleim aus.

»Mein Feld ist die Welt«, murmelte er, woher hatte er diese Worte? Er richtete sich auf. Es war ein Schild, das in der Halle hing, aus der er gerade herausgekommen war. Er stand auf dem kleinen Platz, der sich in der Hauptstraße fortsetzte. Erst jetzt wurde ihm klar: Er war drin! Er hatte es geschafft! Er war auf der reinen Seite!

Er blickte auf die Karte in seiner Hand. Baracke 12, Saal 2, Bett 21. Da die Nummern groß auf die Fassaden gemalt waren, fand er das Gebäude gleich. Der Saal hatte hohe Fenster, die ihn an eine Kirche erinnerten. Zweiundzwanzig Metallbetten, die durch breite Nachttische getrennt waren, jeder groß genug für einen kleinen Koffer, standen in zwei Reihen nebeneinander. Anton hatte seinen Koffer mitnehmen dürfen. Fünf Leute standen bei den Betten herum, zwei hatten sich bereits hingelegt. Ein Bediensteter erschien mit einer Vierergruppe.

»Das wird noch voll. Bitte warten, bis alle da sind.«

Anton legte sich auf Bett 21 und musterte die anderen Männer, die nach ihrem Dialekt aus Bayern oder Franken zu kommen schienen. Wie zerlumpt sie alle waren! Die Löcher in den Hosen mit Flicken übernäht, die Sakkos an den Ellenbogen abgewetzt, die Ärmel ausgefranst. Er fühlte sich unwohl in seinem neuen Anzug, zugleich war er sich sicher, dass er hier der richtige Auswanderer war und sie fehl am Platz. Ein Irrtum, der sich spätestens in der neuen Welt aufklären würde. Was würden diese armen Schlucker dort anfangen? Die hatten sicher kein Erspartes, ihr letztes Geld steckte in den Tickets.

Als das Zimmer voll war, stellte sich wieder ein Bediensteter in Uniform vor ihnen auf.

»Zunächst einmal keine Angst, der Raum wird abgesperrt. In der Früh werdet ihr um sieben geweckt. Während ihr im Waschraum seid, ist das Zimmer bewacht. Um halb acht wird zugesperrt, daher überlegt gut, was ihr während des Tages braucht. In jeder Baracke gibt es einen Aufenthaltsraum, den habt ihr beim Hereinkommen gesehen. Die Essenszeiten habt ihr auch schon. Nach dem Abendessen wird wieder aufgesperrt. Da seid ihr dann selbst verantwortlich für eure Sachen. Heute ist Ankunftstag, da gibt es eine Ausnahme. Ihr habt eine Stunde, um euch zu waschen, um elf ist zu. Wer will, kann morgen nach dem Frühstück einen Rundgang mit mir machen. Ich zeige euch die Einrichtungen. Seit einem Monat haben wir sogar ein Kino.«

Der Speisesaal mit den langen Bänken war erfüllt vom Geklirr des Bestecks, alle redeten laut durcheinander. Die meisten saßen in Gruppen nach ihrer Herkunft zusammen, Anton fand keinen Österreicher und setzte sich zu den Bayern aus seinem Schlafsaal. Das Abendessen bestand aus drei Gängen, Suppe, Rindfleisch mit Kartoffeln und Käse, und schmeckte erstaunlich gut. Danach blieb ihm noch eine halbe Stunde bis zum Aufsperren der Schlafsäle. Er beschloss, einen Rundgang zu machen.

Er hatte erst wenige Städte gesehen, in Klagenfurt kannte er nur Markt und Bahnhof, nach Innsbruck hatte er mit den Arbeitskollegen vom Kraftwerksbau einmal einen Ausflug gemacht. Die Siedlung hier war nicht größer als sein Dorf, sagte er sich wieder. Aber sie war zugleich eine wirkliche Stadt. Es gab sogar Gehsteige und Gaslaternen. Er entdeckte eine Kirche, einen Judentempel, es gab Bäcker, Schuster und Schneider, eine Buchhandlung und Gasthäuser. Hunderte Menschen waren auf den Straßen unterwegs und eilten geschäftig hin und her, obwohl die Geschäfte schon geschlossen hatten. Er erkannte einige Gesichter wieder, Leute, mit denen er auf dem Bahnhof zusammen gewartet hatte, sie verloren sich gleich wieder in der Menge. Er spürte an diesen Menschen so etwas wie Elektrizität, anders konnte er es nicht ausdrücken. Am Dorf passierte oft stundenlang nichts, die Sommerhitze oder Winterkälte ließ die Menschen ins Brüten verfallen, ins resignierte Träumen von einer besseren Welt. Viele im Dorf tranken Schnaps und waren abends wie betäubt. In Ballinstadt schien die Zeit schneller zu laufen, er spürte die Aufregung, das heitere Gespanntsein, den Optimismus, der von diesen herumlaufenden Menschen ausging. Zugleich vermeinte er einen Rest von Resignation zu verspüren, für viele war die Auswanderung wohl der letzte Ausweg. Manche Gestalten sahen zum Erbarmen aus, woanders hätte er sie für Bettler gehalten. Und so viele Familien mit Kindern! Er hörte die Leute in verschiedenen Dialekten und in slawischen Sprachen reden, die er nicht zuordnen konnte, von denen er aber einige Brocken verstand, sie klangen ähnlich wie sein heimatliches Slowenisch.

Er kehrte im »Hofbräu« ein, einer notdürftig auf Bayern getrimmte Barackenhälfte, und bestellte ein Bier. Bis auf einen Tisch, an dem fünf zerzauste Männer saßen und schleppend miteinander sprachen, war die Gaststätte leer. Der Wirt erzählte ihm, dass auch ein Drittel der Baracken leer stand. Die großen Zeiten waren vorbei. Die HAPAG hatte die Abläufe so verbessert, dass die Aufenthaltsdauer der Auswanderer immer kürzer geworden war.

»Gut für die Auswanderer, schlecht fürs Geschäft«, sagte der Wirt.

Außerdem hatte vor dem Krieg noch jeder Auswanderer vierzehn Tage in Quarantäne verbringen müssen. Die Deutschen waren gute Gäste gewesen, die Ostler weniger. Kaum noch

Reibach zu machen. Schließlich habe ihn auch seine Frau verlassen.

»Und ich mach hier auch bald dicht. Wo soll's denn bei dir hingehen? Auch Amerika?« Er spuckte in den Spucknapf auf der Theke.

Anton nahm einen Schluck von seinem Bier. »Argentinien.«

Der Wirt nickte langsam.

»Da ist vielleicht noch was zu holen. Riesiges Land. Aber arbeiten musst du überall. Ich bleib jedenfalls da, vielleicht mach ich auch was in der Stadt auf. Die Kneipen in der Stadt gehen immer gut. Seemänner, du weißt.«

Anton wusste nicht genau, was der Wirt meinte. Das Bier stieg ihm zu Kopf. Noch könnte er dableiben. In Tirol würde es wieder Arbeit geben. Sicheres Geld. Die Inflation würde irgendwann vorbei sein. Er könnte in Kärnten Arbeit finden. Eine Existenz aufbauen.

Der Wirt beugte sich zu ihm.

»Wenn du jemanden für einsame Stunden suchst, da gibt es auch welche, Baracke zwölf.«

Anton stutzte, dann schüttelte er den Kopf.

»Ich dachte nur, weil du so traurig aussiehst. Die Männer hier sind auch nur Menschen.«

»Nein, ich würde das nie … Ich zahle dann.«

Als er aus dem Lokal trat, schlug die Uhr sieben. Der Schlafsaal wurde aufgesperrt.

Sein Koffer!

11

Er vertrieb sich den nächsten Tag, indem er zu Fuß über die Elbbrücke in die Stadt spazierte und sich ein wenig umsah. Er hatte noch nie zuvor einen Hafen gesehen und staunte über die Ausmaße der Lagerhäuser und Werkhallen, die zudem noch ins Wasser hineingebaut waren. Zwischen den Speichern zogen sich Kanäle hin, in denen Lastkähne vertäut lagen. Er beobachtete die Arbeiter, wie sie Säcke und Kisten vom Schiff in die Lagerhäuser schleppten und einander über Leitern und Luken weiterreichten. So viele Menschen, jeder wusste, was er zu tun hatte. Vielleicht könnte auch er in Hamburg Arbeit finden. Er könnte seinen Koffer holen und bei einem Lagerhaus vorsprechen.

Aus dem Koffer fehlte Gott sei Dank nichts, er lag da, wie er ihn hingelegt hatte. Als er panisch den Inhalt überprüfte, sagte sein rechter Bettnachbar, er solle keine Angst haben, er habe schon aufgepasst. Im Übrigen seien es alles ehrliche Leute, er könne sie einander vorstellen, dann würde er es sehen.

Als er auf dem Aussichtsturm am Hafen stand, lief es ihm kalt über den Rücken. Zum ersten Mal überkam ihn eine Ahnung, wie groß eine Stadt sein konnte und in welchen Dörfern er sich bisher aufgehalten hatte. Da qualmte es aus einer Fabrik, dort hämmerten Arbeiter an einem Schiffsskelett herum, auf Geleisen, die bis zum Hafen führten, wurden Waggons mit Kohle entladen. In der zerfurchten Wasserlandschaft wimmelte es von Schiffen und Booten, sogar einen schwimmenden Kran gab es. Landeinwärts blitzten Häuser und Kirchtürme in der Mittagssonne, so weit das Auge reichte. Aufgewühlt kehrte er nach Ballinstadt zurück, doch wieder vermied er es, mit seinen Zimmergenossen in Kontakt zu treten.

Am dritten Tag wollte er am Auskunftsschalter mehr über Argentinien erfahren. Es sollte schließlich übermorgen losgehen. Er stellte nach wenigen Minuten fest, dass der Mann am Schalter nicht mehr wusste als er selbst. Der Hustenreiz hatte aufgehört, sodass er sich vor der täglichen Untersuchung am Morgen nicht zu fürchten brauchte.

Der Tag verstrich nur langsam. Er versuchte, mit seinen Schlafsaalgenossen ins Gespräch zu kommen. Sie waren zwar höflich, aber müde von einer Tanzunterhaltung am Vorabend, das Gespräch kam nach wenigen Sätzen zum Erliegen. Er erfuhr, dass sein Bettnachbar Martin hieß und in die Vereinigten Staaten wollte. Beim Abendessen setzte er sich zu einer Gruppe Deutscher, die aus dem Hunsrück stammten und zerlumpt aussahen. Geruch und Aussehen stießen ihn zwar ab, aber wenigstens sprachen sie Deutsch. Rundherum erklangen vorwiegend slawische Sprachen. Polen, Russen, Ruthenen saßen in Gruppen zusammen, die Juden aus dem Osten mit ihren schwarzen Hüten und langen Röcken saßen an eigenen Tischen. Sie sprachen einen eigenartigen Dialekt, den sie, wie er später erfuhr, *Mameloschen* nannten. Sie bekamen ein eigenes Essen, aber er sah auch viele zur Mittagszeit vor den Baracken sitzen und mitgebrachte Salzheringe verzehren.

Die Hunsrücker wollten nach Brasilien, ihr Schiff würde in drei Tagen ablegen. Sie erzählten ihm, dass sie sich hier endlich einmal satt essen konnten, etwas, das sie von Kindheit an nicht kannten.

Als er sich auf den Weg zur Unterkunft machte, memorierte er wieder spanische Vokabel: Er blieb stehen, holte das Wörterbuch heraus, versuchte sich einige Wörter einzuprägen und wiederholte sie, als er weiterging.

Buchstabe R. *Rabia,* die Wut, Tollwut, *rabanillo,* das Radieschen, *rábano,* der Rettich. Ob es in Argentinien Rettich gab? Sicher würden sie ihn wegen seiner Aussprache auslachen. Oder waren sie so etwas ohnehin gewohnt?

Er bog in die Gasse zu seiner Baracke ein, als er Geschrei hörte. Der Schlafsaal würde in zehn Minuten aufgesperrt werden, was war los? Er kam näher. Zwei Ordnungsdienstler redeten auf die schreienden Männer ein.

Sein Bettnachbar sprach ihn an, Martin, wenn er sich recht erinnerte. »Es ist alles unter Kontrolle. Sie haben ihn gefasst.«

»Wen?«

»Na, den Dieb, den verdammten. Keiner von unserer Baracke, sondern so ein Ostler, ich glaube, ein Ungar, ehemaliger Landsmann, was? Er hat bei uns eingebrochen.«

Anton tastete in seine Rockinnentasche. Ihm wurde heiß. Sein Geld war im anderen Jackett, wieso hatte er es auch wechseln müssen!

Ein Ordner rief im Hintergrund, dass jetzt alle hineinkönnten.

»Bitte kontrollieren Sie, ob etwas fehlt und melden Sie dies umgehend!«

Martin wandte sich ab, die Gruppe drängte hinein. Obwohl der Agent am ersten Tag gesagt hatte, dass alle Wertsachen beim Empfang deponiert werden könnten, hatten das viele offenbar nicht in Anspruch genommen, da sie sich die zwei Pfennig pro Tag sparen wollten.

Jeder stürzte zu seinem Koffer und wühlte herum, griff dorthin, wo er die versteckten Sachen wusste. Anton ertastete Geld und Ticket im Jackett, das er achtlos über den Bettpfosten gehängt hatte – sein Glück. Allgemeines Murmeln, Laute der

Erleichterung. »Die Kette! Der Schmuck fehlt«, rief ein Junge, von dem Anton vermutete, dass er Martins Sohn war.

Der Ordnungsdienstler zückte einen Notizblock.

»Bitte beschreiben Sie Ihre Wertsachen!«

Anton hörte die Antwort nicht, sondern stopfte seine Kostbarkeiten von dem einen Sakko in das, das er trug. Der Aufseher ging mit dem Jungen weg, offenbar hatte die Beschreibung gestimmt. Der Junge hätte es ja auch erfinden können.

Er setzte sich aufs Bett und blickte auf. Die anderen saßen auf ihren Betten, jeder schien jeden aus den Augenwinkeln zu beobachten. Kaum sah er zu jemandem hin, wandte der seinen Blick ab. Die drei Sippen, die mit ihm im Schlafraum waren, schienen jede für sich noch enger zusammengerückt zu sein. Noch stärker wurde ihm bewusst, dass er ein Einzelgänger war in diesem Raum. In zwei Tagen würde das hier vorbei sein.

12

»Anton Lipic, ja. Von Sebastian Guggenholz.«

Der Schalterbeamte reichte ihm einen Umschlag, auf dem Antons Name stand. Er hatte die ersten Tage gezögert, den Brief abzuholen: Wenn doch keiner da wäre? Wenn das Ganze ein Irrtum war? Aber der Brief existierte, sicher wusste Sebi schon Genaueres über das Zielland und über Arbeitsmöglichkeiten. Anton öffnete den Umschlag und war ein wenig enttäuscht, dass der Brief nur aus einem Blatt bestand. Andererseits, was hatte er erwartet? Sebi war ein Mann der Tat.

Lieber Anton! Wenn Du diese Zeilen liest, bin ich schon im gelobten Land. Heil Argentinien!

Anton lächelte, er sah Sebi vor sich, spürte den Überschwang, der aus diesem sonst so knorrigen Tiroler manchmal herausbrach. Er überflog die übermütigen Worte – Sebi schrieb von dem riesigen Schiff, das er besteigen würde, und den rassigen Señoritas, die in Buenos Aires warteten. Im letzten Absatz fand Anton die Information, die er gesucht hatte. Strauss & Co. hieß das Unternehmen, Eisenwarengroßhandel, alle Bediensteten deutschsprachig, gleich am Hafen. Eigentlich seien es nicht seine Verwandten, sondern die eines Freundes, schrieb Sebi. Er selbst werde dort arbeiten, Anton solle sich dort melden. Die Adresse war angegeben. Der Brief schloss mit Grüßen und einer gezeichneten Sonne.

»Das werde ich tun«, murmelte Anton. Strauss & Co. würde sein erster Weg sein, und wenn er fürs Erste nur im Lager arbeiten würde, er wäre zufrieden.

Er schaute noch einmal aufs Datum. Die Dampfer brauchten zweiundzwanzig Tage, wahrscheinlich war Sebi noch gar nicht dort. Anton lächelte und schüttelte den Kopf. Gelobtes Land! Sebi neigte immer schon zu Übertreibungen, aber wer konnte es ihm schon verdenken angesichts der Erwartung einer rosigen Zukunft?

Anton steckte den Brief in die rechte Rockinnentasche zu den anderen Papieren und stellte sich an einem anderen Schalter an, allgemeine Auskünfte. Er beobachtete die Menschen, die aus den Untersuchungsräumen kamen. Der Dampf der Desinfektion hatte in ihren Mänteln Gerüche nach gedämpftem Kohl freigesetzt, die bis zu ihm herüberschwappten. Weiter hinten erkannte er einige Bayern aus seinem Schlafsaal, die an der Gepäckausgabe anstanden. Für sie würde es am Vormittag schon losgehen. Da ihr Dampfer zu groß für den Hamburger Hafen war, mussten sie mit Booten zu einem Ort namens Brunshausen elbabwärts gebracht werden. Gott sei Dank würde ihm das erspart bleiben. Sein Schiff, die »Baden II«, war ein Frachter mit achtzehn Kabinen, ohne dritte Klasse. Normalerweise hätte er sich die zweite Klasse nicht leisten können, aber der Frachter bot weniger Komfort und außerdem waren im Winter die Kabinen billiger, im Sommer hätte er sich nur dritte Klasse oder Zwischendeck leisten können. Nach den Geschichten, die er darüber gehört hatte, war es ihm die Mehrinvestition wert. Er wollte weder auf Strohmatratzen schlafen noch sein Brot mit Ratten teilen.

Die Warteschlange rückte nur langsam weiter. Er zog nochmals den Brief aus der Tasche und las ihn wieder. *Eigentlich nicht meine Verwandten.* Sebi nahm es mit der Wahrheit offenbar nicht so genau. Wenn es vielleicht gar keine Arbeit gäbe drüben?

Als er an der Reihe war, erfragte er Ort und Zeit der Kartenausgabe für die Argentinienreisenden. Vierzehn Uhr, Gepäck gleich mitnehmen, danach sofort Abfahrt mit Booten oder Abmarsch zum Großen Grasbrook, wo immer das sein mochte.

Als er die Reihe der Wartenden entlang zurückging, fühlte er sich leicht. Er würde fahren, nicht gehen. Er war kein Hungerleider wie die Anstehenden, er würde die zehn Pfennig für die Fahrt ausgeben. Als er auf den Platz hinaustrat, wehte ihm eisige Luft entgegen. Verdammter Wind! Es schlug den Kragen seiner Jacke hoch. Als er am Zeitungsladen vorüberkam, beschloss er, der Mutter noch eine Karte zu schicken. Er kaufte eine Postkarte, auf der die »Baden« unter Volldampf abgebildet war, und überlegte, welche Worte er wählen sollte. Er konnte nicht schreiben, dass er noch keinen Anschluss gefunden hatte. Dass die anderen in Gruppen ausreisten, er aber allein war. Dass die Angst, krank zu werden und nicht ausreisen zu dürfen, unerträglich war. Vielleicht würde die Mame interessieren, wie die anderen Auswanderer aussahen, welche Kleidung sie trugen und welche Dialekte sie sprachen. Und wie armselig sie waren, gekleidet wie die Bettler zu Hause, die von Dorf zu Dorf zogen. Wie prächtig und reich die Stadt Hamburg war, gegen die sich Klagenfurt wie ein Dorf ausmachte. Dass er in Buenos Aires Arbeit haben würde.

Er schrieb schließlich zwei Sätze über Wetter und Verpflegung und ließ Josl grüßen. Für die Mutter würde es am Hof nicht leicht sein mit dem ältesten Sohn, der die Wochenenden in den Wirtshäusern verbrachte. Josl brauchte eine Frau, die ihn zur Räson brachte und die am Hof mitarbeiten könnte. Oder er sollte kurzen Prozess machen und den Hof verkaufen, solange er noch irgendetwas dafür bekam, und sich eine Arbeit suchen. Vielleicht würde er ihm das auf der nächsten Karte schreiben.

Ein Hustenreiz kitzelte ihn wieder ganz tief in den Bronchien. Bei den täglichen Untersuchungen war nichts aufgefallen. Bis zum Nachmittag, nur noch bis zum Nachmittag musste er durchhalten.

13

Um Punkt zwei Uhr stand er mit etwa dreißig anderen dick vermummten Gestalten vor dem Eingang 3 auf der »sauberen Seite« der Empfangshalle. Die eine Hälfte der Gruppe bildeten alleinstehende Männer, die andere zwei Familien mit insgesamt acht Kindern, das kleinste war noch ein Säugling, ein Knäuel, den eine dicke Lodendecke umhüllte. Ein etwa vierzehnjähriger Junge wandte den Blick nicht von ihm. Anton wusste nicht mehr, wohin er noch schauen sollte, der Junge stand da wie eine Statue. Der Eiswind blies nun kräftiger, Anton musste immer wieder husten.

Der Agent, Melone und Schnauzbart, rief die Namen einzeln auf, Anton tauschte die Kontrollkarte gegen das Schiffsbillet. Einige Männer gaben Gutscheine ab, die ihnen Verwandte aus Übersee geschickt hatten. Anton staunte einmal mehr über den gut geölten Mechanismus dieser Auswanderungsmaschine, die nichts dem Zufall überließ.

Sie stiegen in die Barkassen, die sie zum Großen Grasbrook brachten, der zu Antons Enttäuschung aussah wie jeder andere Teil des Hafens. Wieder mussten sie in einer Halle warten, auf deren Außenwand in großen Lettern HAPAG gemalt war.

Noch ehe sie sich setzen konnten, stellte sich der Agent vor sie hin.

»Nach der Desinfektion bitte die Koffer abgeben und sofort weiter zur Letztuntersuchung gehen. Wir weisen nochmals darauf hin, dass an diesem Punkt ein Ausschluss von der Passage noch möglich ist. Danach bitte sofort zu Pier 3! Noch Fragen?«

Letztuntersuchung? Anton wurde heiß und es juckte ihn wieder in den Bronchien. Davon war nie die Rede gewesen – oder hatte er nicht aufgepasst? Nochmals ausziehen und nackt vor den Arzt treten, nochmals Kleider und Koffer bedampfen lassen?

Er hob die Hand. »Entschuldigen Sie, von einer Untersuchung war doch nie die Rede. Wozu das jetzt noch? Wir sind doch ohnehin jeden Tag kontrolliert worden!«

Der Agent kniff die Augen zusammen. »Sie haben wohl die Unterlagen nicht gelesen. Im Übrigen können Sie auch gerne hierbleiben. Geld gibt es aber keines mehr zurück.«

Er lächelte die anderen an und musterte dann Anton von oben bis unten.

»Sie müssen sich nicht mehr ausziehen, falls Sie das meinen. Der Arzt hört Sie nur noch einmal ab und wirft einen Blick in die Augen, Sie wissen schon. Nehmen Sie inzwischen ruhig Platz!«

Holzbänke knarrten, ein unruhiges Murmeln kam auf.

Anton stand wie gelähmt. Abhören! Wenn der Arzt nun ein Rumpeln oder Rauschen in seinem Brustkorb hörte, würde er ihn dann zurückschicken? Nur ruhig bleiben! Es wird gut gehen! Argentinien wartet, Sebi, die Señoritas. Er setzte sich auf die Holzbank, sprang aber gleich wieder auf und stellte sich ans Fenster. Er würde noch genug sitzen. Die ersten Passagiere wurden aufgerufen. Auch andere standen auf, gingen hin und her. Niemand sprach laut. Anton spürte, wie sich eine nervöse Spannung im Raum aufbaute. Er musste wieder an die summenden Hochspannungsleitungen denken, die er in Tirol gesehen hatte. Er dachte auch an die Stromkabel, die die Elektrizitätsgenossenschaft vor zwei Jahren in seinem Dorf gespannt hatte. Elektrisches Licht auf den Höfen! Die Gebühr hatte einige Bauern fast in den Ruin getrieben.

»Familie Queri, Herr Lipic!«

Die Familie mit dem Säugling und dem Buben, der Anton angestarrt hatte, stand auf, Anton folgte ihnen. Der Untersuchungsraum war durch mehrere weiße Vorhänge in Abteile geteilt. Das Kribbeln im Hals war seltsamerweise weg, jetzt kam ihm seine Kehle trocken vor.

Er öffnete das Hemd, der Arzt legte das Stethoskop an, ein kalter Stich. In der Brust begann es zu jucken. Hinter dem Vorhang hörte er leise Stimmen, die nicht einer Meinung zu sein schienen. Er kämpfte gegen den aufsteigenden Hustenreiz, als plötzlich ein Geschrei hinter dem Vorhang anhob.

»Das können Sie nicht machen! Er ist völlig gesund!«, rief eine Männerstimme, es musste Herr Queri sein. Die Frau gab einen Laut von sich, der wie das Wehklagen eines Hundes klang und in winselndes Schluchzen überging. »Wir haben bezahlt, den vollen Preis«, sagte Queri, die Stimme klang schon etwas aussichtsloser. Der Säugling begann zu plärren. Eine Stimme murmelte etwas, eine Tür wurde aufgerissen, sie wurden hinausgebracht.

Der Arzt neben Anton hatte das Stethoskop abgesetzt und den Wortwechsel verfolgt. Er stand auf. »Schon in Ordnung, danke«, sagte er und nickte.

Anton beeilte sich, das Hemd zuzuknöpfen und den Raum zu verlassen.

Die Familie Queri stand mit einem Arzt und dem Agenten zusammen, Herr Queri diskutierte mit beiden. An seiner Haltung sah Anton, dass er sich verteidigte, er machte einen verzweifelten Eindruck.

Ein schmaler Mann kam durch die Tür, die Anton gerade hinter sich geschlossen hatte, und trat zu ihm. Er zeigte auf die Diskutierenden.

»Der Junge is blöd. Das hamse vertuscht, die Schwindler.«

Anton verstand nicht gleich.

»Mensch, auswandern is halt nix für welche, die da oben ein bisschen plemplem sind. Da kennense nix.«

Anton musterte seinen Gesprächspartner, er war auch um die zwanzig, aber viel größer und zugleich spindeldürr, sein Kinn eigenartig spitz. Er hatte sich nicht vorgestellt, also verzichtete Anton auch darauf.

»Aber was heißt das? Bleiben sie jetzt da?«

»Potztausend, du hast aber keene Ahnung! Die Eltern wern ihn hierlassen, der kommt ins Heim. Machense immer so. In Amerika nehmense keine Blöden.«

»Sie werden ihn hierlassen?«

Der Lange nickte, klopfte ihm auf die Schulter, machte einen Schritt und drehte sich um. Ich bin übrigens Robert, demnächst Roberto. Wir sehen uns auf dem Schiff!«

Anton wollte sich noch vorstellen, aber Robert hatte sich schon abgewendet und ging weiter.

Eltern, die ihre Kinder zurücklassen würden? Er konnte sich nicht vorstellen, dass seine Mame ihn irgendwo zurücklassen würde, und wäre er noch so behindert. Was waren das für Menschen? Ließ die Not und der Wille zu überleben die nächsten Bande vergessen? Amerika nimmt keine Kranken, ja, aber ein Zurückgebliebener steckte doch niemanden an!

Er spürte wieder den Kloß in seinem Hals. Er war durch die Kontrolle, aber noch nicht auf dem Schiff. Zu Hause hätte er sich für die Familie eingesetzt, er hätte protestiert, aber hier musste er auf sich schauen. Und nach vorne. Jetzt ging es in das Land, in dem jeder eine Chance bekam, die jeder für sich nutzen musste, ohne nach links oder rechts zu schauen. Er musste lernen, hart zu sein und an sich zu denken, wenn er etwas erreichen wollte.

Die Einschiffung funktionierte reibungslos, sogar eine Blaskapelle spielte zum Abschied. Nachdem sie den zweiten Marsch abgespielt hatten, machten sie rechts um und marschierten unter den Schlägen der Basstrommel weiter zum nächsten Schiff, wo sie wahrscheinlich dieselben Nummern spielten.

Robert tauchte wieder auf und stellte sich zu Anton. Er machte ein paar schmutzige Witze und brachte Anton zum Lachen. Robert erzählte, dass er aus Brandenburg stammte und auch alleine reiste. Da auf diesem Schiff mit den wenigen Kabinen nur die Familien ihre Kajüten zugewiesen bekommen hatten, die Einzelreisenden aber erst später die Einteilung bekommen sollten, schlug er Anton vor, dass sie sich die Kabine teilen sollten. Er willigte ein. Besser drei Wochen die flachen Witze diesen ruppigen Spaßvogels anhören als das Jammern eines Hungerleiders.

Das Ablegen dauerte eine Ewigkeit. Offiziere brüllten Kommandos, Ketten rasselten, das Schiffshorn tutete, dann passierte wieder nichts, außer dass ein Steward endlich die Kabinen einteilte. Immerhin färbte sich der Rauch aus den Schornsteinen dunkler. Nach einer halben Stunde zitterte das Schiff und gab ein langes Stöhnen von sich. An der zurückweichenden Uferlinie merkte Anton, dass sie abgelegt hatten. Der Frachter machte Fahrt und fuhr an Villen vorbei in die Elbmündung hinaus, der untergehenden Sonne entgegen. Obwohl eine kalte Brise wehte, blieb Anton an Deck, bis er das Meer sah. Er hustete viel an diesem Abend.

14

KÄRNTEN, 1926

Er hob den Kopf. Die alte Holztreppe mit offenen Stufen endete im Dunkeln. Die steilen Stufen, die zu seiner ehemaligen Kammer führten. Die Großmutter lag oben unterm Dach und konnte das Zimmer nicht mehr verlassen. Schon während der Begrüßung und dem Becher Apfelwein, den ihm die Mutter gleich aufgetischt hatte, hörte er das Ziegenglöckchen bimmeln. Seine Mutter sprang auf und polterte die Treppe hinauf, um nach ihrer Mutter zu sehen, während er stumm dasaß. Sagte dann zu ihm: »Du musst zu ihr schauen, wer weiß, wie lange sie es noch macht. Ich richte inzwischen die Jause, derweil sind die anderen auch da.«

Kamnik hob die Petroleumlampe in die Höhe – wann würden die Eltern endlich den Strom einleiten! – und setzte langsam einen Fuß nach dem anderen auf die Treppenstufen, die vernehmlich knarrten. Mutter hatte recht gehabt: Es würde vermutlich das letzte Mal sein, dass er sie sehen würde. Das letzte Mal, dass er Slowenisch sprechen würde.

Er duckte sich unter der Dachschräge und klopfte an. Kein Laut.

Die Sprache der Großmutter. In einem zukünftigen Großdeutschland hatte sie einfach nichts verloren. Kärnten war deutsch. Slowenisch gehörte der Vergangenheit an, war abzustreifen wie eine Schlangenhaut, ein Ballast in der deutschen Zukunft.

Er öffnete die Tür. Die Luft war heiß und beißend, der kleine Ofen im Zimmer zog schlecht. Die Großmutter lag halb aufrecht im Bett, den Oberkörper an ein großes Kissen gelehnt, die Beine unter mehreren Tuchenten begraben. Er stellte die Lampe ab und drehte den Docht ein wenig höher.

Die Großmutter trug eine altväterische Nachthaube, ihr Gesicht wirkte aufgedunsen. Sie stieß einen Laut aus, der wie eine Unmutsäußerung klang. Aber er durfte einem alten Menschen gegenüber nicht vorschnell urteilen. Er trat näher, ihr Gesicht wurde ein wenig heller, die schwarzen Augen blieben matt.

»No, da ti enkrat prideš.« Dass du einmal kommst.

»Babica, Sie müssen endlich Deutsch lernen«, sagte er auf Slowenisch. Wie verrückt, dachte er, das Siezen der Eltern und Großeltern in dieser Sprache.

»Ja, du mit deinem Deutsch. Alles ist deutsch heute. Dem Tod ist es egal, welche Sprache du sprichst.«

Sie hustete, drehte sich auf die Seite, nahm eine Tasse, in der vermutlich Tee war, und trank einen Schluck.

»Ist verrückt, nicht, ich trinke Wasser und dabei habe ich genug Wasser. Überall nur Wasser im Körper. Das Wasser wird mich umbringen, das Wasser. Komm her.«

Er nahm einen Stuhl, von dem er vorher einen Haufen Kleider herunterräumen musste, und stellte ihn neben das Bett. Auch die Hand der Großmutter, die er fasste, war aufgedunsen. Wer weiß, wie lange sie noch hatte.

»Hast du endlich eine Frau gefunden?«

Er musste sich zusammenreißen, dass er nicht laut loslachte. Da lag diese Frau im Sterben und ihre einzige Sorge war, ob der achtundzwanzigjährige Enkel endlich eine Frau gefunden hatte. Diesmal würde er nicht die Antwort geben wie bisher.

»Ja, Großmutter, das habe ich. Das habe ich.«

Er wusste, was sie als Nächstes fragen würde.

»Ist sie eine von uns?«

Das hieß: Ist sie eine Bäuerin, die mit dir den Hof übernehmen kann? Kann sie Slowenisch? Geht sie jeden Sonntag in die Kirche? Ist sie bereit, sich einzuordnen in die immer gleichen ländlichen Routinen?

»Babica, ich bin in Deutschland. Das habt Ihr vergessen.«

Er tätschelte ihre Hand.

»Sie ist Deutsche. Wir möchten im Sommer heiraten.«

Er hätte sagen können, dass die Frau schön war, dass sie aus reichem Hause stammte, dass sie ihn heiraten wollte, und sei es nur, um ihrem Industriellenvater eins auszuwischen. Aber wozu, es waren Dinge, die für die Großmutter zweitrangig waren.

Die Großmutter schwieg. Hatte sie verstanden? Dachte sie nach, was diese Aussage bedeutete?

Sie seufzte und drehte den Kopf zur Seite.

»Du musst es wissen. Was werde ich …«

Obwohl er ihre Reaktion vorausgeahnt hatte, ärgerte er sich. Was machte er bei diesem sterbenden Menschen, für den in der glorreichen Zukunft des deutschen Volkes ohnehin kein Platz mehr wäre? Hatte er, der erfolgreiche Ingenieur, es nötig, sich dem Urteil eines Menschen des vorigen Jahrhunderts zu beugen? Seine Generation kuschte nicht mehr vor den Alten, es war eine neue Zeit. Ruhig.

»Schon gut, Babica. Sie müssen sich ausruhen. Es wird schon besser werden.«

Sie blickte ihn an.

»Bub, was weißt denn du. Ich liege bald auf dem Friedhof.«

»Aber nein, so dürfen Sie nicht reden. Es wird schon.«

Sie schwiegen, nie war Kamnik seiner Großmutter so fern gewesen.

»Ich gehe dann wieder hinunter zu den anderen. Muss ihnen noch erzählen.«

»Geh nur. Aber komm her.«

Er beugte sich zu ihr, sie zeichnete ihm ein Kreuz auf die Stirn.

»Bog te obvari!«

Ich schütze mich selber, dachte Kamnik. Er drückte noch einmal ihre Hand, stand auf und tappte die knarrende Treppe hinunter.

»Da bist du ja«, sagte seine Mutter. »Braucht sie was?«

Kamnik schüttelte den Kopf.

»Komm, die Brotzeit ist angerichtet.«

Am liebsten hätte er sich in Luft aufgelöst, oder noch lieber in den Zug gesetzt und wäre zurück nach München gefahren. Aber er war hier auf dem Land, der nächste Zug ging erst morgen ab Klagenfurt und er würde noch drei Tage bleiben, so war es ausgeredet, wenigstens zu Ostern kommst noch heim, solange die Großmutter noch lebt, hatte es geheißen.

Er bereute es vom ersten Moment an, als er sein Elternhaus betrat, dass er sich hatte überreden lassen, ein letzter Rest von Gewissen und Verpflichtung. Sofort war er wieder der Bub, der von zu Hause fortgegangen war, vom Vater mit wenigen knorrigen Worten begrüßt. Nie hatte er ihm etwas recht machen können, der Bub, den können wir ruhig auf eine Schule gehen lassen, der taugt nicht zu praktischer Arbeit. Die Missbilligung des Vaters war ihm jetzt sofort wieder entgegengeschlagen, sie schwebte auch während des gemeinsamen Essens im Raum wie ein Gestank, der nicht vergehen wollte.

Er würgte an den Speisen, die ihm zu Ostern sonst immer so geschmeckt hatten, das Weihfleisch, der Rosinenkuchen, der Eierkren, für die seine Mutter immer noch die slowenischen Ausdrücke *žegn, pohača* und *močn* verwendete. Es war nicht mehr seine Welt, diese nicht zusammenpassenden Speisen, die Enge der Kleinhäusler, die Sprache, die schon längst tot sein sollte.

Als ihn Hans, der ältere Bruder, der das Haus übernehmen würde, einlud, zum Abbrennen der Osterfeuer mitzukommen, entschuldigte er sich, er sei noch müde von der Zugfahrt, er wolle sich hinlegen, zur Auferstehungsfeier müssten sie ohnehin um vier Uhr wieder aus den Federn.

Er tat kaum ein Auge zu. Er dachte an München, an Steinacher, daran, dass er jetzt Mitglied der Partei war, an sein neues Leben, wenn es mit der Frau und der Hochzeit noch klappen würde, wäre er am Ziel. Die Großmutter würde bald sterben – er empfand nichts bei dem Gedanken. Sie war über achtzig, es würde nicht überraschend sein. Auf ihn wartete eine deutsche Zukunft mit einer deutschen Frau.

15

BUENOS AIRES, 1947

Anton schloss die Beifahrertür auf Veronikas Seite, ging um das Auto herum, öffnete seine Tür und setzte sich ans Steuer. Nach dem dritten Dreh des Zündschlüssels sprang der Wagen an. Die Straße war fast ausgestorben, was ungewöhnlich war vor Mitternacht.

»So schlimm war das doch nicht!«

Anton schwieg, obwohl er wusste, dass sein Schweigen für Veronika unangenehm war. In der Stille schwebte ihr Flehen um Zustimmung. Er wartete, bis der Moment erreicht war, da das Schweigen seiner Meinung nach deutliche Ablehnung signalisierte.

»So sag doch etwas! Die Zugaben waren doch herrlich! Sogar ein Lied aus Kärnten haben sie gesungen!«

Er sah die Gesichter der Leute vor sich, die vor zwei Jahren noch die roten Armbinden mit Hakenkreuz getragen hatten und jetzt in den ersten Reihen saßen, als ob nie etwas gewesen wäre. Seine tolerante Haltung, mit der er zum Konzert gefahren war, bereit, endlich Versöhnung zuzulassen, war mit einem Mal zunichte geworden, als er diese Gesichter sah.

»Es sind dieselben Leute.«

»Jetzt reicht es aber! Was habe ich für einen Mann! Kannst du nicht einmal aufhören damit? Der Krieg ist vorbei, niemand ist mehr Nazi. Sonst wird er eingesperrt! Das haben nun wirklich alle verstanden. Auch die im Club. Nur du lebst immer noch in der Vergangenheit!«

Die Straßenlampen huschten als Reflexion über die Windschutzscheibe, gelbe Blinksignale.

»Glaubst du, es reicht, den Namen des Vereins zu ändern?« Anton zischte die Worte zwischen den Zähnen hervor. »*Sociedad de Beneficiencia* heißen sie jetzt, wie schön. Als könnten sie irgendetwas wiedergutmachen. Aber was rege ich mich auf. Ich brauche keine Wohltaten mehr.«

»Hast du nicht gemerkt, wie viele jetzt dabei sind, die vor Hitler geflüchtet sind? Du kannst doch nicht alle in einen Topf werfen! Wie oft soll ich das noch sagen, bis du es endlich verstehst?«

»Umso schlimmer, wenn sie nicht wissen, dass die Leute, mit denen sie jetzt zusammenhocken, Nazis waren. Und noch schlimmer, wenn es ihnen egal ist.«

Er bog in die *avenida Cabildo* ein, die nach Belgrano führte.

Sie schwiegen den ganzen Weg bis nach Hause, bis Anton den Motor abstellte. Er ließ seine Hände auf dem Lenkrad, Veronika legte ihre Linke auf seine Rechte.

»Es war trotzdem ein schöner Abend.«

Anton schwieg.

»Vielleicht kannst du dich ja mit diesem Steiner anfreunden. Er macht einen sehr höflichen Eindruck. Und er ist nicht so belastet. Sicher, er war auch Soldat. Aber was hatte er denn für eine Möglichkeit? Du wärest auch eingerückt, wenn du in Österreich geblieben wärest.«

Anton schnaufte. Sie hatte recht, er hätte keine Wahl gehabt. Verdammt, und war es nicht er gewesen, der immer gesagt hatte, man dürfe nicht in die Vergangenheit blicken? Nur die Zukunft zähle?

»Vielleicht. Aber du kennst mich ja. Ich tu mir einfach schwer mit diesen Leuten.«

Sie küsste ihn auf die rechte Wange.

»Komm, Elvira wartet sicher schon.«

Sie stieg aus und ging ins Haus.

Anton blickte auf das Armaturenbrett. Er war müde, aber da war noch ein Anflug von Nachsicht, den die spontane Zärtlichkeit ausgelöst hatte und der die Wut verdrängte. Er ließ den Tag vorüberziehen. Firma, zu Hause, Gespräch mit Ernesto, Chorabend. Er konnte zufrieden sein, der Betrieb würde sich vergrößern, er konnte es sich leisten. Und Veronika musste auch zufrieden sein.

Er stieg aus. Vielleicht war sie ja heute noch bereit, Nähe zuzulassen. Seine Liebe war nach elf Jahren etwas verblasst, er hatte mehrmals Blicke auf jüngere Frauen geworfen, war aber nie in Versuchung gekommen, mit ihnen etwas anzufangen oder Veronika gar zu verlassen. Was hätte er ohne sie erreicht? Was täte er in manchen Situationen ohne ihre mäßigenden Worte oder ihren naiven Optimismus? Sie sah in jedem Menschen das Gute und gab jedem einen Vorschuss an Vertrauen, während er von jedem zuerst das Schlechteste annahm. An der Tür kam ihm das Kindermädchen entgegen und verabschiedete sich. Veronika war nicht in der Küche, sie musste schon im Schlafzimmer sein.

Vertrauen, wann hatte er das Vertrauen verloren? War es während der Überfahrt gewesen oder später, bei der Ankunft?

16

AUF SEE, 1926

»Geben Sie nur her! Dieses Schiff ist ja zugleich ein Postamt!«

Anton streckte dem Schalterbeamten die Postkarte entgegen.

»Österreich, das macht zusätzlich fünf Pfennig Porto. Sie können auch in Dollar zahlen.« Anton kramte einige Pfennige, die ihm von Hamburg geblieben waren, hervor. Der Mann, es war wohl ein Matrose, der eine Postuniform angezogen hatte, klebte eine grüne Marke mit dem Reichsadler auf die Karte, deren Vorderseite das Schiff zeigte, aus dessen Schloten dunkler Rauch quoll. Anton hatte sie hier an Bord gekauft, der Kapitän hatte in seiner Begrüßungsrede auf das Schiffspostamt hingewiesen. Anton traute der Sache mit der Post auf dem Schiff nicht ganz. Wer garantierte ihm, dass die Karte ankam?

Der Matrose schien die Gedanken seiner Kunden zu kennen.

»Wir geben den Postsack in Las Palmas auf. In zehn Tagen ist er wieder in Hamburg.«

Anton nickte, sicher musste der Matrose diesen Satz auf jeder Überfahrt Dutzende Male sagen. Es war ihm peinlich, dass der Matrose seine Gedanken kannte. War Anton daheim noch der Exot und Querdenker gewesen, war er hier einer von vielen, ein Routinefall. Vermutlich schreiben alle Auswanderer in den ersten Tagen dieselben Ansichtskarten, vermutlich wählten viele die Karte mit dem Schiff, das in ein gezeichnetes Meer mit viel zu großer Bugwelle hineinmontiert war, das Schiff, auf dem sie alle ihrem Elend entflohen. Überall trafen dann fast zeitgleich dieselben Karten auf die Zurückgebliebenen mit derselben Botschaft: Seht her, ich bin unterwegs, ich habe es geschafft. Und überall dachten die Empfänger mit Neid, Wehmut oder Verachtung an die Auswanderer.

Wie schon in Ballinstadt schien auch auf dem Schiff alles kommerziell durchorganisiert zu sein, auch wenn die »Baden« ein Frachter war und nur nebenbei Passagiere beförderte. Anton merkte es an vielen Kleinigkeiten: die fast private Betreuung der knapp vierzig Passagiere durch die Besatzung vom ersten Abendessen an. Die Ansichtskarten, die ab dem zweiten Tag im Fünfer-Bündel günstiger verkauft wurden. Die Kabinen, die man bei Bedarf für fünfzig Pfennig reinigen lassen konnte.

Die »Baden«, so erzählte der Kapitän bei seiner Begrüßungsansprache, fuhr jeden Monat die Strecke Hamburg–Rio–Buenos Aires. Diesmal hatte sie Kupferplatten und Rundeisen geladen und lag tief im Wasser. Als Frachtschiff bot sie zwar weniger Komfort als ein Transatlantikliner, hatte aber dafür kein Zwischendeck. Über diese Zwischendeckpassagiere hatte Anton einiges gehört. Robert, sein dürrer Kabinengenosse, hatte ihm gleich in den ersten Stunden erzählt, was sein Onkel vor zwei Jahren ausgestanden hatte, als er nach Amerika übersetzte. Zusammengepfercht mit Menschen, die ihr einziges Gewand am Leibe trugen, vegetierte er im Zwischendeck mehr dahin, als dass er die Reise bewusst erlebte. In der fensterlosen, stickigen Etage zählte er die Tage und die Stunden, bis dieses Gefangenendasein ein Ende haben würde. Kurios war es, so hatte er Robert geschrieben, dass es gerade dort, wo alle eng zusammengepfercht reisten, eine genaue Trennung nach Nationen und Religionen gab, Deutsche und Polen, Christen und Juden hockten für sich zusammen, viele zehrten fast drei Wochen von ihren von zu Hause mitgebrachten Lebensmitteln, um Geld zu sparen, viele wurden von der eintönigen Nahrung – Salzheringe und eingemachte rote Rüben bei den Juden, Pökelfleisch bei den Christen – krank und bekamen Durchfall, ohne Ersatzkleidung zum Wechseln mitzuhaben.

Anton war nach diesen Geschichten Roberts, die im Detail vielleicht nicht ganz stimmten, froh, bei der Auswahl des Schiffes nicht gespart zu haben. Das Zwischendeck war ihm erspart geblieben. Andererseits – was hätten ihm ein verspiegelter Speisesaal und ein Promenadendeck gebracht? Er hatte einen guten Mittelweg gewählt. Auf der »Baden« waren alle Passagiere gleich und speisten auch gemeinsam dreimal am Tag in einer schlichten Messe, in der nach ihnen auch die Besatzung aß, die den Gästen gegenüber wenig Distanz zeigte.

Die Passagiere! Anton kamen sie vor wie die Hühner zu Hause, die aufgeregt herumliefen, sobald er sich mit einem Sack voller Korn näherte. Am ersten Tag hielten sich fast alle an Deck auf, sahen die letzten Leuchttürme Europas vorüberziehen und machten einander bekannt.

Anton hörte sich einige Lebensgeschichten an, bis ihm der Kopf brummte. Es wurde viel gelacht, fast ein wenig überspannt und krampfhaft. Einige tranken gleich am ersten Abend über den Durst, zwei Bayern sangen bis tief in die Nacht zur Zither.

Am zweiten Tag kannte er fast alle mit Namen. Er sprach nicht viel, sondern hörte wieder mehr den Leuten zu. Es fiel ihm auf, dass niemand flüsterte, niemand schien Bedenken zu haben, dass ein Gespräch mitgehört wurde, alle sollten hören, welche Zukunft jedem in dem neuen Land bereitstand. Anton war fasziniert vom Klang der Dialekte. Er hatte nicht gewusst, dass es in Deutschland so unterschiedliche Idiome gab. Es waren ja durchwegs Leute vom Land, die auswanderten, die gar nicht anders sprechen konnten, auch wenn sie sich bemühten. Der eine, Andreas aus Schlesien, flocht slawische Worte ein, von denen Anton die meisten verstand, und verwendete immer

I statt Ü, was Anton an die Mame erinnerte, wenn sie einmal ausnahmsweise deutsch sprach.

Zwei polnische Juden flüsterten in der *Mameloschen*, während Richard, ein Pfälzer, der viel lachte, für Anton völlig unverständlich sprach.

Er fand indes niemanden, der mit ihm Spanisch sprechen wollte, alle schienen sie sich an ihrer vertrauten Sprache festzuklammern. Wer wusste schon, wie lange sie sie noch haben würden?

Am dritten Tag ging es mit der Seekrankheit los. Anton schlief im Stockbett oben und schaffte es gerade noch hinunter bis zum Nachttopf, wo er in Roberts Urin hineinkotzte.

»Ich glaube, du schläfst besser unten«, sagte Robert, nahm Decke und Polster und kletterte die Leiter zum oberen Bett hinauf.

»Tut mir leid«, sagte Anton.

»Schon in Ordnung, jeden erwischt es einmal.«

Am nächsten Tag blieb Anton in der Kabine, Robert versuchte, ihn durch Witze aufzuheitern.

Tags darauf ging es ihm besser, dann erwischte es Robert, dem selbst mit grünem Gesicht und leerem Magen die Witze nicht ausgingen. Als das Schiff bei frühlingshaften Temperaturen in Las Palmas anlegte, ging Anton von Bord und Robert musste das Bett hüten.

»Wer weiß, was ich sonst mit den Señoritas dort anstelle«, gab er Anton mit.

Liebe Mutter!

Herzlichste Grüße von Las Palmas. Das ist auf den Kanarischen Inseln. Ich habe schon einen Freund gefunden, der auch ein neues Leben beginnen wird. Er heißt Robert und stammt aus dem hohen Norden.

Ich hoffe, Ihr befindet Euch wohl. Die nächste Karte kommt dann von Argentinien!

Euer Sohn

Anton

Wieder hatte er ein seltsames Gefühl, seiner Mutter auf Deutsch zu schreiben, einer Sprache, die sie beide gegenüber Dritten verwendeten, aber niemals untereinander. Er hätte die Karte auch auf Slowenisch schreiben können, aber er war sich nicht sicher, wie man einige Wörter schrieb, ganz zu schweigen davon, wie die Kanarischen Inseln in dieser Sprache hießen.

In der Inselstadt herrschte ein Gewühl von Menschen, an jeder Ecke versuchten die Einheimischen den Besuchern Geld aus der Tasche zu locken. Kinder liefen den Landgängern nach, boten Kokosnüsse, Zitronen und Bananen an, Anton hatte diese Früchte zuvor nur auf Bildern gesehen. An Ständen gab es Ansichtskarten, billigen Schmuck und Alkohol, in den Nebengassen der Hafenpromenade lockten grelle Schilder in Nackttheater und Bordelle. Er kaufte nichts, konsumierte nichts, unsicher, wie sich das auf den Magen auswirken würde. Alle paar Minuten tastete er nach seinem Geld.

Als er zurückkehrte, sah er sofort nach Robert, der friedlich schnarchte.

Irgendetwas war anders in der Kabine. Er konnte es nicht benennen. War er berauscht von den neuen Eindrücken der Inselhauptstadt, den Palmen, dem Glitzer, den Frauen, die er gesehen hatte?

Lag sein Koffer anders? War er verrutscht, hatte sich das Schiff bewegt? Robert atmete gleichmäßig. Anton öffnete leise den Koffer, alles war da, Anzug, Leibwäsche – aber so unordentlich hatte er die Fotografien nie hineingestopft. Er äugte zu seinem schlafenden Kabinengenossen, sah, wie sich die Decke hob und senkte. Er war doch ein Freund. Oder nicht? Konnte er ihm trauen?

Wahrscheinlich war Robert neugierig gewesen.

Anton fragte sich, ob er auch Roberts Gepäck durchsucht hätte, wäre er in seiner Situation gewesen. Vielleicht. Menschen tun seltsame Dinge, wenn sie nicht beobachtet werden, sagte er sich. Vielleicht hätte er es auch getan. Sicher. Oder nicht? Dieser Robert war bestimmt ein guter Kerl. Aber er musste sich trotzdem daran gewöhnen, niemandem außer sich selbst zu trauen. Er war noch immer zu arglos.

17

BUENOS AIRES, 1926

»Einwanderer, imigrante«, sagte Anton. Nein, Tourist war er keiner. Der Mann nickte, machte einen Strich auf einer Liste, hielt drei Finger hoch und wies in die Halle. Schalter 3, in die Warteschlange. Anton setzte sich in Bewegung, den Koffer in der einen, den Mantel in der anderen Hand. Obwohl er auch keine Weste mehr unter dem Sakko trug, schwitzte er ständig. Es war zwar nicht mehr so heiß wie vor einer Woche am Äquator, dennoch hatte es sicher um die dreißig Grad.

Die Bekanntschaften vom Schiff hatten sich schnell verlaufen, die Bayern, Edi, Valentin und wie sie hießen, sogar Robert, von dem er gedacht hätte, sie würden zusammenbleiben, bis die Formalitäten erledigt wären, hatte ihm an Deck auf die Schulter geklopft, war die Gangway hinuntergelaufen und hatte sich durch die Menschen an der Landungsbrücke gedrängt, als ob er Angst gehabt hätte, dass ihm ein früher Ankommender einen Arbeitsplatz wegschnappen könnte.

Die Warteschlange vor Schalter drei rückte langsam weiter, immer wieder hob Anton den Koffer, ging zwei Schritte, stellte ihn wieder ab, tastete nach dem Geld. Seine Finger bekamen Sebis Brief zu fassen, auf den Anton die Adresse der Firma außen auf den Umschlag geschrieben hatte. Die Schrift war schon abgerieben und verblasst, er hatte den Umschlag ständig in der Innentasche des Sakkos getragen. Adolf Strauss & Co., Eisenwaren-Großhandel, Import-Export, *avenida Presidente Ramón San Castillo,* gleich hier am Hafen.

Er würde Arbeit haben, nicht wie viele andere, die aufs Geratewohl aufgebrochen waren. Heute noch würde er Sebi wiedersehen! Sie würden am Abend noch ein Bier trinken, wie an den Feierabenden in Tirol, und auf ihre Zukunft anstoßen.

»*Próximo, next please,* Nächster bitte! *Castellano?*«

Anton nickte, der Immigrationsbeamte begann mit seinem Interview, von dem er kein Wort verstand. Er nickte bei jeder Frage.

Der Beamte wurde fordernder im Ton, wiederholte eine Frage mehrmals.

»*No hablo castellano*«, kam Anton endlich über die Lippen, das Eingeständnis, dass er nichts verstand, und die blitzartige Erkenntnis, dass all das Lernen der Spanischvokabel nicht die Hälfte, sondern nur ein Bruchteil der Vorbereitung gewesen war. Er hatte die bloßen Ziegel mit einem fertigen Haus verwechselt, das es noch zu bauen galt.

Der Mann schimpfte Unverständliches und verwies ihn an einen Kollegen, der ohne Einleitung gleich ein Kreuzverhör begann.

Name, Alter, haben Sie Geld, haben Sie eine ansteckende Krankheit, waren Sie im Gefängnis, waren Sie im Irrenhaus, gibt es in Ihrer Familie Geisteskranke, kommen Sie aus einem Gebiet mit Epidemien, ein Stakkato, das Anton immer ängstlicher werden ließ. Was, wenn sie nach einer Bestätigung des Arbeitgebers fragten? Einige Fragen verneinte Anton, ohne zu wissen, worum es ging. Was zum Himmel war ein Polygamist oder Anarchist?

Bei »Grund der Einwanderung« antwortete er mit »Aufbau einer neuen Existenz«, wie es allen auf dem Schiff noch einmal eingeschärft worden war. Nein, er brauchte keinen Platz im *Hotel de Inmigrantes*. Der Beamte schrieb.

An den anderen Schaltern führten Italiener laute Diskussionen, Anton hatte das Gefühl, der einzige Deutschsprachige unter den Einwanderern zu sein. Wo steckten bloß die anderen von seinem Schiff?

Eine halbe Stunde später spuckte ihn das Gebäude aus. Er stand draußen, auf der reinen Seite, die hier natürlich nicht so hieß, das gestempelte Dokument in der Tasche. Er war hungrig und benommen, als hätte er die Nacht zuvor durchgezecht. Er hatte es geschafft!

Er ging über den lang gezogenen Vorplatz der Landungsbrücken, der voller Marktbuden und Stände war, und versuchte im Gehen einen Tanzschritt. Er war Argentinier! Am liebsten hätte er es Händlern entgegengebrüllt, die lautstark Obst, Imbisse, Bekleidung und Kurzwaren anboten. Agenten standen neben Tischen mit Schildern »Immigrants help«. Er ging weiter Richtung Straße, wo ein unbeschreiblicher Lärm herrschte. Automobile knatterten in Viererreihen vorbei, in jedem Haus der hafenseitigen Häuserzeile befanden sich Läden, deren Inneneinrichtungen sich auf die Straße hinaus fortsetzten, ob es sich um einen Gemüseladen oder um eine Werkstätte handelte. Viele Leute standen oder kauerten einfach auf der Straße und beobachteten die Neuankömmlinge, die vom Immigrationsgebäude her strömten. Zerrissene Säcke, Holzstücke von Kisten und andere Dinge, die Anton nicht zuordnen konnte, lagen an den Straßenrändern. Er blickte zurück, nach links, nach rechts, ein Hauch Enttäuschung mischte sich in die stille Freude. Alles, wirklich alles, Häuser, Straßen, Menschen, wirkte dreckig, ungepflegt, vernachlässigt und zugleich zum Platzen gefüllt mit Leben.

Ein wenig weich in den Knien lief er weiter die Hafenstraße entlang. Irgendwo musste doch ein Straßenname stehen. Taxichauffeure sprachen ihn in mehreren Sprachen an, er hob die Hand und lächelte. *»No, gracias.«* Er würde jeden Dollar brauchen, das Geld musste er noch wechseln, aber sicher nicht hier am Hafen.

Eine Windbö blies ihn mit einem Mal so heftig an, dass er fast wankte. Er fand sein Gleichgewicht mit dem Koffer und ging vorsichtig weiter. Das Klima hier war ganz anders als die tropische Hitze der letzten Tage auf dem Schiff, seltsam unausgegoren. Offenbar gehörten diese Windstöße zum Herbst, irgendwo hatte er etwas über die Jahreszeiten gelesen, konnte sich aber an keine Details mehr erinnern. Diese Hitze! Er musste an das Glatteis im verschneiten Salzburg vor kaum einem Monat denken und fragte sich, wie lange er brauchen würde, sich an die verkehrten Jahreszeiten zu gewöhnen. Er musste weiter, es war schon fast Mittag.

Strauss & Co., Strauss & Co. Die *avenida Presidente Ramón San Castillo* musste gleich da vorne sein. Zwei bettelnde Jungen folgten ihm. Er drehte sich um, deutete und rief »weg!«, doch das beeindruckte sie nicht. »Verschwindet!«, schrie er ebenfalls auf Deutsch, das spanische Wort hatte er vergessen. Sie verloren sich im Gewühl, überall wogten Menschen auf und ab, Automobile brummten und hupten. Endlich ein Straßenschild – er war schon in der *avenida!* Aber die Hausnummern wurden niedriger – es war die falsche Richtung.

Er lief die Straße zurück, der Koffer schien ihm schwerer als am Hinweg. Er trottete wieder an der Einwanderungsbehörde vorbei, als ihm ein Pferdewagen entgegenkam, ein seltsamer Wagen, ein großer Einachser, wie er ihn noch nie gesehen hatte, voll besetzt mit einem Dutzend Menschen. Jemand winkte herunter. »Anton!«

Es war Robert, der so schnell verschwunden war.

»Wir sehen uns! Viel Glück!«, rief er und schwenkte seinen Hut, der Wagen reihte sich in die Kolonne der Automobile ein und verschwand im Gewühl.

Er passierte das *Hotel de Inmigrantes,* das er vorher nicht gesehen hatte. Er wunderte sich über das N in der Schrift, hieß es nicht »Imigrantes«? Das Gebäude erinnerte Anton an ein kleines Schloss. Einige Einwanderer in ihren Trachten kamen ihm entgegen, Spanier oder Italiener mit Bundhosen, Frauen mit großen weißen Kopftüchern, und wieder schwarz gekleidete Juden mit Schläfenlocken. Er achtete auf die Hausnummern, die Straße war sehr lang. Er passierte einen kleinen Bahnhof am Hafen, der verlassen da lag, endlich blinkte das Schild »Strauss & Co.« Ein großes Schild, gelbe Schrift auf rotem Grund. Es sah gut aus.

Ein großes Portal, Schaufenster mit Eisenbeschlägen, Scharnieren und Werkzeug. Er nahm eine aufrechte Haltung an und räusperte sich. Dann öffnete er die Tür.

II

18

BUENOS AIRES, 1926

Als er um die Straßenecke bog, entfuhr ihm ein leises »Verdammt!«. Die Menschenschlange vor der *Bolsa de Trabajo* reichte wieder bis auf die Straße. Im Gebäude selbst, das wusste er inzwischen, standen die Menschen über die Treppe in Zweierreihen bis in den ersten Stock an. Aber immerhin – die Reihe reichte nur bis zum vierten Fenster, gestern und vorgestern hatten sich die Arbeitssuchenden die ganze Hausfront entlang gedrückt.

Er stellte sich hinten an, missmutig beäugt von denen, die vor ihm standen.

Wage es nicht, dich vorzudrängen. Wehe, du versuchst es. Die Leute vor ihm sprachen Italienisch, auch gestern hatte er schweigsam unter Italienern gewartet, war vergeblich angestanden in der Hoffnung, wenigstens Arbeit für einen Tag zu finden.

Und nun waren drei Tage verstrichen. Drei Tage Hölle.

Der Verkäufer bei Strauss & Co. kannte keinen Sebi. Anton bestand darauf, den Chef persönlich zu sprechen. Herrmann Strauss war ein hagerer Mann mit Halbglatze und Bürsten-Schnurrbart, große Tränensäcke, weißes Hemd, schwarzes Gilet. Er sprach leise, in einem singenden Tonfall. Ja, ein Angestellter hatte einmal einen Sebastian Guggenholz erwähnt, der hier arbeiten wollte, aber leider habe er ihn bisher noch nicht zu Gesicht bekommen. Und nein, Arbeitsstelle sei keine frei, weder für Herrn Guggenholz noch für sonst jemanden.

Nein, auch in den nächsten Wochen nicht. Anton solle sich an den österreichischen Hilfsverein wenden oder gleich zur *Bolsa de Trabajo* gehen, dort gebe es auch Leute, die Deutsch sprächen.

Eine kurze Stille trat ein, die Worte hallten in Anton nach, im Hintergrund ließ ein Angestellter Schrauben in eine Lade rieseln. Es musste ein Irrtum sein. Oder, warum war er nicht gleich draufgekommen, ein Scherz! Sebastian war sicher da, gleich würde er hinter einer Säule hervorspringen. Sie würden einander umarmen, danach bei einem Bier zusammensitzen und gemeinsam über den Scherz lachen. Der Chef würde dazu lächeln, dann würde er Anton einstellen.

Doch Strauss verabschiedete sich höflich und ging weg.

Der Weg zurück zum Hafen schien ihm doppelt so lang. Anton sprach laut mit sich selbst, wiederholte immer wieder dieselben Worte. Sebi ist nicht da. Ich habe keine Arbeit. Ich kenne hier niemanden.

Die Schiffe kamen wieder in den Blick, an einer rostigen Schiffswand hämmerten Arbeiter herum, die an Seilen baumelten.

Vielleicht war Sebi etwas passiert. Es musste so sein! Etwas war vorgefallen, vielleicht schon auf dem Schiff oder bei der Ankunft. War er überfallen und ausgeraubt worden? Vielleicht war er gar nicht mehr am Leben. Mit jedem Schritt erwog Anton neue Möglichkeiten. Eine Variante schob er zunächst weg, aber sie drängte sich immer wieder vor, ließ ihm keine Ruhe: Hatte Sebi ihm etwas vorgespielt? Aber der doch nicht! Wollte er als toller Bursche erscheinen und hatte er deswegen gelogen? Und er hatte ihm blind vertraut!

Im *Hotel de Inmigrantes* erwischte Anton eines der letzten Betten. Trotz der Bezeichnung »Hotel« handelte es sich zu seiner Enttäuschung um eine Einwandererkaserne mit vier

Schlafsälen, in jedem davon standen über zweihundert Betten. Wenigstens musste man hier die ersten fünf Tage nichts zahlen. Lange lag er wach, da einige Männer husteten, sich räusperten oder im Schlaf redeten. Die Gedanken kreisten in einem fort und kehrten blöde immer zu denselben Feststellungen zurück: Er war in einem fremden Land, er hatte keine Arbeit, er kannte niemanden. Das Geld reichte nicht für eine Rückfahrt, er musste hierbleiben. Von dem Ersparten könnte er, wenn er es sich gut einteilte, vielleicht zwei Monate leben. Aber das war keine Lösung.

Er würde sich morgen Arbeit suchen und so lange arbeiten, bis er genug Geld beisammen hätte, um zurückzufahren. Zurückfahren. Er müsste ja nicht zurück nach Österreich, er könnte in Deutschland bleiben, im Hamburger Hafen gab es sicher genug Arbeit. Dort sprach man wenigstens Deutsch, hier verstand er kein Wort, alle redeten viel zu schnell.

Nach knapp fünf Stunden Schlaf schlüpfte er in seinen zweiten Anzug, erkundigte sich an der Rezeption nach den Modalitäten der Arbeitssuche und stellte sich vor der *Bolsa de Trabajo* in die Reihe der Wartenden. Vier Stunden stehen, während der kühle Morgen langsam einem immer heißer werdenden Vormittag wich. Im Treppenhaus verströmten die steinernen Stufen etwas Kühle. Doch bevor er an die Reihe kam, drei waren noch vor ihm, wurde die Amtstür geschlossen. Mittagspause bis vier Uhr. Da brauchst du gar nicht mehr zu kommen, sagte einer vor ihm und ging weg. Die Schlange löste sich auf, viele schimpften, einige sagten nichts und blieben stehen. Wer weiß, zum wievielten Male sie sich anstellten. Antons Magen knurrte. Er hatte keine Geduld mehr.

Als er aus dem Treppenhaus ins Freie trat, bekam er fast keine Luft. Es ist sicher auch die Luftfeuchtigkeit, nicht nur die Hitze, sagte er sich. Er blieb stehen und versuchte, die

Atmung unter Kontrolle zu bringen. Langsam. Er holte einen Zettel hervor, auf dem er einige Adressen notiert hatte, und ging vorsichtig los. Bei der *Asociación Austria*, die nur ein paar Straßen weiter lag, bekam er eine warme Suppe und die Auskunft, er solle nächste Woche wiederkommen, derzeit könnten auch sie keine Arbeit vermitteln. Am Nachmittag legte er sich in sein Bett, abends strich er am Hafen herum und versuchte, spanische Worte aufzuschnappen.

Am nächsten Tag wiederholte sich der Ablauf, als ob er eine Kopie des vorigen Tages wäre. Er war früher zum Arbeitsamt gekommen als am Vortag, trotzdem war die Schlange der Wartenden länger, die Türen schlossen sich wieder um zwölf, diesmal waren es zwanzig vor ihm. Am Nachmittag suchte er Strauss & Co. auf, wo man ihm bedeutete, dass ein Sebastian Guggenholz noch immer nicht aufgetaucht sei.

Und nun der dritte Morgen. Heute wollte er noch früher da sein und stand wieder auf der Straße in der Schlange.

»Anton!«

Er zuckte zusammen und blickte auf die in der Früh wenig belebte Straße, auf der ein Fuhrwerk mit Fässern vorbeiratterte. Hatte der Kutscher gerufen? Er blickte sich um, abermals erklang sein Name.

»Was zum …!«

Ein Finger bohrte sich in seine Seite.

»Anton, altes Haus, was machste denn für Sachen?«

Neben ihm stand Robert, außerhalb der Schlange, missmutig beäugt von den anderen Wartenden.

»Robert! Was machst du denn hier? Willst du dich vordrängen?«

Der zappelige Überfahrtsgenosse trug einen neuen dunkelblauen Rock und spielte mit einer Uhrkette herum, die er an Bord noch nicht gehabt hatte.

»Aber nein. Haste wohl nichts gefunden, wenn du hier anstehst. Bin ich ooch am ersten Tag.«

Während er sprach, wechselte er von einem Fuß auf den anderen, wie er es auf dem Schiff gemacht hatte. Anton taxierte ihn skeptisch und sah dann auf die Uhr, als ob er beschäftigt wäre. In einer Stunde würde er vielleicht dran sein. Dieser Robert hatte ihn auch im Stich gelassen. Wie Sebi. Gut, mit ihm hatte er nichts vereinbart, er war nur ohne Abschied davongelaufen. Vor drei Tagen war das erst gewesen.

»Hast du Arbeit?«

»Ja, hatte Glück. Aber nich hier. Hab 'nen Tipp bekommen.«

Er blickte spitzbübisch, als wollte er aus Anton eine Frage herauslocken. Anton machte eine wegwerfende Geste: Dann sagst du es eben nicht. Er wusste, dass es Robert nicht für sich behalten können würde.

»Kommst du mit? Da gibt es ein Lokal, wo Zettel hängen. Viele Deutsche dort.«

»Ein Lokal? Das hier ist das Arbeitsamt, die haben doch die Übersicht. Ich gebe meinen Platz hier sicher nicht auf. Du hast Ideen!«

»Musste selbst entscheiden. Ich hab dort gleich was gefunden. Ohne Anstehen. Bin doch nich plemplem, dass ich so lange warte.« Robert tippte sich an die Stirn und wechselte wieder von einem Fuß auf den anderen. Einige Italiener in der Warteschlange blickten ihn finster an, als strahlte von ihm ein böser Zauber aus.

Anton gingen hundert Dinge durch den Kopf. Ein Kreisel, der ihn schwindlig machte. Arbeit? Lokal? Anstehen? Kein Warten? Deutsche?

»Also dann! Viel Glück!« Robert winkte, machte einen Schritt und wandte sich um, als erwartete er von Anton etwas.

»Warte! Wo … wo ist das? Weit von hier?«

Robert grinste.

»Nein, aber spielt doch ohnehin keine Rolle, wenn es dich nich interessiert, oder?«

Anton hatte das Gefühl, dass in ihm etwas platzte.

Er trat aus der Reihe. »Gehen wir!«

Das Lokal war zugleich Gasthaus und Krämerladen, auf der Hauswand links und rechts von der Haustür drängten sich Verkaufsstände, die zum Laden gehörten und auf denen Säckchen von Kaffee, Gewürzen und anderen Dingen lagen, die Anton im Vorübergehen nicht erkennen konnte. Sie traten in den gewölbten Flur, der ihn an den Laubengang zu Hause erinnerte. Links und rechts auf dem Boden lagen leere Holzkisten und Jutesäcke.

»Hier!«, sagte Robert und blieb vor einer großen braun gesprenkelten Tafel sehen. Kork, das musste Kork sein. Anton hatte bisher nur Flaschenkorken gesehen.

Auf der Tafel hingen mit Reißzwecken befestigt Papiere, viele davon fleckig und mehrfach beschrieben und radiert. Stellenanzeigen, die meisten auf Spanisch und Italienisch. Die Anzeigen betrafen nicht nur Buenos Aires, sondern offenbar auch das Umland.

In den einzigen zwei deutschen Anzeigen suchten Schafzüchter in Patagonien Landarbeiter, die im Betrieb mithalfen.

Anton war enttäuscht, zugleich kam ihm die Wut hoch, weil er die Warteschlange aufgegeben hatte.

Robert klopfte ihm auf die Schulter.

»Es kommen laufend neue herein. Gehen wir mal was trinken. Komm, ich lade dich ein!«

Anton hätte am liebsten losgeheult. Wegen diesem Idioten hatte er die Reihe verlassen! Er würde sich morgen gleich wieder anstellen. Sei's drum. Andererseits hatte er einen Menschen gefunden, mit dem er sprechen konnte und der bereits eine erste zarte Wurzel geschlagen hatte. Vielleicht würde sich noch etwas ergeben.

Die Wirtsstube war ein mit dunklem Holz ausgekleideter Raum mit gekacheltem Boden. Holz und Boden wirkten wie von einem Ölfilm überzogen. Es roch nach altem Bratenfett und abgestandenem Bier. Der Raum war voll mit lärmenden Menschen, jeder Tisch war besetzt. Sie stellten sich an die Theke. Robert bestellte zwei Bier und begann zu erzählen.

Arbeit fänden nur die, die bei leiblichen Verwandten unterkämen. Sonst habe man in der Stadt keine Chance. Die meisten Einwanderer zögen weiter aufs Land, wo auf den großen Farmen immer Arbeitskräfte gesucht wurden. Wer das nicht einsehe, der gehe vor die Hunde und würde früher oder später auf der Straße landen. Er hatte von Leuten gehört, die mit Geld für eine Woche angekommen waren und jetzt am Hafen bettelten. Wenn man in der Stadt bleiben wolle, dauere es bis zu zwei Monate, bis man eine Arbeit fand, wenn nicht länger.

»Aber du bist doch noch nicht so lange hier, was redest du?«

»Glaub mir. Hat mir alles mein neuer Kamerad erzählt, wir reden viel beim Arbeiten.«

Robert hatte auch nicht die erhoffte Stelle gefunden. Zum Glück hatte er einen Verwandten kontaktiert, dem er in seinem Büro helfen konnte, er hätte ja fast Abitur gemacht, wenn er nicht knapp davor die Schule abgebrochen hätte. Er sitze jetzt in einem kühlen Büro und mache Zinseszinsrechnungen, das könne er ja noch. Ein Monat war Probezeit, aber er würde sicher bleiben können.

Was habe ich schon gelernt, dachte Anton. Ich weiß, was auf einem kleinen Bauernhof zu tun ist und wie man Beton mischt. Das war's. Bauernarbeit hätte ich zu Hause auch machen können. Warum bin ich überhaupt hier?

Robert plapperte weiter. Jede Woche fuhren auch Leute wieder zurück, die wochenlang Arbeit gesucht und keine gefunden hatten. Manche mussten sich die Rückfahrkarte erst verdienen und malochten Monate, bis sie sich wieder als Zwischendeckpassagiere auf die Reise machten.

»Die Studierten, die braucht hier kein Mensch!«

»Ja aber es sind doch so viele deutsche Firmen da, das gibt es doch nicht!«, sagte Anton.

»Ja, aber du bist Österreicher, verstehst du? Wir lachen über euch. Nichts für ungut, aber das Land ist ja wirklich ein Trauerspiel, hat alles verloren. Glaubst du, ein Deutscher stellt einen Österreicher ein, wenn er die Wahl hat zwischen einem Landsmann und dir?«

Der Lärm in der Wirtsstube ebbte kurz ab, ein Polizist war am Eingang erschienen, verschwand aber wieder.

»Italienische Firmen vergiss auch. Die Italiener hassen uns sowieso, momentan gibt es von denen auch zu viele hier. Die sitzen übrigens auch auf dem Arbeitsamt und verschaffen ihresgleichen die Jobs. Auf den Baustellen gibt's fast nur Italiener. Hast du eigentlich Geld?«

Anton zuckte zusammen. »Wieso?«

»Du könntest eine eigene Farm aufziehen. Im Westen gibt's genug Land, habe ich gehört. Kannst ja Schafbauer werden oder Gemüse anbauen.«

Anton musste betreten geblickt haben. Robert lachte und schüttelte den Kopf. »Is wohl nichts. Für mich is das ja auch nichts. Ich brauche Leben, und das gibt's nur in der Stadt. Versauern hätte ich auch zu Hause können. Wart mal.«

Er ging zu einem Tisch, auf dem Zeitungen lagen, und kam mit einer zurück.

»Das ist die *La Plata Zeitung*. Es gibt noch eine andere deutsche, das *Tageblatt*. Hinten sind auch Stellenanzeigen drin.«

Er blätterte in den zerknitterten Seiten, gemeinsam beugten sie sich über das Papier und gingen die Annoncen durch.

»Nur Techniker«, sagte Anton. »Und Leute für Bauernhöfe.«

Verdammt, warum hatte er nicht wenigstens eine angefangene Ausbildung? Kühe füttern konnte er zu Hause am Hof.

»Ja, tut mir leid, Kamerad. Ich muss dann wieder«, sagte Robert. »Mein Dienst beginnt um drei, wer weiß, wie lange der *colectivo* braucht.«

Er verabschiedete sich, während Anton noch darüber grübelte, was ein *colectivo* war. Er sah ihm nach, wie er durchs Lokal tänzelte und durch die Tür verschwand. Allein in der Wirtsstube unter fremden Leuten, ärgerte sich Anton wieder über den Abstecher. So gut es gewesen war, mit jemandem geredet zu haben – ein weiterer Tag war verloren. Morgen würde er endlich früher zum Arbeitsamt gehen.

Beim Hinausgehen blieb er wieder vor der Korktafel stehen und las die deutschen Ankündigungen.

»Deutscher?«

Ein knorriger Mann um die fünfzig mit Schlapphut und buschigem Schnurrbart war neben ihn getreten.

»Nein, Österreicher.«

»Auch egal. Suchst du Arbeit? Aber das wird nichts für dich sein.«

Bayerischer Akzent. Er nestelte ein Stück Papier aus der Tasche und suchte eine freie Reißzwecke.

»Was ist es?«

»Ach, ist weiter im Norden, Entre Ríos. Eine *granja,* ein Bauernhof.«

Er befestigte das Stellenangebot.

»Ich komme von einem Bauernhof.«

Der Mann sah ihn von oben bis unten an.

»Ach so? Sieht mir aber nicht danach aus, der Herr. Was kann er denn?«

Anton zählte die Tätigkeiten auf, die er seit Kindertagen gemacht hatte, Füttern und Stall ausmisten bei Milchkühen, Schweinen und Hühnern, Säen, Absicheln und Dreschen von Weizen, Roggen und Buchweizen, Geräte reparieren, Marktfahren. Es sprudelte aus ihm heraus, als ob er es einstudiert hätte. Dinge, die er nie mehr tun hatte wollen.

»Soso, auf dem Markt hat er auch verkauft. Hm.«

»Ist das nicht genug?«

Der Mann kniff die Augen zusammen. »Ich habe einen Milchwirtschaftsbetrieb, genau genommen eine kleine Molkerei, *un lácteo.* Die Nachfrage ist groß. Wir werden demnächst umbauen, vergrößern. Wenn du Interesse hast … und Sozi oder Gewerkschafter bist du ja keiner, oder?«

»Nein, nein. Aber vom Bauen verstehe ich auch etwas«, sagte Anton etwas schnell, als ob er schon eingewilligt hätte. Er biss sich auf die Zunge. Was redete er da. Er wollte doch in der Stadt bleiben. Keine Landarbeit mehr! Aber vielleicht könnte es ein erster Schritt sein, eine Übergangslösung. Alles besser als zu verhungern und am Hafen zu betteln. Und der Mann, der Arbeit hatte, war jetzt da, stand vor ihm und war interessiert.

»Also ja?«

»Wenn Sie mich nehmen, bitte!«

Der Mann streckte die Hand hin, Anton schlug ein. »Abgemacht. Ich bin Peter, also Pedro Mayer. Willkommen bei *lácteo Mayer!*«

Sie vereinbarten, dass Anton am übernächsten Tag auf dem Lastwagen mitfahren könnte, mit dem Mayer Milch und Käse in die Stadt lieferte. Anton begleitete den Bauern zu seinem Wagen. Mayer erzählte, dass er jeden zweiten Tag nach Buenos Aires kam. Die *Capital Federal* wuchs täglich um Hunderte

Menschen, die alle etwas zu essen brauchten. Vor allem die Italiener waren verrückt nach Frischkäse. Mayer blieb bei seinem Lastwagen stehen, ein amerikanisches Fabrikat, das vor einem Milchladen parkte.

Sie verabschiedeten sich mit Handschlag und vereinbarten diesen Ort als Treffpunkt. Mayer schien während des Gesprächs etwas von seiner Ruppigkeit abgelegt zu haben. Vielleicht täusche ich mich auch, dachte Anton, und sehe ihn freundlicher, da er mir Arbeit verschafft hat. Vielleicht wollte Mayer ihn auch gar nicht einstellen und machte sich einen Spaß daraus, Neuankömmlinge zu foppen. Lachte sich schon jetzt ins Fäustchen, wieder einen Leichtgläubigen gefunden zu haben. Aber dann wäre er nicht mit dem Zettel in die Gastwirtschaft gekommen.

Mayer startete, der Wagen setzte sich laut pochend in Bewegung. Ob er übermorgen da sein würde?

Anton stand noch eine Weile vor dem Geschäft und beobachtete den Verkehrspolizisten an der Kreuzung, der mit seinem weißen Tuch unter der Kappe wie ein Araber mit Turban aussah, der ein chaotisches Orchester dirigierte. Ein lebender, sich ständig verändernder Wegweiser.

Ein Wegweiser in ein neues Leben oder eine allerletzte Aufforderung an ihn umzukehren?

19

ENTRE RÍOS, 1926

Was gab es in den ersten Tagen alles zu bestaunen! Auf der Hinfahrt verlor sich sein Blick in der Weite der Grasebenen. Es lief ihm kalt über den Rücken – wo war das Ende dieser Flächen? Würde er wieder zurückfinden, wenn ihn jemand hier aussetzte? Worauf hatte er sich da eingelassen? Er staunte über die riesigen Viehherden, die er allein auf dieser Fahrt zum Hof sah, Tausende Rinder grasten völlig frei auf den Weiden. Alles für Leder- und Fleischproduktion, erklärte ihm Mayer.

Der Hof bestand aus einem Herrenhaus aus Backstein, einem lang gezogenen Stall und mehreren Nebengebäuden. Im Herrenhaus wohnte Mayer mit seiner Frau und einer dreizehnjährigen Tochter, die aber nur an den Wochenenden da war, da sie ein Internat in Buenos Aires besuchte. Die Mitte des Hofes nahm ein gemauerter Brunnen ein, der im Schatten eines Johannisbrotbaums stand. Um das Gehöft lagen mehrere Weiden und Äcker, auf denen Anton Weizen und Mais erkennen konnte.

So weit das Auge reichte, war keine andere menschliche Behausung zu sehen.

Er bekam eine Kammer im Gesindehaus zugewiesen, die nicht größer war als sein Zimmer unterm Dach in Podgora. Nur waren hier alle Wände und die Decke aus grob gehobeltem Holz und jetzt, in diesem seltsamen Februarsommer, war es unerträglich heiß darin.

Auf der Farm gab es außer ihm vier Arbeiter, allesamt Bayern, die ihm zuerst etwas derb und abweisend vorkamen. Albert, Hugo, Korbinian und Hans sprachen langsam und erzählten ihm, dem Neuling, einige unglaubliche Geschichten von Tieren, die es hier draußen gab, Riesensalamander und feuerspuckende Schlangen. Als Anton die Augen aufriss, brachen sie in dröhnendes Gelächter aus. Das Eis war gebrochen.

Albert, der eine Art Vorarbeiter war, führte ihn am nächsten Tag durch den Hof. Er stammte aus der Gegend von Nürnberg, war gedrungen und braun gegerbt und paffte ständig selbst gedrehte Zigaretten.

So abgelegen das Gut war, so wenig mangelte es an moderner Technik und Geräten.

Hier, in dieser Einöde am Ende der Welt, gab es ein kleines Kraftwerk, das das Gehöft mit elektrischem Strom versorgte, Petroleumlampen und Kerzen standen nur noch als Reserve bereit. Zirkularsägen und Hobelmaschinen in der Hofwerkstatt wurden von einem Elektromotor angetrieben, den man auf Kufen dorthin zog, wo er gebraucht wurde. In Antons Zimmer brannte freilich noch eine Kerze auf dem Nachttisch, hier gab es keine Glühbirne.

Und erst die Maschinen für die Landarbeit! Albert führte ihn durch die Maschinenhütte, zeigte ihm den Traktor und die gezogenen Geräte. Er erzählte ihm vom Dampfpflug der Genossenschaft, der sich, groß wie eine Lokomotive, über die Äcker wälzte, Kohlenrauch und Dampf ausspie und gewaltige Furchen zog. Hundertfünfzig Kilo Kohle in der Stunde schluckte der Koloss, ein Wagen mit Kohlensäcken musste ständig bereitstehen. Nach der Ernte würde das Monstrum auf Meyers Feldern tätig werden, Anton würde schon sehen.

Während Albert weitersprach, musste Anton an Josl denken, der mit den kleinen pferdegezogenen Heuwendern herumschacherte. Wie armselig und rückständig jene Geräte doch waren!

Wenn er das hier sehen könnte, würden ihm die Augen übergehen. Diese Maschinen kannte er wahrscheinlich nur vom Hörensagen oder überhaupt nicht. Wie weit war doch die kleinhäuslerische Welt des Dorfes von dieser argentinischen Farm entfernt! Es war eine andere Welt gewesen, in der Anton gelebt hatte, ein Reich voller Beschränkungen, Versagungen und Kälte, in dem man gar nicht die Chance bekam, etwas zu werden. In diesem Land war alles offen, großzügig und fortschrittlich, man musste sich nur an die Arbeit machen, hart arbeiten, dann könnte man, könnte er, könnte jeder es hier schaffen.

Albert erklärte ihm, dass die nächste Siedlung ein Ort namens Gualeguay wäre, Anton versuchte die Aussprache mehrmals, bis sie endlich klappte. Dort konnte man Sachen kaufen, Rasierseife, Hosen, Briefpapier. Einmal im Monat fuhr sie Mayer mit dem Lastwagen hin. Buenos Aires war zweihundertvierzig Kilometer entfernt, mit dem Automobil einen halben Tag, mit dem Gespann in einem Tag kaum zu schaffen.

Die Gegend war durchzogen von Nebenarmen des Río Paraná, daher wuchs hier alles sehr gut. Achtzig Kilometer weiter östlich, so Albert, bildete der Río Uruguay die Grenze zum gleichnamigen Staat. Im Norden lebten noch Indianer, die manchmal vorbeizogen, um Schmuck anzubieten, den sie angeblich aus den Gräbern ihrer eigenen Vorfahren gestohlen hatten. Anton versuchte sich den Namen der Indianer zu merken, hatte das Wort aber wenige Minuten später schon wieder vergessen. Er musste sich die Gegend später auf einer Landkarte ansehen, es ging ihm alles zu schnell, zu viele Namen, zu viele Eindrücke.

Schließlich führte ihn Albert zu seinem Arbeitsplatz. Sie durchquerten den Stall, der Anton an eine lang gezogene Baracke erinnerte, wie er sie aus Arbeitersiedlungen kannte. Über zweihundertfünfzig Stück Vieh standen hier in einer nagelneuen Aufstallung aus Stahlrohr, zehnmal so viel wie in seinem Heimatdorf, und das bei einem einzigen Bauern! Der Geruch war derselbe wie in jedem Stall, aber die Wände waren gekalkt, die Einstreu frisch, Licht drang durch Glasziegel am First.

Anton schämte sich, wenn er an den ärmlichen Rinderstall in Podgora dachte, der zwischen feuchten und kotigen Wänden nur ein paar enge Liegeplätze im Dunkeln bot, wo die drei Kühe sich auf die Streu betten mussten, die die Mame im Herbst im Wald zusammengeharkt hatte.

Neben dem Stall stand die Meierei, die gerade einen Zubau bekam. Hier produzierten Hans, Korbinian und Mayer selbst Milch, zwei Sorten Käse, Butter und Buttermilch. Wenn man die Meierei betrat, die einen gekachelten Boden hatte, musste man sich die Hände waschen und eine weiße Haube aufsetzen. »Wie ein Koch«, sagte Anton.

»Ein Haar kann alles verderben«, erwiderte Albert. »Das ist wie in einem feinen Restaurant.«

Anton merkte, dass die zwei Käser am weitesten oben in der Hierarchie standen, ganz unten waren die drei Indianer, die in einer Lehmhütte hinter dem Stall wohnten, die er anfangs gar nicht bemerkt hatte. Die Indigenen misteten alleine den ganzen Stall aus, wobei sie für einen Durchgang zwei Tage brauchten.

Anton lernte am nächsten Tag die elektrische Melkmaschine zu bedienen und rollte fortan täglich den schweren Apparat durch die Halle, stülpte die Melkbecher über die Zitzen, betätigte die Vakuumpumpe, koppelte die Becher wieder ab, rollte den Wagen weiter. Wenn eine Kanne voll war, hob er sie auf einen kleinen Leiterwagen und nahm eine leere herunter. Wenn er Glück hatte, holte den Leiterwagen jemand ab, sonst musste er ihn selbst in die Milchkammer ziehen. Hugo löste ihn um die Mittagszeit ab, Anton aß mit den anderen und legte sich hin. Um vier Uhr ging es wieder los bis zum Einbruch der Dunkelheit. Abends fiel er ins Bett und schlief sofort ein. Obwohl er sich täglich vornahm, nach Hause zu schreiben, fühlte er sich ausgepumpt wie die Zitzen der Kühe, nur dass bei ihm nichts nachströmte. Von Tag zu Tag machte es ihm mehr Mühe, die Kannen zu heben und den Wagen zu ziehen.

Nach zwei Wochen hatte er solche Kreuzschmerzen, dass er nicht einschlafen konnte. Er versuchte im Sitzen zu schlafen, den Polster ans Betthaupt gelehnt. Vergeblich. Schließlich tat ihm der ganze Rücken weh, von den Nackenmuskeln bis zum Steißbein war es ein einziger glühender Schmerz. Nach der dritten durchwachten Nacht kam er am Morgen, als die Feldglocke läutete, nicht mehr hoch. Er stöhnte laut auf, sodass Hugo, der hinter der Holzwand schlief, an die Paneele klopfte.

In diesem Moment wurde ihm klar, dass es so nicht weiterging: Er musste weg von hier. Er war nicht in ein fremdes Land gekommen, um sich totzuschinden. Wenn es keine andere Arbeit gab, könnte er vielleicht auf einem Schiff als Hilfsmatrose anheuern und sich die Überfahrt durch Arbeit verdienen. Was war er für ein Idiot gewesen! Hatte er wirklich geglaubt, hier würde ihm etwas geschenkt werden? Als Hilfsarbeiter war er am unteren Ende der Arbeiterhierarchie und hatte keine Rechte. Wenn er ausfiel, würde Mayer am nächsten Tag einen anderen einstellen, Immigranten gab es genug.

Als er Hugo rufen hörte – »Wo bleibst du denn?«, wischte er sich schnell die Tränen aus den Augen.

20

BUENOS AIRES, 1947

»Ja, Pedro?«

»Darf ich reinkommen?«

»Aber bitte, warum fragst du? Setz dich!«

Anton wies seinem Vorarbeiter den Platz auf der anderen Seite des Schreibtischs zu.

Pedro war der erste Arbeiter, den er eingestellt hatte. Alt war er geworden. War es nun so weit und er ging in Rente? Vielleicht würde er ihn überreden können, noch ein wenig zu bleiben, er wäre ein großer Verlust.

Der Mestize nahm den Hut ab, setzte sich und druckste herum. Aus der Halle drangen dieselben gedämpften Geräusche wie immer, der lärmende Webstuhl würde erst morgen wieder in Betrieb gehen.

»Seit zwölf, nein, dreizehn Jahren arbeite ich hier.«

Eine Einleitung – aber wozu? Er schien nicht weiter zu wissen.

Anton seufzte.

»Pedro, mein Gott, sag schon, was du willst. Geht es um eine Lohnerhöhung? Oder ist es die Rente, von der du schon öfter gesprochen hast? Ich weiß, du hättest Anrecht auf beides. Andererseits kennst du unsere wirtschaftliche Lage. Du kannst mir doch alles sagen!«

In den letzten Jahren hatten sie immer weniger miteinander geredet. Viele Routinen waren selbstverständlich, beide wussten auch ohne Worte, was zu tun war. Seit Pedros Frau gestorben war, gab es auch keine Einladungen mehr zum *asado.*

»Nein, Patron, aber die Rente wird nächstes Jahr ein Thema. Du bist sehr gütig. Es geht um die Arbeiter. Um die Rechte. Du hast sicher davon gehört.«

Daher wehte also der Wind. Seit Perón im Vorjahr an die Macht gekommen war, ging es wieder gegen die Großgrundbesitzer und Firmenchefs. Dafür gab es für den kleinen Mann plötzlich Kranken- und Arbeitslosengeld, die Anzahl der Bezieher der staatlichen Pensionen hatte sich verzwanzigfacht. Die Gewerkschaften hatten direkte Unterstützung durch Perón bekommen und redeten in den Betrieben immer mehr mit. Jetzt begann dieser Gewerkschaftswahnsinn also auch in seinem Betrieb.

»Patron, sie … wir wollen einen Sprecher wählen, der uns Arbeiter vertritt. Betriebsrat nennen sie das. Sie verlangen auch, dass die Löhne auf Papier zugesichert werden. Nein, es geht nicht um mehr Geld. Versteh es richtig!«

Er drehte den Hut in seinem Schoß an der Krempe weiter.

Anton merkte, wie peinlich es Pedro war. Sicher hatte sich keiner von den anderen getraut und sie hatten den alten Mann vorgeschickt.

Er überlegte. Hatte Pedro wirklich gesagt, es gehe nicht um Geld? War das eine Finte, wie Politiker sie machen, wenn sie etwas fordern, das sie zugleich in Abrede stellen? Würde die Forderung nachgeschoben werden?

»Die Leute … wir sind ja zufrieden bei dir, verstehe es nicht falsch. Du bist ein gerechter Patron, der niemanden ausbeutet. Du arbeitest selbst mit. Viele Chefs tun das nicht. Die Leute hier sehen das. Aber die Leute wollen einfach einen Vertrag, so wie in den anderen Betrieben. Sie wollen schwarz auf weiß zugesichert haben, wie viel sie kriegen. Und sicher sein, dass sie nicht gleich gekündigt werden können. Sie sind nicht unzufrieden. Das machen sie jetzt überall so.«

Einen Vertrag. Jeder im Betrieb, es waren mittlerweile über zwanzig Leute, arbeitete nach mündlicher Vereinbarung. Die galt doch auch als Vertrag, hatte er in Erinnerung, es war rechtlich in Ordnung.

Anton stand auf, ging um den Schreibtisch herum, Pedro erhob sich ebenfalls.

Die beiden Männer sahen sich an. Dreizehn Jahre gemeinsame Arbeit. Und im selben Augenblick verrauchte sein Zorn über Arbeitsverträge mit Kündigungsfristen. Er wusste, dass Pedro recht hatte. Hätte er denn als Arbeiter anders gehandelt, wenn es damals schon so starke Gewerkschaften gegeben hätte?

»Ach Pedro, und dich haben sie geschickt.«

Anton umarmte den Alten langsam, eine Erinnerung an das Umarmen zur Begrüßung bei früheren *asados.*

»Wir werden eine Lösung finden, es war ja abzusehen.«

Es tat ihm leid, dass sie gerade ihn vorgeschickt hatten. Jeder wusste, wie loyal Pedro war, welches Naheverhältnis er zum Chef hatte. Gutmütig wie er war, hatte er zugestimmt und die undankbare Aufgabe auf sich genommen.

Die beiden setzten sich wieder.

»Sieh mal Pedro, es ehrt dich, dass du dich dem Begehren der Kollegen nicht widersetzt hast und für sie sprichst. Das zeigt, dass sie dir vertrauen. Und sie wissen, dass auch ich dir vertraue. Was meinst du, wie sollten wir vorgehen?«

Pedro war sichtlich überrascht. Der Patron warf ihn nicht hinaus oder entzog ihm sein Vertrauen, sondern fragte ihn sogar um Rat.

»Ich glaube, es reichen einstweilen die Verträge. Patron, versteh mich nicht falsch«, presste er hervor.

»Schon gut«, sagte Anton. Er spürte, dass trotz seines Verständnisses für die Sache etwas von dem Vertrauen, das immer zwischen ihnen da gewesen war, zerbröselte, sich unwiederbringlich auflöste, ja, schon weg war. Er würde ab sofort anders mit ihm reden. Hier verhandelte ein Angestellter mit einem Chef. Der letzte Anflug von Familie war vorbei. Vielleicht war das auch nur eine Illusion gewesen. Mit Arbeitern sollte man sich nicht gemein machen.

»Ich werde die Papiere vorbereiten. Sorgst du dafür, dass alle ihre Daten bekanntgeben, die genauen Namen, Geburtsdatum und so weiter?«

Pedros Gesicht hellte sich auf.

»Ja, Patron. Gerne, Patron!«

Er schien weitersprechen zu wollen, saß mit offenem Mund da.

»Was ist?«

»Mit Verlaub: Du solltest selbst mit ihnen reden. Eine kleine Ansprache, um ihnen die Angst zu nehmen. Sie zittern in diesem Moment draußen, weil sie nicht wissen, was bei unserem Gespräch herauskommt. Es wäre gut für beide Seiten.«

Später erzählte er Veronika von dem Vorkommnis. Sie saßen beim Abendessen, Anita den Fuß auf einem Stuhl hochgelagert.

Veronika schien abwesend, nickte zwar höflich, aber offenbar beschäftigte sie etwas anderes.

»Was ist mit dir?«

»Ach, es ist wegen gestern. Wegen dem Chorabend … willst du wirklich nicht mehr zu so etwas gehen?«

Antons Gabel klirrte auf den Teller. Konnte mit dem Thema nicht einmal Schluss sein? Aber er musste sich zusammennehmen.

»Ich weiß, ich darf nicht länger alles nachtragen. Aber wie wär's, wenn du nächstes Mal Frau Probst fragst? Die war ja auch mit einer Bekannten dort und ohne Mann.«

»Du hast immer gesagt, die Zukunft ist für dich wichtig und die Vergangenheit kümmert dich nicht. Außerdem möchte ich ja mit dir hingehen.«

Ihre Stimme hatte einen schrillen Unterton bekommen.

Anita stieß einen Laut des Unwillens aus.

»Müsst ihr immer streiten. Ich mag das nicht hören. Mama, geh doch einfach zum Singen, wenn du es willst. Papa muss ja nicht.«

Veronika legte ihre Hand auf Anitas Unterarm.

»Still, Anita! Mama und Papa streiten nicht, sie sind nur anderer Meinung. Magst du noch Käse?«

Anita verneinte und bat ihre Mutter, ihr zu helfen, sie wolle sich niederlegen.

Sicher könnte sie es mit dem Gips schon alleine, dachte Anton. Sie will wieder kleines Kind sein. Und wenn schon.

Veronika verließ mit ihr den Raum.

Anton gingen die Worte im Kopf herum. Sollte sie doch alleine Sachen unternehmen, moderne Frauen taten das. Wie selbständig war sie doch gewesen, als er sie kennengelernt hatte! Und außerdem übertrieb sie gewaltig. Wie viele Österreicher gab es, die nichts von den Clubs wissen wollten. Dieser Steiner sicher auch, er hatte es nicht erwähnt.

Veronika kam zurück und setzte sich wieder an den Tisch.

Anton räusperte sich.

»Schau, ich will da einfach nicht hin. Es sind zu viele Erinnerungen an die Vergangenheit. Ich dachte immer, wir waren uns einig, dass wir jetzt Argentinier sind, keine Österreicher mehr. Ich verstehe nicht ganz, warum du auf einmal wieder deutsche Lieder hören und Deutsch sprechen möchtest.«

»Ich weiß, wir hatten es damals vereinbart. Aber es ist unsere Herkunft.«

»Sind es die Probsts?«

Anton dachte an die Familie, von der Veronika erzählt hatte. Sie hatte sie bei einer Veranstaltung in Anitas Schule kennengelernt, für die er keine Zeit gehabt hatte.

»Nicht nur. Fast alle pflegen noch ihre Herkunft. Das heißt ja nicht, dass sie schlechte Argentinier sind. Ich weiß auch nicht, ob es richtig war, Anita das Deutsch vorzuenthalten. Vielleicht hätten wir sie ja auf die Pestalozzi-Schule schicken sollen.«

Anton schwieg. Dinge, die vor Jahren ausdiskutiert schienen, waren jetzt wieder offen. Wie lange hatte Veronika daran herumgetragen, ohne dass er es gemerkt hatte? Sein Kind sollte Deutsch lernen, die Sprache der Menschen, die so viel Unheil über die Welt gebracht hatten! Dann hätte er gleich Slowenisch mit ihr sprechen können. Warum machten sich alle so viel aus ihrer Sprache?

Veronika stand auf.

»Weil du das Deutschsprechen erwähnt hast: Bleibt es jetzt bei dem Zoobesuch mit diesem Steiner am Wochenende?«

Anton griff sich an den Kopf. Auch das noch.

Er würde erst recht wieder Deutsch sprechen müssen.

Liebe Schwester!

Mir geht es gut. Wie geht es Euch?

Letzten Februar waren es 20 Jahre, dass ich von Euch getrennt bin. Ich kann es gar nicht glauben. Wie oft denke ich an Euch!

Wie geht es Mutter? Sie wird ja bald achtzig. Wer hätte gedacht, dass sie so alt wird? Ich werde dann ein Billet schicken.

Sage ihr einstweilen die besten Grüße von mir!

Im nächsten Brief werde ich ein bisschen Geld schicken, amerikanische Dollar, die kann man auf der ganzen Welt umwechseln. Du hast ja gesagt, es ist jetzt leichter mit der Post und die Engländer machen nicht mehr so einen Zirkus.

Obwohl es so aussieht, dass ich hier sesshaft geworden bin, denke ich immer wieder daran, Euch einmal zu besuchen. Aber wahrscheinlich wird das erst gehen, wenn Anita groß ist und ihr eigenes Geld verdient.

Ich denke oft, wie Du und Franz und der kleine Josef wohl ausseht. Schick mir im nächsten Brief eine Photographie von Euch, wenn du eine entbehren kannst.

Ich habe zurzeit leider keine aktuelle von meiner Familie, ich habe mir aber vorgenommen, einen Termin mit dem Photographen zu machen.

Bei uns gab es ein wenig Aufregung – Anita hat sich das Bein gebrochen, aber ist schon auf dem Wege der Besserung. Bei den Kindern heilt so etwas ja schnell.

Auch mich zwickt es schon hier und dort, ich gehe auch schon auf die fünfzig zu, Gott sei Dank bin ich von größeren Krankheiten bisher verschont geblieben.

Es grüßt Dich Dein Bruder

Anton

21

ENTRE RÍOS, 1926

»So wird das nichts«, sagte Mayer. Er stand vor Antons Bett. Es kam nicht oft vor, dass er das Gesindehaus betrat.

»Hugo jammert mit seinem Bein, du mit dem Kreuz, wie soll ich denn das alles schaffen? Für Kranke und Schwache habe ich hier wirklich keine Verwendung.«

Anton hatte sich auf die Bettkante gesetzt, der Bauer stand unmittelbar vor ihm.

»Wenn du hierbleiben willst, musst du arbeiten. Jeder Halbtag, den du nicht arbeitest, wird vom Lohn abgezogen, auch wenn du ihn angefangen hast.«

Der weiche Klang des Bayerischen stand im Gegensatz zu den Worten, die Mayer sprach. Anton starrte auf die Spalten zwischen den Bodendielen. Immer wieder liefen Ameisen aus den Ritzen, in die Löcher musste man Salz streuen, hatte ihm Albert gezeigt.

»Es ist genau umgekehrt wie bei einem Handwerker. Die verrechnen jede angefangene Stunde. Ich ziehe jede angefangene ab.« Mayer lachte kehlig, es sollte wohl witzig klingen.

Anton nickte. Wenn er ihn jetzt hinauswürfe, würde er zurück in die Stadt gehen. Dort gab es Arbeit, man müsste nur Geduld haben, dort gab es Menschen, Geschäfte, Gasthäuser und Frauen. Obwohl er auch in der Stadt nach einem langen Tag wahrscheinlich nicht mehr viel Kraft hätte, weiß Gott was zu unternehmen. Aber immerhin bestünde die Möglichkeit. Er hob langsam den Kopf und sah seinen Chef an.

Mayer holte eine Zigarette hervor, zündete sie an und warf das Streichholz auf den Boden. Wie seine Arbeiter sah man ihn selten ohne einen Glimmstängel im Mundwinkel. Er schien an der Zigarette zu kauen, während er sprach.

»Vielleicht sind wir es zu schnell angegangen. Ich bin ja kein Unmensch. Du kannst dir einen Tag die Käserei ansehen und dich dort nützlich machen. Morgen kommen zwei Maurer, dann wird Hans auf der Baustelle nicht mehr gebraucht und kann deine Arbeit übernehmen.«

»Danke, ich glaube, morgen geht es schon wieder … es ist nur … nicht, dass ich Arbeit nicht gewohnt wäre, aber dieses ständige Bücken, die schweren Kannen …«

Mayer ließ den Rauch langsam aus seinem Mund qualmen. »Geht allen so. Aber wer weiß, was die Technik noch bringen wird. Also dann.«

Eine Wolke süßlichen Qualms blieb im Raum zurück. Anton saß noch immer auf der Bettkante und starrte auf die Tür, die ins Schloss gefallen war.

Das ist keine Frage der Technik, sondern des Geizes, dachte er. Ein, zwei Arbeiter mehr, und niemand müsste sich so schinden. Es war hier nicht anders als bei den Gutsbesitzern daheim, die die Tagelöhner bis zum Letzten ausquetschten. Viele Arbeiter waren mit vierzig Jahren Krüppel und gingen am Stock.

Am nächsten Tag schmerzte das Kreuz noch immer. Anton streifte sich die weiße Haube über und ging in die Käserei.

Mayer, der hier das Kommando führte, erklärte ihm, wie man die bei der Butterherstellung anfallende Buttermilch abzog und mit Milchsäurebakterien versetzte.

»Das haben wir von den Amerikanern«, sagte er. »Früher haben wir einen Viertelbottich frische Milch tagelang dick werden lassen, damit sich die Bakterien bilden.«

»Ja, das kenne ich«, sagte Anton leise.

»Dann haben wir frische Milch dazu gegeben, umgerührt, bis innerhalb von Minuten wieder alles dick wurde, dann wieder Milch dazu, umrühren, die ist wieder dick geworden und so weiter, bis der Bottich am Abend voll war und die Buttermilch fertig. Jetzt haben wir das da.«

Er deutete auf die Flaschen, die auf einem Tisch standen. Es handle sich um Starterkulturen, mit denen die Milch einfach angesetzt wurde und binnen weniger Stunden zur Buttermilch reifte.

»Geht fast von selbst.«

»Wer braucht so viel Buttermilch?«, fragte Anton. »Gibt es hier Schweinezüchter?« Er musste an die paar Liter Buttermilch denken, die daheim bei jedem Bauern als Abfallprodukt beim Buttermachen abfielen und dann an die Schweine verfüttert wurden.

Mayer schüttelte den Kopf.

»Du glaubst es nicht, aber in der Stadt ist es Mode geworden, das zu trinken. Es gibt Bars, wo Milch ausgeschenkt wird. Die schießen zurzeit aus dem Boden. Kommt aus Nordamerika, wo sie keinen Alkohol mehr verkaufen dürfen.«

Anton musste ungläubig geblickt haben, denn Mayer lachte und sagte: »Es ist wirklich so. Die Städter trinken das, was wir früher verfüttert haben, und zahlen dafür so viel wie für Wein. Du wirst sehen, eines Tages werden sie noch die Molke trinken. Ich frage mich nur, was dann für die Schweine bleibt. Aber komm weiter, jetzt kannst du mal anpacken!«

Anton half Mayer bei der Zentrifuge, mit der der Rahm von der Milch getrennt wurde. Alles ging hier schneller durch die Maschinen; Vorgänge, die zu Hause Tage brauchten, liefen hier in Minuten ab.

Am Ende zeigte Mayer ihm die Käseproduktion. Er sprach

hier leiser – diese Tätigkeit war offenbar nur Auserwählten vorbehalten.

Mayer erklärte ihm, welches Lab welchen Käse hervorbrachte, wie lange der Bruch gepresst und der Rohkäse gelagert werden musste.

»Wenn du gut aufgepasst hast, kannst du ja hier helfen. Zumindest ein paar Tage, bis dein Rücken sich erholt hat. Korbinian muss mir ohnehin beim Ausliefern helfen. Eine Woche maximal – du musst verstehen, jeder muss unten anfangen, es gibt keine Abkürzung nach oben.«

Anton nickte.

Bis zum Abend wiederholte er im Selbstgespräch die wichtigsten Sachen, um sie nicht zu vergessen.

In den nächsten Tagen bemühte er sich, überall schon da zu sein, bevor Mayer ein Kommando erteilte. Vielleicht könnte er ihm zeigen, dass er ein guter Käser wäre. Er wusch Bottiche und Schläuche, bediente die Zentrifuge, rollte Behälter auf Schubkarren umher, wusch wieder Gefäße, bis seine Hände am Ende der Woche rau und rissig waren.

Es half alles nichts, nach vier Tagen musste er wieder zurück in den Stall, mit der Melkmaschine von Kuh zu Kuh. Das Bücken und Schleppen bereitete ihm noch immer Schmerzen, aber der Schmerz war dumpf geworden und diffus. Vielleicht wurde auch sein Rücken stärker. Konnten Nerven absterben? Nach einer Woche fühlte er nur noch eine Taubheit, dahinter den Schmerz, der Teil seines Körpers geworden war.

Wenig Trost bot ihm, dass die anderen Arbeiter nicht weniger schinden mussten. Nur die Indios, die ausmisteten, blieben ihm ein Rätsel. Sie schienen nie zu schlafen und arbeiteten wie langsame, rund um die Uhr laufende Maschinen.

Nachdem die Maurer die Arbeiten beim Zubau der Molkerei abgeschlossen hatten, kamen zwei Zimmerleute auf den Hof, die den Dachstuhl und einen Unterstand für zwei Wagen errichten sollten. Es waren Vater und Sohn, sie stellten sich als Matija und Gregor vor. Sie sollten eine Woche arbeiten und auf dem Hof wohnen, das Holz stand bereit.

Hatte Anton schon bei der Namensnennung aufgehorcht, entging es ihm nicht, dass sie miteinander in einer slawischen Sprache redeten. Als er näher hinhörte, merkte er, dass es Slowenisch war. Ihm wurde heiß und kalt. Seine Muttersprache, hier in der Pampa, Tausende Kilometer von zu Hause entfernt. Er merkte, dass sie nicht das Kärntner Idiom sprachen, einige Wörter waren anders, sie mussten aus Krain stammen, das jetzt bei Jugoslawien war und Slowenien hieß.

In seiner Mittagspause sah er ihnen bei der Arbeit zu, wagte es aber nicht, sie anzusprechen. Es berührte ihn, seine Muttersprache zu hören, wenn auch mit härterem Zungenschlag, und es reizte ihn, sie wenigstens hier, in einem geschützten Raum, zu verwenden, doch er brachte es nicht über sich. Er hatte die Sprache nicht mehr gehört, seit er sich von der Mame verabschiedet hatte. Auf der Farm wurde fast nur Deutsch gesprochen, sein Spanisch war um nichts besser geworden.

Am Mittag des nächsten Tages beobachte er, wie die Zimmerleute auf Böcken liegende Stämme mit großen Beilen behauten.

Gregor blickte auf. »Ach, da bist du ja wieder. Anton, nicht? Was ist, willst du auch Zimmermann werden?«, sagte er auf Spanisch. »Gibt immer was zu tun.«

»Nein, mich interessiert es nur, wie ihr arbeitet. Man lernt nie aus. Woher kommt ihr?«

»Wir haben eine Wirtschaft in Ramos Mejía. Aber meistens ziehen wir herum. Meine Frau kümmert sich um die Kühe.«

Anton wusste ungefähr, wo die Siedlung lag, Mayer fuhr sie auf seiner Liefertour an, daneben lag San Justo. Beiden Dörfern war gemeinsam, dass sich die Stadt bis zu ihnen ausgebreitet und sie schon verschluckt hatte.

Die beiden sprachen wieder Slowenisch miteinander, Gregor wies Matija an, er könne schon damit beginnen, die Zapfenverbindungen mit Säge und Stechbeitel herzustellen.

»Aber pass auf, dass du nicht danebenhaust«, sagte Anton auf Slowenisch.

Wie von einem Stromschlag getroffen zuckten die beiden zusammen und richteten sich dann auf. Gregor fixierte ihn.

»Slovenec?«

»Iz Koroške.« Aus Kärnten.

Sie musterten ihn, als ob sie ihn zum ersten Mal sähen. Eine seltsame Mischung aus Verbundenheit und Misstrauen.

Gregor sprach slowenisch weiter. »Hast du auch für Österreich gestimmt?«

Anton musste erst nachdenken, was Gregor meinte. Die Volksabstimmung vor sechs Jahren. Wie verrückt, Politik sogar hier! Er wollte sagen, dass er 1920 noch nicht stimmberechtigt gewesen war und gegen niemanden gestimmt hatte, dass er bis zur Volksschule nur Slowenisch gesprochen hatte, dass ihm Politik egal war, solange niemand hungern musste. Er schwieg.

Gregor lachte unvermutet. »Mach dir keine Sorgen! Ihr habt es ohnehin besser getroffen mit Österreich. Glaubst du, unseren Leuten geht's mit den Serben besser als unter dem Kaiser? Einen Dreck! Der Serbe regiert, die Kroaten streiten und der Slowene muss leiden, heißt jetzt ein Sprichwort.«

Er setzte die Axt wieder an und ließ sie hin und her gleiten. »Was glaubst du, warum wir hier sind?«

»Keine Zukunft in Europa«, sagte Anton.

Gregor nickte. »Nichts zu beißen gehabt, jahrelang. Und nun sind alle verrückt geworden drüben, was man so hört. Kommunisten, Königstreue, Faschisten.« Er spuckte aus.

»Hier fragt dich wenigstens keiner, was du denkst. Und jeder bekommt seine Chance.«

Er blickte zu Matija, der wieder zu arbeiten begonnen hatte. »Vorsichtig, nicht zu viel wegnehmen!«

Gregor nahm seine Axt wieder in die Hand. »Kannst ja einmal bei uns vorbeischauen. In Ramos Mejía haben wir einen Slowenenclub. Wir haben sogar einen Chor.«

Anton bedankte sich und sagte, er müsse weiter, die Arbeit. Er machte sich auf den Weg Richtung Stall. Hinter sich hörte er die Beile übers Holz schleifen. Slowenenclub. Ramos Mejía. Nein. Nie würde er dorthin gehen. Er war kein Slowene. Aber er war auch kein Deutscher. Warum musste man sich immer national deklarieren? Genau davor war er geflohen. Er war jetzt Argentinier und er musste endlich Spanisch lernen, was momentan schwierig war. Er verstand nicht, warum hier so viele Emigranten in Clubs zusammenhockten und ihre alte Kultur pflegten.

Obwohl er es zu unterdrücken versuchte, zog es ihn in den nächsten Tagen immer wieder zu den slowenischen Zimmerleuten. Jeden Tag sprach er ein paar Sätze mit ihnen, Belangloses, übers Wetter, ein paar Sätze zu der Arbeit, die sie gerade machten. Die anderen Arbeiter zogen ihn auf, er werde wohl Zimmermann werden. Sie hatten gehört, dass er mit ihnen in ihrer Sprache redete und nickten anerkennend, Sprachen zu können sei wichtig. Als Gregor und Matija die Arbeit fertiggestellt hatten und sich verabschiedeten, wiederholten sie ihre Einladung. Anton dankte und sagte, er würde einmal kommen. Er war erleichtert, als sie weiterzogen, zugleich spürte er eine Klammer um seine Brust. Er hatte hier in der Pampa seine Muttersprache wieder gebraucht, ohne von den Deutschsprachigen verhöhnt zu werden. Die Sprache galt hier nicht als minderwertig, er konnte sie frei sprechen, jeder sprach in diesem Land seine Sprache, ohne sich um die anderen zu kümmern, keiner behauptete hier, seine Sprache sei mehr wert als eine andere. Vielleicht sollte er aufhören, in jedem Auswanderer, der die alte Sprache gebrauchte, einen Nationalisten zu sehen. Nicht jeder Deutsche war ein Deutschnationaler, das beste Beispiel war gerade diese Farm.

Die Tage vergingen und wurden kürzer. Den Herbst im März zu erleben war für Anton eine eigenartige Vorstellung. Etwas in ihm weigerte sich noch immer, die verkehrten Jahreszeiten anzuerkennen.

Seit die Zimmerleute weg waren, stattete er jeden Tag der Molkerei einen Besuch ab und beobachtete die Arbeit der Käser. Auch wenn niemand für ihn Zeit hatte und er mehr im Weg herumstand als nützlich war, duldete ihn Mayer, ließ sogar einmal eine freundliche Bemerkung fallen.

Am Abend saß er mit den anderen zusammen und sah ihnen beim Rauchen zu. Es wurde wenig geredet, alle waren ausgelaugt von der Arbeit, die selten weniger als zehn Stunden dauerte. Alles brave Leute, alle gaben ihr Bestes. Und alle würden sie in wenigen Jahren ausgeschunden sein. Die Molkerei produzierte auf Hochtouren und kam mit den Lieferungen kaum nach. Mayer schien aber nicht die geringste Lust zu haben, zusätzliche Arbeitskräfte aufzunehmen oder den Betrieb zu vergrößern. Über all diese Dinge sprach niemand, als sie schweigend beieinanderhockten, die Resignation hing wie ein nasses Zeltdach über den erschöpften Arbeitern. Der eine schnitzte, der andere pfiff eine Melodie, ein anderer schrieb Tagebuch, hin und wieder erzählten Korbinian oder Hans einen trockenen Witz, den die meisten schon kannten. An den Samstagabenden flossen Wein und Rum und lockerten die Zungen.

Meistens spielten sie Karten und nach ein paar Gläsern Wein begann immer einer von einer großen Zukunft als selbständiger Farmer zu schwärmen, wohl wissend, dass er am Montag wieder Milchkannen schleppen würde. Wenn nur eines Tages das Geld zusammen wäre, würden sie Land kaufen, Rinder züchten, eine eigene Molkerei aufmachen, Leder verarbeiten und noch viel mehr. Hatte Anton zuerst gedacht, die Arbeiter bildeten eine treue Hofgemeinschaft, so erkannte er immer mehr, dass niemand für immer auf dem Hof bleiben wollte, für alle war er nur eine Durchgangsstation, eine erste Etappe auf dem Weg zum Wohlstand, die für einige schon Jahre dauerte. Jeder träumte davon, sein eigener Chef zu sein, reich zu werden, eine schöne Frau zu heiraten. Anton, der wenig trank, schwieg zu diesen Schwärmereien. Wenn sie, die schon so lange hier waren, noch immer auf der Stufe dieser Träume standen, wie lange würde es dann für ihn dauern? Es musste doch einen anderen, schnelleren Weg geben. Er müsste lernen. Viel lernen. Egal, ob es Käseherstellung oder Buchhaltung war, ob er Melkmaschinen reparieren oder doch Zimmermann werden würde. So viel Zeit wie seine Kameraden dürfte er nicht vertun. Es musste schneller gehen. Er musste in die Stadt.

22

Es war bereits Ende März, ein sonniger Herbsttag, als einer der drei Indios, Pepì, in die Stube des Gesindehauses stürmte, in der die Arbeiter beim Mittagessen zusammensaßen. Sie hatten in den letzten Tagen zusätzlich zu ihrer Arbeit die Maschinen geschmiert und die Tenne aufgeräumt, es war kurz vor der Erntezeit. Wenn alles klappte, würde morgen die von Maultieren gezogene Mähdreschmaschine aus Gualeguay kommen. Anton hatte gerade noch einen Schöpfer des Eintopfs, den die Arbeiter *locro* nannten, in seinen Napf gegossen, als Pepì die Tür aufriss.

»*Langostas!*«

Die Arbeiter ließen den Löffel fallen und rannten hinaus, Anton folgte ihnen, obwohl er nicht wusste, was los war. *Langostas?* Waren Langusten nicht eine Art Krebse? Der Indio rief einige Wörter, die Anton nicht verstand. Die Männer liefen zum Holzschuppen.

Im Lauf erwischte er Albert am Ärmel. »Was ist denn los?«

»Heuschrecken!«

»Heuschrecken?« Und deshalb diese Aufregung? Anton wusste nicht, ob er lachen sollte. War das ein Streich, wollten sie ihn foppen?

Mayer war schon beim Schuppen und hatte die Torflügel geöffnet.

»Alle Bretter, die ihr kriegen könnt. Wir haben vielleicht noch eine Stunde, mit Glück eineinhalb.«

Die Männer fassten Bretter aus und liefen zu den Brunnen, Albert und Korbinian kümmerten sich um die Zisterne in der Mitte des Hofes.

Anton folgte Hugo mit einem Stapel langer Dielen zum Stallbrunnen. Hugo deckte die Brunnenfassung mit zwei Schichten Brettern ab, die ihm Anton zureichte, und warf eine Decke darüber.

»Was machen wir hier, verdammt, erklärt mir das jemand einmal? Was soll das mit den Heuschrecken?«

Hugo deutete auf die anderen Bretter.

»Die werden drüben noch gebraucht. Komm! Und schau, da!«

Er zeigte Richtung Norden, wo eine Gewitterwolke aufzog. Bald würde die Regenzeit beginnen, endlich ein Ende dieser trockenen Wochen. Wenn es nur die Ernte nicht verregnete!

»Das ist keine Regenwolke«, sagte Hugo, während sie mit den Brettern unterm Arm Richtung Schuppen liefen.

»Das sind Heuschrecken.«

Hans und Hugo waren gerade mit den Regentonnen fertig, auch sie brachten die übrigen Bretter wieder in den Schuppen zurück.

Vor dem Herrenhaus hatten Mayers Frau und Tochter einen Berg Decken auf eine Bank gelegt. Sie waren ins Haus zurückgekehrt und schlossen die Fensterläden, einer nach dem anderen knallte zu.

Mayer wies einen Trupp an, Leitern, Hammer und Nägel zu holen und alle Öffnungen des Stalles mit Brettern und Decken dichtzumachen. Anton bekam ein Bündel Fetzen in die Hand gedrückt und lief auf Alberts Geheiß durch den Stall. Er sollte Ausschau nach Ritzen halten, die eventuell mit den Flicken auszustopfen waren. Von überall her klangen Hammerschläge. Anton bemühte sich, seine Arbeit gut zu machen, obwohl er immer noch nicht verstand, wozu das alles gut war. Ein Heuschreckenschwarm, na und. Deswegen solche Panik?

Er überprüfte alle Fenster, fand drei offene, schloss diese, stopfte jede Ritze voll und meldete sich wieder bei Albert.

Es war dunkler geworden, wie vor einem Gewitter. Ein Summen ertönte, ohne dass Anton hätte sagen können, woher es kam.

Die Männer standen im Hof vor Mayer mit Werkzeugen und Brettern, alle warteten auf die nächste Anweisung. Mayers Frau und Tochter verharrten auf dem Treppenpodest vor dem Hauseingang. Ein Moment Ruhe, der eine Ewigkeit dauerte. Das Summen war lauter geworden, man hörte mittlerweile einzelne Summer heraus wie Fäden, wenn man ein Gewebe näher betrachtet. Zeit verstrich, alle standen noch immer auf ihrem Platz und horchten. Anton dachte an Mückenschwärme über den Teichen in Podgora, an ein Erdwespennest, in das er einmal getreten war.

»In Gottes Namen!«, rief Mayer. »In die Häuser!«

Als ob sich ein Bann löste, war die Aufregung wieder da. Mayer ging ins Haus, seine Familie folgte ihm, die Tür fiel ins Schloss. Die Männer liefen zum Gesindehaus, schlossen die Tür und suchten nach Ritzen, die noch zu stopfen waren. Dann setzten sie sich langsam um den Tisch. Albert füllte Wasserkrüge voll und stellte vor jeden einen Becher hin.

»Trink!«, sagte er zu Anton. »Aber spare ein paar Schluck. Du wirst Durst bekommen.«

Hugo tat so, als könnte er durch eine millimetergroße Ritze zweier Bretter lugen, die vor das Fenster genagelt waren. »Das arme Vieh, das draußen ist.« Er seufzte.

Anton blickte ihn fragend an.

»Nicht unseres. Das ist im Stall. Das Vieh, das auf der Weide ist.«

Er stellte den erkalteten Eintopf wieder auf den Tisch, aber niemand hatte Hunger. Sie lauschten. Das Summen war so laut wie der Überlandtransformator, der in der Nähe von Podgora stand. Minutenlang passierte gar nichts. Würde der Schwarm vorüberziehen?

Dann begann das Prasseln. Regentropfen, hätte Anton gedacht, wenn er es nicht besser gewusst hätte. Das Klopfen wurde härter, wie Hagel, oder wie wenn jemand unaufhörlich Straßensplitt aufs Dach würfe, dann gröberen Kies. Anton dachte an eine Villa, die er bei der Herfahrt in einem Viertel in Buenos Aires gesehen hatte. Hinter einem großen schmiedeeisernen Tor blitzte eine schneeweiß gekieste Auffahrt, dahinter thronte ein schlossartiges Gebäude. Anton sah es nur für wenige Sekunden, aber es genügte, dass er immer wieder daran zurückdachte. Eine Villa. Ein Zuwanderer, der es geschafft hat. Jeder kann es hier schaffen. Auch er würde es schaffen. Vielleicht würde er nicht so hoch hinauf gelangen, vielleicht würde er nicht hart genug arbeiten, aber er könnte es schaffen. So dachte er damals.

Die Frequenz der Schläge hatte sich mittlerweile so sehr erhöht, dass es wie das Knattern eines hochtourig laufenden Motors klang. Die Vibrationen des Daches übertrugen sich auf die Wände und Bänke, auf denen die Männer saßen.

Albert stand auf und versuchte wieder, durch eine Ritze der Bretter zu spähen, Anton gesellte sich dazu.

Tatsächlich, es war etwas zu sehen. Seine Augen mussten sich erst an die Dunkelheit gewöhnen, aber dann sah er es deutlich. Als ob ein Kübel brauner Farbe über die ganze Landschaft gekippt worden wäre. Der Boden, die Gebäude, die Bäume, alles in demselben Braunton. Von den Bäumen baumelten Heuschreckentrauben wie große Früchte. Im Luftraum zwischen den Dingen schwirrten einzelne Insekten hin und her.

Anton setzte sich wieder hin. Jetzt begriff auch er.

Keiner sprach ein Wort.

Korbinian packte Spielkarten aus, Hugo und Hans setzten sich zu ihm.

Es dauerte fast eine Stunde, bis das Summen leiser wurde

und das Dröhnen nachließ. Oder waren die Ohren inzwischen abgestumpft?

»Jetzt sind sie bald satt«, sagte Korbinian. Seine Stimme klang wie Sandpapier.

Mit einem Mal schwoll das Summen wieder an. Es klang, als würde gleich etwas explodieren. Anton blickte fragend in die Runde.

»Der Chef hat das Kommando zum Aufbruch gegeben«, sagte Hugo.

Und wirklich, ganz langsam wurde das Brummen immer schwächer. Sie waren abgezogen.

Anton hustete, seine Kehle war staubtrocken, er trank den ganzen Becher Wasser leer. Nach fünfzehn Minuten hörte er nur noch das Dröhnen in den eigenen Ohren, die Tiere waren weg.

Die Männer erhoben sich, ihre Gesichter waren fahl geworden. In Podgora hätte Anton sie gefragt, ob jemand gestorben sei.

Draußen roch es nach frisch gemähtem Gras und nach Gerbstoff, wie in einer Lederwarenhandlung. Die Luft knisterte vor Elektrizität, als ob das Flügelschlagen sie aufgeladen hätte.

Die Landschaft hatte sich verändert. Sicher, da war noch das Haus, die Bäume, der Brunnen. Aber so weit das Auge reichte, war alles Grün verschwunden. Die Insekten hatten jeden Grashalm, jedes Blatt an jedem Busch und Baum weggefressen. Anton kniete nieder und befühlte den Rasen, von dem nur noch die Graswurzeln übrig waren. Vom umzäunten Blumengarten an der Mauer des Herrenhauses, in dem es in allen Farben geblüht hatte, standen nur noch die Stängel der Sonnenblumen, alles andere war wie weggezaubert.

Die Männer liefen in unterschiedliche Richtungen, Albert schickte Anton wieder zum Stall. Das Luzernenfeld, das vor drei Stunden noch voller Bienen gesummt hatte, war verschwunden, weiter hinten erinnerten an das Maisfeld nur noch Stümpfe, die wie überdimensioniertes abgebrochenes Schilfrohr aussahen.

Er entfernte zuerst außen die Bretter und öffnete dann die Fenster im Stall, wo die Luft trocken und stickig geworden war.

Gott sei Dank hatten die Brunnen nichts abgekriegt.

Als die Männer sich im Hof versammelten, sah Anton, dass Mayer die Pferde anschirrte und den Wagen klarmachte.

Mayer nickte den Männern zu, stieg auf den Kutschbock und trieb die Pferde an, die sich schüttelten und anzogen.

»Warum fährt der Chef weg?«

Hugo zündete sich eine Zigarette an, ehe er antwortete. Wie alle anderen war auch er ruhiger, wenn der Chef nicht da war.

»Wir sind nicht die Einzigen, die die Heuschrecken besucht haben. Die verdammten Viecher fliegen in einer Schneise, und wahrscheinlich ist der ganze Streifen von Rosario del Tala bis zu uns und weiter nach Süden in die Pampa betroffen.«

»Und er besucht die anderen Bauern? Aber wozu?«

»Du hast wirklich keine Ahnung. Die ganze Ernte ist weg, verstehst du? Alles!«

Hugo war laut geworden, die Adern auf seinem Hals traten hervor.

»Auf diesen Feldern wächst jetzt ein Jahr nichts mehr. Er muss bei anderen Bauern Futter zukaufen, bevor es die anderen machen und der Preis in die Höhe geht. Deswegen die Eile, verstehst du? «

Er nahm ein paar tiefe Züge. Er deutete Anton und sie setzten sich auf die Stufen des Herrenhauses. Aus dem Haus drang Schluchzen, ob von der Mutter oder dem Mädchen, konnte Anton nicht sagen.

Hugo starrte zu Boden. »Wie ich ihn kenne, wird er auch versuchen, neues Ackerland zu pachten. Weizen gedeiht hier zweimal im Jahr, es gibt also noch eine kleine Hoffnung.«

»Ist das … kommt das öfter vor?«

»Alle zehn Jahre, sagen sie, in einem Landstrich. So wie in der alten Heimat der große Hagel. Ich habe es erst einmal erlebt, im neunzehner Jahr.«

Anton begann erst langsam das Ausmaß der Katastrophe zu begreifen. Er dachte an die Hagelversicherungen, die zu Hause den Bauern angeboten wurden und die sich niemand leistete.

»Gibt es Versicherungen dagegen?«

Hugo blies den Rauch aus.

»Im Prinzip schon. Aber wer versichert sich denn gegen etwas, das nur alle zehn Jahre stattfindet. Vergiss es. Es gibt übrigens noch ein Problem.«

Anton wartete, bis Hugo ein paar Züge an der Zigarette gemacht hatte.

»Ich weiß nicht, wie viel Geld der Alte noch hat. Aber wenn er nichts auf der Kante hat, was ich befürchte, könnte es eng werden. Wer weiß, vielleicht muss er sogar verkaufen.«

»Verkaufen?«

»Vielleicht nicht die ganze Wirtschaft. Vielleicht aber doch. Glaubst du, die nagelneuen Maschinen hat er ohne Kredit gekauft? Den Milchabscheider? Die Zentrifuge? Die gehören noch der Bank.«

Hugo rauchte zu Ende, warf die Zigarette auf den Boden und trat sie aus.

»Komm, wir müssen an die Arbeit.«

Nach der Stallarbeit spazierte Anton dorthin, wo das Weizenfeld gewesen war. Er suchte auf dem Boden nach einem Stück Korn, das konnte doch nicht sein, dass es nichts mehr gab. Er lief die Furchen auf und ab. Nichts. Vielleicht war es auch schon zu dunkel, aber er vermutete, dass er auch am Tag nichts mehr finden würde. Diese Tiere waren gründlich. Sie kamen einfach und nahmen sich, was sie wollten, ohne Rücksicht darauf, wie viel Arbeit, Schweiß und Hoffnung in dem Korn und dem Gras steckte. Alles Erarbeitete war über Nacht weg, die Feldarbeit eines Jahres umsonst. Dieses Land barg Gefahren, von denen er keine Ahnung hatte.

Stand sein Leben nicht auch auf unsicheren Stützen, die jederzeit nachgeben konnten? Was hatte er für Sicherheiten in diesem Land? Er kannte niemanden bis auf die paar Arbeiter auf der Farm. Wenn er von hier wegginge – wohin sollte er gehen? Wieder aufs Arbeitsamt? Zur Armenausspeisung der *Asociación Austria?* Vielleicht war Sebi inzwischen sogar angekommen?

In dieser Nacht schlief er kaum. Ihm schien, als knackten draußen die kahlgefressenen Äste, vielleicht arbeitete auch der kahlgefressene Boden und bekam Risse.

Zwei Wochen später teilte Mayer den Arbeitern mit, dass die Farm unter den Hammer käme. Hugo hatte recht behalten.

Liebe Mutter!

Mir geht es gut. Der Hof, auf dem ich gearbeitet habe, ist leider verkauft worden und so bin ich wieder ohne Arbeit. Aber den Tüchtigen gehört die Welt! Ich habe Euch von Hugo geschrieben, ein patenter Kerl. Mit ihm werde ich vielleicht eine Firma gründen und mein eigener Chef sein. Hier ist alles möglich, wenn man fleißig ist. Frauen kennenzulernen ist sehr schwer, gefallen täten mir einige, aber keine kann Deutsch und mit meinem Spanisch geht es nur langsam voran, weil ich hier viel mit Deutschen zusammen bin.

Hoffe, Euch geht es gut und Josl hat Erfolg mit seinen Geschäften. Wenn ich genug Geld habe, komme ich zurück.

Es grüßt Sie Ihr Sohn

Anton.

23

BUENOS AIRES, 1927

Die letzte Kanne. Anton spürte seinen Rücken nicht mehr. Der Schmerz würde später erst kommen. Ein Schweißtropfen kitzelte ihn neben seinem rechten Ohr und floss den Hals hinunter. Nur achtzehn Kannen heute. Es waren einfach nicht mehr.

»Na komm«, sagte Hugo. Anton setzte sich zu ihm auf den Kutschbock. Hugo löste die um den Peitschenknauf gewickelten Zügel, ließ eine Welle durch sie gleiten und schnalzte mit der Zunge. Die zwei Falben nickten schnaubend und setzten sich in Bewegung. Von ihren Nüstern dampfte es. Die Achsen des Wagens knirschten. Anton musste an den Wagen denken, den er vor einem halben Jahr im winterlichen Salzburg gesehen hatte, als er auf den Anschlusszug wartete. Es war ein Kohlenfuhrwerk gewesen, das eine Fuhre vom Bahnhof wegbrachte. Es war so glatt, dass die Pferde keinen Tritt mehr fanden. Der Wagen ächzte an allen Enden, rührte sich aber nicht vom Fleck. Der Kutscher gab einem Straßenjungen eine Münze. Dieser verschwand und kam mit Männern zurück, die Sandsäcke trugen. Sie leerten sie vor die Räder und die Hufe der Tiere, das Fuhrwerk kam vom Fleck. Anton dachte, er hätte den Vorfall längst vergessen.

Jetzt war hier Winter, im Juli. Gott sei Dank war es nicht so kalt wie in Österreich. Gewöhnen an die falschen Jahreszeiten mochte er sich noch immer nicht, dauernd hatte er den Eindruck, die Menschen irrten sich im Kalender.

Hugo holte einen Flachmann aus seiner Jacke und nahm einen Schluck. Er bot Anton davon an. Er trank, Wacholderschnaps, scharf und willkommene Ablenkung von dem dumpfen Gefühl, das die Schmerzen ankündigte.

Hugo deutete mit dem Daumen auf die Fünfzig-Liter-Milchkannen hinter ihnen. »Wenn es so weitergeht, macht er den Laden dicht, hat er heute gesagt.«

»Haben die alle aufgehört?«, fragte Anton.

»Aber wo. Bei der Konkurrenz sind sie. *Lácteo Plata* zahlt drei Centavos mehr pro Liter. Hab ich gehört. Weiß nicht, ob's stimmt.«

Der Wagen holperte, ein Schlagloch, die beiden wurden durchgeschüttelt, die Milch in den Kannen klatschte.

»Verdammt, tut mir leid, hab' ich nicht gesehen«, rief Hugo auf Deutsch.

Anton horchte auf. Beide hatten in den letzten zwei Monaten mehr und mehr Spanisch gesprochen, der Chef der Molkerei war ein Italiener, der kein Deutsch verstand. Ein Wunder, dass sie überhaupt Arbeit bekommen hatten, da die Italiener sonst nur Landsleute anstellten. Aber Anton und Hugo hatten den Vorteil, dass sie nicht angelernt werden mussten. Sie hatten sich erhofft, in der Produktion zu arbeiten. Und dann hatte der Chef sie doch nur zum Kanneneinsammeln abkommandiert, da hier ständig Leute ausfielen, die Arbeit machte keiner lang. Die einen hörten auf, wenn das Kreuz ruiniert war, die anderen, damit es nicht so weit kam. Immerhin Arbeit.

Der Wagen knackte wieder.

»Die Achse wird noch durchhalten«, meinte Anton und blickte nach hinten. »Umgefallen ist auch keine.«

Die Molkerei kam in Sicht. Anton blickte auf die Uhr. Halb zehn, eine gute Zeit. Um sechs waren sie aufgebrochen zu ihrer Runde, um die Kannen zu holen, die die Bauern zu den

Sammelstellen brachten. Die Italiener erzeugten daraus mehrere Weichkäse, die sie allesamt *Muzzarella* nannten und die offenbar nicht nur Italiener kauften. Sie verwendeten seltsame Gewürze wie Chimichurri oder Origano, die sie in manche Käse mischten. Egal, Anton musste das ja nicht essen.

Als Werbung für ihre Produkte hielt die Molkerei drei Kühe, die mitten in der Stadt standen und neben den Gehsteigen gemolken wurden. Wenn ein Passant ein Glas Milch bestellte, quetschte ein Junge im Gaucho-Kostüm die Zitzen der Kuh und ließ die Milch direkt ins Glas spritzen. Die Kühe waren in der ganzen Stadt bekannt und eine unbezahlbare Werbung für Milch und Käse der Firma.

Sie hielten das Fuhrwerk an der Laderampe an und stiegen ab. Einen Becher Buttermilch gab es jetzt großzügigerweise. Nach der Siesta würden sie um vier Uhr nachmittags die zweite Runde starten. Wenn sie dann gegen neun Uhr abends in ihre Zweizimmerwohnung kamen, die sie gemeinsam gemietet hatten, hatte keiner von beiden mehr Lust auf große Unternehmungen. Immerhin lebten sie mittlerweile am Rande der Hauptstadt, in einer halben Stunde wäre man im Zentrum und könnte promenieren, wie die Menschen, die keiner körperlichen Arbeit nachgingen, könnte Leute kennenlernen, vielleicht mit einer Frau ins Gespräch kommen oder einfach nur zusammensitzen, ein Bier trinken und die Menschen beobachten. Könnte man. Stattdessen spielten sie noch ein, zwei Partien Karten und fielen dann ins Bett, um sich um fünf Uhr Früh vom Wecker wieder aufscheuchen zu lassen.

Heute war wenigstens Samstag und sie hatten keinen Sonntagsdienst. Sie tranken die Buttermilch, quittierten die Anwesenheitsliste und machten sich auf den Weg zu ihrem Quartier.

»Heute Abend schaffen wir's«, sagte Hugo, als sie in die Straße zu ihrer Unterkunft einbogen. Wie alle Straßen in dem

Viertel war auch diese ungepflastert. Gestern hatte es geregnet, der Matsch haftete an ihren Galoschen.

»Klar«, sagte Anton, »wäre doch gelacht.« Ein beißender Geruch schlug ihnen entgegen. Aus einem der umliegenden Höfe stieg schwarzer Qualm auf. Jemand in der Nachbarschaft verbrannte wieder Müll, dem Geruch nach wahrscheinlich Gummi. Es kam in ihrem Viertel dauernd vor, dass Leute Abfälle verbrannten, aber heute war der Gestank besonders scharf.

Sie heizten ein und aßen ein Stück Hartkäse mit Weißbrot. Hugo kritzelte auf einem Papier herum, Anton war müde und legte sich nieder. Die Siesta war ihm zur Gewohnheit geworden, auch wenn es schon lange nicht mehr heiß war.

Er schlief nicht lange. Als er aufwachte, stank es noch immer. Aus Hugos Zimmer tönte regelmäßiges Schnarchen. Draußen qualmte es schwarz, als würde die Welt untergehen. Er stand auf und ging hinaus. Dort musste es sein, hinter dem Bretterzaun. Er zögerte ein wenig und stieß dann das Holztor auf, das nur angelehnt war.

Er stand in einem Hof, der aussah wie eine Müllkippe. Überall waren Reifen zu Türmen gestapelt, Gummischläuche lagen auf mehreren Haufen verteilt.

In der Mitte des Hofes brannte ein Feuer, die Quelle der dicken schwarzen Schwaden. Zwei Männer blickten auf, der eine machte eine beschwichtigende Geste.

»Ist gleich vorbei, geht nicht anders.«

Sie sprachen ein holpriges Spanisch, die Stimme kam ihm bekannt vor. Er trat näher.

»Herr Queri?«, fragte Anton auf Deutsch. Der Mann in Hamburg mit dem behinderten Sohn, der nicht in die Vereinigten Staaten durfte!

Der ältere Mann am Feuer sah auf. »Wer sind Sie?«

»Anton Lipic. Wir waren bei der Abreise zusammen. In Hamburg. Sie waren vor mir zur Untersuchung mit Ihrem Sohn. Ich dachte, Sie …«

Queri sah ihn an und nickte langsam, wie abwesend. Der Mann war in dem halben Jahr gealtert, die Falten hatten sich tief in sein Gesicht eingegraben.

»Ach ja? Ja, Sie waren der Einzelne im Schlafsaal, ohne Familie. Tut mir leid, ich hatte Ihren Namen vergessen. Lipic, sagen Sie …«

Er hustete und hielt sich die Hand vor den Mund.

»Wir konnten unsere Fahrkarten abtreten, es gab eine Warteliste. Freilich nicht um den vollen Preis. Weil wir nicht in die Staaten durften, sind wir dann drei Wochen später hierher.«

Anton erzählte von seinen zwei Monaten in Entre Ríos und dass er jetzt für eine Molkerei tätig war.

»Warum verbrennt ihr die Reifen?«

»Gewöhnlich tun wir das ja nicht. Wir sammeln sie bei den Werkstätten ein und verkaufen sie an das Zementwerk, die dürfen sie offiziell verbrennen.« Er hustete und spuckte aus. »Die nehmen nur ganze Reifen. Aber es kommt so viel Abfall zusammen, zerfetzte Reifen, Gummireste. Alle paar Wochen heizen wir die hier auf. Schau, wie gut das brennt.« Er nahm einen Stock und stocherte in dem lodernden Haufen herum. Anton hatte nicht gewusst, dass Gummireifen so gut brennen.

»Reifensammler bin ich geworden, wer hätte sich vor zehn oder zwanzig Jahren gedacht, was es für Berufe gibt. Drin in der Stadt ist das Verbrennen ja verboten. Hier am Stadtrand ist es nicht so streng. Außerdem sind die Gerber drüben am Fluss noch ärger mit dem Verschmutzen. Dort lebt kein Fisch mehr auf drei Kilometer. Das ist übrigens Lorenz, auch aus Bayern.« Queri deutete auf den Mann, der reglos auf der anderen Seite des Feuers stand. Er kam herüber und stellte sich vor.

Während er weitere Reifen ins Feuer warf, erzählte Queri von seiner Arbeit. Er hatte mindestens drei Jobs, so viel verstand Anton. Während seine Frau sofort eine Stelle als Bedienerin gefunden hatte, durchforstete er Mülldeponien nach verwertbaren Stoffen. Anton war so etwas wie Müll unbegreiflich. Am heimatlichen Hof war alles verwertet worden, jeder Faden, jedes Stück Holz und Metall fand eine Zweit- oder Drittverwendung, die wenigen unnützen und brennbaren Dinge wurden zu Ostern am Haufen verheizt.

»Von diesen Reifen werden es jeden Tag mehr, immer mehr Automobile, immer mehr kaputte Reifen – bei den Straßen kein Wunder«, sagte Queri und legte zwei zerfetzte Schläuche auf den Haufen. Sie fingen sofort Feuer und qualmten schwarz. »Für heute ist es gut«, sagte er und wischte sich mit dem Ärmel den schwarzen Rotz unter der Nase ab.

»Wie gesagt, nur alle paar Wochen. Tut mir leid, wenn es so stinkt, aber die Gegend da ist eben eher Industriegelände. Drüben auf dem Acker soll eine Schuhfabrik gebaut werden.«

Wie anders war das hier als in Österreich, wo Stadt und Land säuberlich getrennt waren! Industriebetriebe gab es in Städten oder, wenn es Eisenverarbeitung war, an Flüssen, Gewerbe nur in den Städten. Undenkbar, dass eine Molkerei, eine Gerberei und eine Verbrennungsanlage eine Steinwurfweite voneinander entfernt und überhaupt zwischen Wohnhäusern lagen. Hier war das Siedlungsgebiet völlig ungeordnet, alles konnte überall sein, die Stadt fraß sich zwar in geometrischem Blockmuster weiter, aber trotzdem war die Siedlung ohne Plan und wuchs wild immer weiter.

Er wusste nicht mehr, was er sagen oder tun sollte. Konnte er Queri einen Vorwurf machen, dass auch er zu überleben versuchte? Auch Anton versuchte ja sein Auskommen mit einer Tätigkeit zu finden, die er zu Hause nie ausgeübt hätte.

Er verabschiedete sich von den beiden, weckte Hugo, der tief geschlafen hatte, und sie brachen zur zweiten Schicht auf.

Am Abend saßen sie endlich bei einem Bier in der *avenida 9 de Julio* und tranken sich Mut an. Sie hatten es geschafft! Das erste Mal, seitdem sie in die Vorstadt gezogen waren, hatten sie es ins Zentrum geschafft. Es war zwar nicht mehr warm, aber trotzdem saßen die Leute noch in den Sitzgärten in dieser breiten Prachtstraße, einige Verwegene flanierten nur mit Jacke, ohne Mantel, auf und ab und führten offenbar die neueste Winterkollektion spazieren. Anton konnte seinen Blick nicht von den jungen Frauen wenden, die an dem Biergarten vorbeiflanierten. Er hatte in den letzten Monaten in seinem Viertel kaum Frauen gesehen. Und wenn, waren sie älter und von der Arbeit gezeichnet gewesen: Mägde, Färberinnen, Waschfrauen. Er hatte versucht, mit einigen ins Gespräch zu kommen, doch viele sprachen ein unverständliches Spanisch und einen Dialekt, der Pampa hieß, wie die Grasebene. Hier in der Stadt gab es junge, modern gekleidete Frauen, die ohne Männer selbstbewusst die Straße entlangschritten. Was für eine andere Welt! Hier war das Leben! Hier musste er hin! Wie hatte er es vergessen können, dass es dieses Leben war, das er ursprünglich gesucht hatte?

Auch Hugos Blick verfolgte die Frauen, die vorübergingen, er tauschte mit Anton immer wieder Blicke aus, die wohl Kennerschaft ausdrücken sollten.

Anton nahm einen großen Schluck. Verdammt, ihm fehlte eine Frau! Er lebte das Leben eines Mönchs, oder besser: eines Sklaven, dem durch die Maloche jeder Trieb abgetötet wurde. Und doch regte er sich hier und jetzt. Vielleicht würde er nach zwei Bieren den Mut haben, eines der schwatzenden Mädchen anzusprechen, die immer wieder in Grüppchen vorüberzogen.

Aber was sollte er sagen, einfach so aus dem Nichts? Wie würde er wirken in seinem abgetragenen Anzug? Sie würden ihn auslachen und kichernd weitergehen. Nein, er müsste in ein Lokal, wo getanzt wird, vielleicht ließe sich da jemand auffordern. Ein Rumpeln riss ihn aus seinen Gedanken. Hugo starrte ebenfalls ins Bier und hing seinen Gedanken nach. War das Donner gewesen? Tatsächlich, es war kälter geworden und ein bedrohlicher Wolkenturm zeigte sich am bisher friedlichen Abendhimmel. Es wurde in Sekunden dunkel, kurz darauf fielen die ersten Tropfen.

Sie suchten Unterstand unter der Markise des Lokals, wo sich schon andere drängelten.

»Ist gleich vorbei«, brummte Hugo. Unvermittelt setzte heftiger Regen ein, der wirklich nach zehn Minuten so plötzlich wieder aufhörte, wie er angefangen hatte.

Die *avenida* war zwar gepflastert, aber der Sitzgarten und der Zugang von der Straße hatten sich in Matsch verwandelt. Da es kälter geworden war, setzten sie sich ins Lokal hinein. Sie hatten kaum Platz genommen, als am Eingang ein Gezeter entstand.

Sie verstanden nur »Dreck!«, »Putzt euch die Schuhe!«, »Was kann ich dafür?«. Mehrere Stimmen schimpften durcheinander und entfernten sich dann.

Als der Wirt einige Zeit später, noch rot im Gesicht und Schweiß ausdünstend zu ihnen an den Tisch trat, fragte Anton, worum es gegangen war.

»Die Leute tragen mir den ganzen Dreck herein, fürchterlich. Gesindel. Darf ich den Herren noch etwas bringen?«

Anton blickte zu Hugo, der nickte. »Zwei Bier noch, bitte! Sagen Sie – haben die Leute keine Manieren, oder wie?«

Der Wirt nickte, erblickte ein paar Tropfen auf dem Tisch, nahm sein Tuch, das in der Hose steckte und wischte drüber.

»Ach, Manieren. Die Fußabstreifer haben sich aufgelöst im

Regen. Dieses angebliche Kokos war wohl nur ein billiger Bast. Und Sie werden es nicht glauben, es gibt keine Fußmatten mehr in Buenos Aires. Ausverkauft. Die Firma ist pleite. Kein Wunder, wenn sie so einen Mist verkauft.«

Er entfernte sich kopfschüttelnd.

»Das ist es«, sagte Anton.

»Was ist es?« Hugos Blick war glasig.

»Wir könnten Matten machen.«

»Wir? Matten?«

»Ja, wir. Und ich weiß auch wie.«

»Matten? Wie? Hör mal, bin ich betrunken oder du? Aber wahrscheinlich sind wir es beide. Mit den Frauen wird das ohnehin nichts mehr heute. Also machen wir Matten.«

Hugo schlug mit der Hand auf den Tisch und lachte.

Anton hieb ebenfalls auf den Tisch, seine Augen glühten.

»Was ist denn mit dir los?«

»Wir machen Matten. Geflochtene. Ich habe einmal versucht, einen Korb zu flechten, mein Nachbar hat es mir gezeigt. Es ist dasselbe Prinzip.«

Er nahm einen langen Zug aus dem Glas, Hugo tat es ihm gleich.

Er kniff die Augen zusammen. Eine Pause entstand.

»Moment, ganz langsam. So eine Fußmatte sieht aus wie eine Bürste. Ein Teppich. Eine Teppichbürste. Das wird doch gewebt, oder?«

Er sprach langsam, schien gegen die Trunkenheit anzukämpfen.

»Willst du ein Teppichweber werden? Ha ha, Anton am Webstuhl. Prost!«

Sie stießen an, setzten die Krüge ab.

Hugo hob den rechten Zeigefinger. »Schau mal, eine Matte ist geknüpft wie ein Teppich und dann so ratz-ratz abgeschnitten wie mit einem großen Rotationsmäher. Ich glaube, du hast schon länger kein Bier mehr getrunken, oder?«

»Nein, komm!«

»Wohin?«

»Nach Hause, komm, ich werde es dir erklären!«

»Und die Frauen, ich dachte, wir schauen noch dorthin, wo getanzt wird?«

»In unserem Zustand kann keiner von uns beiden noch tanzen«, sagte Anton und rief den Wirt.

In der Straßenbahn und später im *colectivo* erklärte Anton, dass Kokosmatten für draußen wahrscheinlich nicht so geeignet waren, da es sich ja um Pflanzenfasern handle. Gummi hingegen, wie von Autoreifen, wäre ein Material, das nicht vom Regen aufgeweicht würde und sich auflöse. Er habe einmal so eine gewebte Gummimatte irgendwo gesehen, er wisse aber nicht mehr wo. Hugo nickte und schlief im Sitzen ein, Anton musste ihn wecken, bevor sie ausstiegen.

Als sie in ihrer Straße anlangten, wollte Anton noch zu den Reifen, aber das Tor war verschlossen. Er rüttelte, aber nichts tat sich. Hugo kicherte.

»Dann eben morgen.«

»Morgen schlafen wir uns mal aus. Mann, das wird ein Brummschädel werden.«

Anton klopfte ihm auf die Schulter.

»Morgen gehen wir es an!«

24

Am nächsten Tag holte er sich zwei Reifen. Queri überließ sie ihm umsonst, zwei weniger fielen nicht ins Gewicht für die Zementfabrik. Anton versuchte zunächst mit einem Messer, einzelne Streifen vom Mantel herunterzuschneiden. Vergeblich. Nur unförmige Gummistücke fielen ab. Eine Klinge wäre nötig, die gebogen sein müsste, wie ein U oder rund wie ein Messer, das man bei Äpfeln zum Ausstechen des Apfelbutzens verwendete. Hugo sah zu und meinte, er kenne einen Messerschmied, vielleicht habe der so etwas oder könne es anfertigen.

Das Wochenende verstrich.

Am Montagabend überraschte Hugo Anton mit der Botschaft, dass der Messerschmied etwa eine Woche benötigen würde. Anton nützte die Siesta fortan zum Tüfteln.

Er lieh sich von Queri ein Flachmesser aus, das dieser benutzte, um abgefahrene Reifen, die neu gebacken wurden, wie er sagte, abzuschaben.

Nach einigen Versuchen schaffte es Anton, die Lauffläche von der Karkasse zu trennen, die dann wie ein schlaffer Gürtel aussah. Er schnitt die Lauffläche durch und legte das breite Band auf den Tisch. Wenn er alles sauber abhobelte, würde er gar kein Messer mehr brauchen. Es würde genügen, das Band in Streifen mit quadratischem Querschnitt zu schneiden. Dazu wäre eher ein breiter Hobel, eine Hobelmaschine notwendig. Vielleicht ließe sich eine bauen.

Hugo schlief an diesen Nachmittagen oder ging spazieren, wenn es nicht gerade regnete.

Als er Anton nach acht Tagen das Messer brachte, musste dieser ihm gestehen, dass sie es nicht mehr brauchten.

Schließlich schaffte er es, mit einem scharfen Tapetenmesser, einem Hobel und einer Lehre aus Vierkanthölzern gleichmäßige Streifen zu schneiden, in die er mit einem Handbohrer vorsichtig Löcher bohrte. In einer Eisenwarenhandlung kaufte er Muttern und Gewindestangen, an denen er die Gummistränge aufspießte, mit den Muttern als Abstandhalter und Endsicherung. Die erste Matte sah, wie Hugo sagte, »russisch« aus, aber sie hielt. Etwas hoch war sie, da werden alle darüber stolpern, ätzte er.

Anton fertigte ein zweites Modell, bei dem er die Gewindestangen durch Stahldraht ersetzte. Er packte das Modell in grobes Papier, steckte Maßband und Notizblock ein und suchte das Gasthaus auf, in dem er vor vierzehn Tagen den Einfall gehabt hatte. Er stellte sich als Vertreter der Firma Lipic und Co. vor, Fußmatten aus Kokos und Gummi nach Maß. Der Wirt schaute skeptisch und prüfte das Geflecht.

»Gummi, aha. Wenn das hält, dann bestellte ich eine Matte für den Eingang, aber bitte genau ausmessen. Was kostet der Quadratmeter?«

Anton erschrak. Alles hatte er für seinen gewagten Auftritt bedacht, nur nicht den Preis. Was konnte er verlangen? Verdammt, da half nur Hochstapeln.

»Ähm, ich kann es noch nicht sagen, das hängt von der Qualität ab, die sie bestellen. Das hier ist mittlere Qualität. Ich mache Ihnen einen Kostenvoranschlag, wenn ich das ausgemessen habe.«

»Wenn Sie nicht sagen, was das kostet, brauchen Sie gar nicht auszumessen!«

»Warten Sie!«

Anton zog den leeren Block aus der Tasche und wandte sich ab. Er blätterte herum, als suchte er detaillierte Preistabellen. Sag irgendeine Zahl, irgendeine! Versuche zu schätzen! Nicht zu gering. Aber auch nicht zu hoch.

»Die mittlere Qualität wie die hier kommt auf neunzig Peseten der Quadratmeter.«

Der Wirt blies seine Backen ein wenig auf und ließ die Luft entweichen. Gut, das war zu hoch. Anton konnte zusammenpacken.

»In Ordnung, messen Sie aus!«

Liebe Mutter!

Ich weiß nicht, ob Sie meinen letzten Brief bekommen haben, denn es ist keine Antwort gekommen.

Mir geht es gut und ich werde jetzt meine eigene Firma machen. Ich bin der Chef, und Hugo Berger, ein Kollege, ist mein Kompagnon.

Wir werden Matten erzeugen, die man in den Städten vor die Eingangstüren legt, damit sich die Leute den Dreck abputzen. So ähnlich wie bei uns das Eisen rechts vorm Eingang, an dem wir die Stiefel abstreifen, nur machen sie das hier auf einer Art Teppich.

Wir haben auch Credit aufgenommen, aber nicht viel. Wenn hier auch alles schon besetzt ist, so haben wir eine Art Marktlücke entdeckt und sind guter Hoffnung. Wie geht es Josl? Ich habe Bepa geschrieben, aber noch keinen Brief zurückbekommen.

Ich esse hier fast jeden Tag Fleisch, wie bei uns nur am Sonntag und bin schon ein bisschen dick geworden. Hier gibt es so viele Kühe wie nirgendwo auf der Welt.

Mit den Frauen hier ist das so eine Sache. Es gibt viele hübsche Mädchen, aber sie gehören meistens zu den Italienern oder Spaniern. Hier bleiben die Nationen unter sich, und überhaupt ist hier jeder für sich. Deshalb ist es schwer, einen Freund zu finden.

Es gibt einen Österreichischen Club, aber da wird viel politisiert, die einen sind deutschnational, die anderen Kommunisten, deswegen mag ich nicht hingehen.

Wenn ich genug Geld beisammen habe, gibt es ein Wiedersehen! Heil Argentinien!

Ihr Sohn

Anton

25

BUENOS AIRES, 1947

»Der Königstiger ist ein Halb-Albino, kein richtiger.«

Steiner verfiel in den dozierenden Ton, der Anton bereits aufgefallen war, als sie sich vor dem Tor des Zoos trafen, das an einen römischen Triumphbogen erinnerte. Er hatte gleich versucht, ihm zu erklären, warum das nie und nimmer ein Triumphbogen sein könne. Wahrscheinlich hatte er vorher noch einen Reiseführer studiert. Anton wusste nicht genau, was ein Triumphbogen war und hörte sich den Vortrag an, während er um die Eintrittskarten anstand.

Überanpassung. Übergenauigkeit, wie sie bei allen Neuimmigranten vorkommt. Die könnten jeden Touristen durch die Stadt führen. Auch er hatte diese Phase durchlaufen, nachdem sein Geschäft in Gang gekommen war und er endlich ein menschenwürdiges Leben führen konnte, wenn er auch in den ersten Jahren noch selbst durch die Stadt fuhr, um seine Matten zu verkaufen und so die Straßen erkundete, nicht durch Reiseführer. Er flanierte dann manchen Abend durch die *avenidas*, vorbei an prächtigen Bauten, die ihm fremd blieben. Nein, er durfte Steiner nicht böse sein. Er war sicher gebildeter. Und das Touristengehabe würde sich geben.

Anita hatte nach dem Betreten des Zoos gleich loslaufen wollen, doch der Gehgips machte aus dem sonst hüpfenden Schritt einen plumpen Zweiertakt. Trotzdem war sie schneller als die Erwachsenen. Veronika zuckte mit den Schultern und versuchte ihre immer schneller hinkende Tochter einzuholen.

Kein Zweifel, sie wollte zum Drachenhaus, in dem Echsen und Warane zu sehen waren, der riesige Ententeich, an dem sie entlanggingen, war todlangweilig für sie.

Die beiden Männer hatten den Weg jenseits des Gewässers fortgesetzt und waren vor dem Tigergehege zum Stehen gekommen, in dem sich die Attraktion des Zoos befand: der weiße Tiger.

»Ein Halb-Albino? Ich wusste nicht, dass es so etwas gibt. Aber da kenne ich mich nicht wirklich aus.«

Der Tiger lag lang gestreckt auf einem Betonsockel. Wenn nicht der Schwanz hin und wieder leicht gezittert hätte, Anton hätte ihn für tot gehalten.

Steiner schürzte die Lippen und zog sie wieder zurück.

»Ja, er gehört nirgendwo richtig dazu. Er ist kein normaler Tiger, aber auch kein wirklicher Außenseiter. Das sind Albinos ja meistens. Dieser hier ist aber kein Albino. Nicht ganz dazugehörig, aber auch nicht ganz fremd, nicht wahr?«

Steiner zwinkerte, sollte das eine plumpe Anspielung auf das gemeinsame Emigrantenschicksal sein?

Anton fühlte sich unbehaglich, er fragte sich warum. Steiner hatte es sicher ganz allgemein gemeint, es war ein Zustand, den jeder Emigrant kannte.

Nur bei mir, dachte Anton, bei mir war es schon vorher so, in Österreich. Ob er darauf angespielt hat?

In Kärnten hatte er als Slowenischsprechender zur alteingesessenen Bevölkerung gehört, die im Mittelalter schon vor den Deutschen hier gewesen war, wie es der Pfarrer in der slowenischen Katechismusstunde einmal gesagt hatte. Und doch hatte er sich wie alle anderen Slowenen nach der Volksabstimmung von den Deutschtümlern Parolen wie »Kärnten frei und ungeteilt« und »Deutsches Wort in deutschem Land« anhören müssen. Geht doch hinunter in euren neuen slawischen Staat!

Was wollt ihr hier in Österreich? Ihr habt ohnehin 1920 für Jugoslawien gestimmt.

Und hier in Argentinien war er kein Deutscher, kein Mitglied einer großen Gruppe von Einwanderern, die riesige Betriebe besaßen und einander aushalfen, sondern nur Österreicher, Bürger eines lächerlichen Rumpfstaates, der knapp vor dem Bankrott stand. Deutsche stellten Deutsche ein, und es gab viele deutsche Firmen hier, aber er kannte keine einzige österreichische.

»Was ist mit Ihnen? Habe ich etwas Falsches gesagt? Ist doch jeder einmal neu hier, nicht wahr?«

Anton nickte beflissen und wandte sich der Tafel zu, die an den Stäben des Geheges befestigt war. Ablenken. Gott sei Dank, Steiner schien die Tafel am Käfig entdeckt zu haben.

Der Tiger (Panthera tigris). Familie Katzen (Felidae), Unterfamilie Großkatzen (Pantherinae) …

Anton bemühte sich konzentriert zu wirken und nahm nicht wirklich wahr, was er las, aber alles besser, als ein Gespräch voller Allgemeinplätze zu führen, bei dem er niemals wusste, ob Steiners Worte einen doppelten Boden hatten. Steiner war Kärntner, aus dem deutschsprachigen Teil. Sicher war er deutschnational, oder war es zumindest gewesen. Ändern sich Menschen diesbezüglich? Anton las weiter, vielleicht fand sich in dem Text ein Anknüpfungspunkt für ein zwangloses Gespräch.

Schwanzlänge bis 100 cm, Schulterhöhe bis 110 cm, … da, das war es: *Da Tiger nur von hinten angreifen, tragen Honigsammler in Indien Masken mit menschlichem Gesicht am Hinterkopf. Die Maske hat eine erstaunliche Wirkung.*

Masken am Hinterkopf. Menschen mit zwei Gesichtern. Menschen, bei denen es nur ein Vorne gibt. Tiger greifen nicht von vorne an. Er sah sich nach Steiner um, der schon ein paar Schritte weitergegangen war, winkte ihn herbei und zeigte ihm die Stelle.

Steiner las. »Ich habe das nicht verstanden. Was heißt *occipucio*?«

»Hinterkopf!«

Anton übersetzte die Aufschrift.

Steiner nickte mehrmals.

»Menschen mit doppeltem Gesicht werden also nicht angegriffen. Ein schöner Gedanke. Hoffentlich gilt das auch für Emigranten.« Er lachte.

»Aber die Maske ist für diese Menschen in Indien ein Schutz, es geht um ihr Leben.«

Steiner nickte.

Was wusste dieser Steiner schon vom Überlebenskampf? Er war hier angekommen und hatte als Techniker gleich eine Stelle gefunden.

»Geht es bei den Immigranten nicht auch um das Leben? Mag sein, dass meine Maske noch nicht so fest sitzt. Eines Tages wird sie ja vielleicht anwachsen, ha ha.«

Anton war nicht nach lachen.

»Ich habe nie eine Maske gehabt. Die ersten Jahre waren nicht leicht. Ich brauchte etwas zu essen, da konnte ich mir keine Gedanken um Masken machen. Wozu auch? Ich war Österreicher, jetzt bin ich Argentinier.«

Steiner hob die Hände.

»Bitte verzeihen Sie! Ich bin eben noch nicht so lange da. Und dann denkt man halt das eine oder andere. Und man spielt in Gedanken auch mit der Rückkehr. Ich kenne sogar Leute, die wollen auf jeden Fall wieder zurück und beim Wiederaufbau in Deutschland helfen.«

»Zu meiner Zeit war das ja ähnlich. Die Leute, die damals

gekommen sind, kamen aus der Wirtschaftskrise. Jeder überlegte am Anfang, ob er nicht doch zurückkehren sollte. Ein paar Jahre, dann habe ich das Geld zusammen und dann geht es zurück, dann helfe ich meinen Verwandten. Aber dann kam die Politik. Kommunismus. Faschismus. Die Nazis. Der Krieg. Ich denke, von denen ist kaum jemand zurück. Auch ich nicht.«

Anton wies zurück auf die weiße Raubkatze.

»Der wollte vielleicht auch einmal weg. Jetzt hat er sich mit seinem Zoodasein abgefunden und es geht ihm wahrscheinlich besser als den meisten Tigern da draußen.«

Steiner hob abwehrend die Hände.

»Ich höre schon auf. Ich merke schon, ich langweile Sie mit diesem Geschwätz. Sicher redet jeder Neuankömmling dasselbe. Mein Gott, wie oft müssen Sie das schon gehört haben.«

Ja und nein, dachte Anton. Ich habe es unzählige Male zu mir selbst gesagt, aber nie mit jemandem darüber geredet.

»Gehen wir weiter?«

Sie lösten sich vom Tigerkäfig, spazierten einen Bachlauf entlang und kamen zu einem Gebäude, das wie ein exotischer Tempel aussah. Aus weißem Stein erbaut, zeigte seine Fassade einen fantastischen Schmuck mit Skulpturen von Göttern, Affen und Vögeln.

Sie blieben stehen. Steiner pfiff durch die Zähne.

»Alle Achtung … Indien ist hier auch vertreten.«

Anton war der Tempel egal, ob indisch oder sonst was. Es rumorte in ihm. So viel wäre zu sagen, worüber er sich Jahre Gedanken gemacht hatte. Nie hatte er mit Veronika oder einem anderen Menschen darüber gesprochen. Er musste es loswerden.

»Ich weiß, ich wiederhole mich. Aber … wissen Sie, ich gehe sicher nicht mehr zurück. Irgendwann überschreitest du einen

Punkt, ich kann nicht sagen wann, aber eines Tages merkst du es. Du wärst dort ein Fremder, die Lücke, die du hinterlassen hast, hat sich längst geschlossen. Ich habe Familie hier, meine zwei Brüder drüben sind ohne Kinder gestorben, der eine noch als Kind, der andere im Krieg in einem Lager. Eine Schwester lebt noch drüben, aber sie hat ihr eigenes Leben, ihre eigene Familie.«

Er verstummte. Was ging es diesen immer noch Fremden an? Er musste an Bepa denken. Ob sie schon einmal in einem Zoo gewesen war? Wohl kaum. Wahrscheinlich kam sie gar nicht aus dem Dorf raus, die Arbeit am Hof ließ wenig Luft. In Kärnten gab es bis auf ein Bärengehege in Klagenfurt keinen Zoo, soweit er sich erinnern konnte.

»Wahrscheinlich haben Sie recht.«

Steiner blickte an Anton vorbei.

»Wo sind eigentlich Ihre Frau Gemahlin und Anita?«

»Ach, die stehen sicher vor dem Affenkäfig und können sich nicht losreißen. Wir treffen uns ja gegen elf in der Cafeteria in der Mitte. Kommen Sie, lassen Sie uns weitergehen. Da vorne ist das Nashorn, auch ein berühmter Insasse.«

Sie schritten am Teich mit den Fontänen vorbei. Der Himmel war für einen Herbsttag unnatürlich blau. Die Gischt der Fontänen blitzte im Sonnenlicht. Nächste Woche würde das Wetter umschlagen, er hatte es in der Zeitung gelesen.

Anton blieb vor einem Käfig stehen, der leer zu sein schien. Er sollte nichts mehr reden. Was wusste Steiner schon von dem Hohn, den Anton als Kärntner Slowene schon in der Schule erlebt hatte? War Steiner vor dem »Anschluss« einer dieser Deutschnationalen gewesen? Hatte er auf die Slowenen geschimpft? Er hatte im Krieg gekämpft. Gut, zur Einberufung gab es nicht viele Alternativen. Auch Bepas Mann hatte einrücken müssen.

»Schauen Sie, da hinten ist das Nashorn, in der Hütte.«

Steiner wies auf die quadratische Öffnung in der Mauer.

Sie spähten beide hinein, konnten aber nur das Hinterteil des Dickhäuters erkennen. Das Tier stand still wie ein Felsen.

Ein Zeitungsjunge lief vorbei und rief etwas von einem Streik, der beendet wurde. Anton dachte an seinen Betrieb. Gott sei Dank war ihm so etwas erspart geblieben.

»Es gibt hier auch deutsche Zeitungen, nicht?«, sagte Steiner.

»Ja, aber ich lese sie nicht.«

Anton hatte sich früher öfter das *Argentinische Tageblatt* gekauft, weil es die einzige kritische Stimme gegen den Nationalsozialismus war, während sich die *La Plata Zeitung* in Begeisterung für Hitler überschlagen hatte.

»Ach so, nur Spanisch, schon klar.«

Steiner hielt inne, als wollte er noch etwas sagen. Doch er atmete aus, schüttelte den Kopf und lächelte wieder. Das Lächeln drückte die Haut auf den dürren Wangen zu winzigen Falten zusammen. Anton musste an ein Reptil denken, ohne ein bestimmtes benennen zu können.

Steiner wich zurück. »Ich sollte besser Spanisch lernen, Sie haben ja völlig recht. Ich werde mich wirklich bemühen. Sie wissen sicher, dass das nicht so leicht ist.«

Steiners Stimme klang höflich, bereit, jedem Einwand Raum zu geben, alles heiter zu relativieren.

Sie waren an einem Teil des Zoos angelangt, der sich »Bauernhof« nannte. In der Mitte stand die Attrappe eines Schweizer Bauernhauses mit dazugehörigem Stall wie eine Theaterkulisse. Auf einer kleinen Weide lagen Kühe im Gras, weiter hinten liefen Hühner und Enten herum und wälzten sich Schweine im Sand.

Ein Schuppen wurde offenbar gerade erneuert, zwei Zimmerleute stellten eine Konstruktion auf, die ein Vordach abstützen sollte. Ein weißhaariger Mann stand daneben und beobachtete sie.

Als Anton und Steiner an ihm vorbeigingen, drehte er sich zu ihnen. Anton blickte ihm ins Gesicht.

»Anton! *Ali si res ti?*« Bist du es wirklich?

Anton erstarrte. Slowenisch. Hier. Neben Steiner, mit dem er schon das ungeliebte Deutsch redete. Er blickte den Mann an.

Kein Zweifel. Matija. Der Zimmermann von damals, zwanzig Jahre musste das her sein, auf der Farm. Er war älter geworden, sicher, aber er war es. Mit einem Schlag war alles wieder da, Mayers Milchfarm, die Käserei, die Heuschrecken. Das war der Zimmermann und einer der anderen Männer wahrscheinlich sein Sohn Gregor.

»Ja, Anton Lipic. Matija, nicht wahr?«, sagte Anton auf Spanisch. Mit einem Mal war durch den Wechsel der Sprache aus der aufkeimenden Vertrautheit distanzierte Förmlichkeit geworden.

»Ja, Matija«, antwortete dieser sofort auf Spanisch, indem er den unausgesprochenen Hinweis aufnahm, dass Antons Begleitung des Slowenischen nicht mächtig war. Ein Automatismus, den Anton hier bei jeder Volksgruppe beobachtet hatte. Man verzichtete zugunsten des Begleiters darauf, in der eigenen Sprache zu reden. In Kärnten war es der sofortige Wechsel ins Deutsche gewesen, wenn einer hinzutrat, der kein Slowenisch verstand, das schnelle Zurückweichen und Verstecken der Sprache, die als minderwertig galt; hier war es der Wechsel in ein neutrales Idiom, das für alle fremd war und daher gleichwertig.

Sie wechselten ein paar Phrasen.

»Es ist lange her.«

»Du hast es zu etwas gebracht.«

»Das Land ist gut zu uns gewesen.«

»Drüben ist es jetzt schlimmer als vor zwanzig Jahren.«

Anton kam sich vor wie ein Automat und doch wie unter Hochspannung. Hölzerne Phrasen zweier Menschen mit derselben Muttersprache in einer Sprache, die beide erst als Erwachsene gelernt hatten.

Matija merkte offenbar, dass Anton die Situation unangenehm war. Er zückte seine Visitenkarte, Anton tat es ihm gleich. Matija Oblak, Zimmerei, Anton Lipic, Lederwaren.

»Du hast auch Telefon, sehe ich. Ruf mich ruhig an, am Wochenende bin ich fast immer zu Hause. Außer es ist ein Terminauftrag, so wie hier«, sagte Matija.

»Gern«, sagte Anton, nickte ungeduldig und schielte zu Steiner, der wieder ein paar Schritte weiter stehen geblieben war. Hatte er die Unterhaltung gehört? Anton spürte einen Kloß im Hals.

Sie schüttelten einander die Hände und Anton gesellte sich wieder zu Steiner. Wieder Deutsch. »Ein alter Bekannter, seit über zwanzig Jahren nicht gesehen, Sie müssen entschuldigen!«

»Aber natürlich, da gibt es doch nichts zu entschuldigen! Ich dachte, Sie würden noch länger reden, es hätte mich keineswegs gestört.«

»Gehen wir weiter! Wie geht es Ihrem Spanisch? Wir können gerne Spanisch üben!«

»Ja, warum nicht. Das eben war Slowenisch, nicht?«

Der Kloß war fest in seinem Hals. Anton griff sich in den Hemdkragen und lockerte ihn, obwohl er ohnehin offen war.

»Ja, genau. Ich habe Ihnen ja schon erzählt, in Unterkärnten hat man das früher in jedem Dorf gesprochen. Verstehen Sie das auch?«

»Nein, ich bin ja aus der Oberkärntner Gegend. Ich bin nach meinem Schulabschluss bald weg aus Kärnten wegen der Arbeit, das habe ich Ihnen noch gar nicht erzählt. Aber das ist eine lange Geschichte. Wie auch immer: Ich habe nie jemanden gekannt, der diese Sprache sprach. Aber den Klang habe ich schon öfter gehört.«

»Das verstehe ich nicht.«

»In Klagenfurt. In der Hauptstadt hörte man die Sprache öfter, auf dem Markt und bei Fuhrleuten.«

Da war es wieder, dieses aalglatte Einräumen, obwohl Tonfall und Gesichtsausdruck etwas völlig anderes zu sagen schienen. Als ob Steiner sich zwingen würde, in alles einwilligen zu wollen.

»Nicht dass Sie mich missverstehen, ich habe nichts gegen andere Sprachen. Aber Deutsch ist eben meine Muttersprache und die halte ich in Ehren. Aber jetzt lassen Sie uns ein wenig Spanisch üben. Der Baum ist *el árbol.* Der Teich *el estanque.* Was heißt Käfig? *Como dicen* Käfig?«

»Jaula«, sagte Anton.

Wieder hatte es Steiner geschafft, das Gespräch in eine andere Richtung zu lenken. Sicher wollte er höflich wirken, sicher hatte er gemerkt, dass Anton das Thema unangenehm war. Doch was wusste er schon? Anton wurde klar, dass er mit dem häuslichen Slowenisch noch in viel größerem Maße Armut und Rückständigkeit verband als mit dem in der Schule gelernten Deutsch. Hatten ihm das die Lehrer eingeimpft?

Eine indianisch aussehende Familie, Mutter, Vater, drei Kinder, kam ihnen entgegen. Die Frau trug ein buntes Gewand und einen altertümlichen Männerhut. Die Kinder liefen barfuß, die Ärmel ihrer Hemden waren zu kurz. Wahrscheinlich Mapuche. Wie damals, am Anfang.

26

BUENOS AIRES, 1928

Das Geschäft lief blendend.

Sie stellten zwei Mapuche-Indianer ein, die die Flechtarbeiten erledigten, da Hugo und Anton mit den Auslieferungen und der Buchhaltung nicht mehr nachkamen. Zudem hörte Anton nicht auf zu tüfteln: Er fertigte Tafeln mit hervorstehenden Nägeln an und spannte vierzig Meter lange Taue kreuz und quer über das Brett, um das ideale Muster für Matten aus geflochtenen Seilen zu finden. Er lernte, mit glühenden Messern Seile wie Butter durchzuschneiden. Die Mapuche zeigten ihm ihre Technik, mit der sie Decken knüpften – sie ließen Wollfäden von einem Holzstab hängen und flochten die herabbaumelnden Fäden in einer Art, die Anton ans Zopfflechten erinnerte. Er übertrug die Technik in einen größeren Maßstab auf Jutestricke und produzierte eine Kleinserie an Jutematten, verwarf das Verfahren aber wieder, da der Zeitaufwand zu groß und das Ergebnis enttäuschend war.

Schließlich kauften sie den ersten halbautomatischen Webstuhl, an dem Anton so lange herumschraubte, bis der Apparat die gewünschten borstigen Schmutzfangmatten hervorbrachte.

Der Höhenflug dauerte ein halbes Jahr.

Es war Anfang Juli, ein kalter Winter, als Hugo eines Abends völlig aufgelöst in die Wohnung stürzte. Sie hatten inzwischen eine größere Wohnung in der Nähe der Werkstatt bezogen und führten weiterhin einen Junggesellenhaushalt. Anton hatte sich auch neue Möbel geleistet, besonders stolz war er auf das Bett.

Es hatte eine breite Liegefläche – er gab die Hoffnung nicht auf, endlich eine Frau zu treffen, die zu ihm passen würde, zumindest ein Bett für die gemeinsame Wohnung hätte er schon.

Mit Hugo wehte ein kalter Hauch herein. Er hatte eine Mappe unter seinen rechten Arm geklemmt. Er setzte sich und ließ den Aktenumschlag mit einem Knall auf den Tisch fallen ließ. Eine Spur zu heftig. Anton sah ihn fragend an.

Hugo räusperte sich. »Du weißt ja, ich habe noch die Abrechnung gemacht.«

»Fehlt etwas?«

»Etwas? Pah. Verdammt, ich bin ja selbst schuld. Diese blöde Post.«

»Post? Könntest du mir vielleicht einmal erklären, was los ist? Aber warte einmal.«

Anton holte die Flasche mit dem Moonshine Whiskey und goss zwei Gläser ein.

Hugo trank das Glas in einem Zug leer.

»Die Briefe. Ich habe sie erst heute aufgemacht. Die Bank zahlt die zweite Tranche nicht.«

»Wie?«

»Den Kredit. Die zweite Hälfte. Das Geld, das wir längst ausgegeben haben.«

»Aber warum?«

»Sie sind pleite. Wie die anderen Banken auch, jetzt hat es halt sie getroffen.«

Anton hatte die Berichte in der Zeitung gelesen, alle sprachen von Wirtschaftskrise und Inflation. Bisher hatte er im Verkauf noch nichts gemerkt. Die Kunden bestellten weiter, in seinem Viertel hatte noch kein Geschäft zugesperrt. Die Geschäftsleute jammerten, klar, aber das taten sie auch sonst. Ein paar Banken waren pleite und jetzt offenbar auch die kleine Sparkasse in der Vorstadt. Aber das konnte doch nicht sein!

»Was heißt das für uns?«

»Wir können unsere Lieferanten nicht bezahlen. Das Material. Und den Webstuhl. Von unserem eigenen Geschäftsführergehalt möchte ich gar nicht reden.«

»Warum sagst du das erst jetzt?«

»Anton, du bist ein Träumer! Und du kannst froh sein, dass du mich hast. Gut, du bist der Techniker, aber merkst du eigentlich, was außerhalb der Werkstatt vorgeht? Keiner hat mehr Geld. Die Bestellungen für diesen Monat sind zwar nicht schlecht, wir müssen aber mehr verdienen.«

Anton musste sich eingestehen, dass er keine Ahnung hatte, was die Kosten-Nutzen-Rechnung betraf. Er war in den letzten Wochen so sehr damit beschäftigt, mit dem Webstuhl herumzuexperimentieren, dass er das Geschäftliche Hugo überlassen hatte.

»Was schlägst du vor?«

»Das alte Hausmittel: Entweder wir nehmen mehr ein oder wir geben weniger aus. Auf jeden Fall brauchen wir schnell Geld. Das heißt, wir verkaufen einige von den Maschinen, die wir angeschafft haben.«

»Nicht den Webstuhl!«

Anton war selbst überrascht über seinen harschen Ton.

»Ich meine … wir müssen mehr einnehmen. Den Verkauf ankurbeln, das ist klar.«

Hugo wiegte den Kopf hin und her.

»Das musst du dann machen. Ich bin der Mann im Büro, der Techniker und Verkäufer bist du. Ich schaue, dass hier der Laden läuft, aber ich gehe nicht raus.«

Raus? Anton musste an den Hausierer denken, der ihm an der Haustür letzte Woche mit seinem Bauchladen Schnürsenkel und andere Kurzwaren angeboten hatte. Ein zerschlissener Jude mit Hut und Bart, wie in Österreich. Er hatte ihn fortgeschickt. So von Haus zu Haus ziehen? Was für eine Demütigung. Aber doch eine Möglichkeit. Er könnte sich schön kleiden und höflich auftreten.

»Ich könnte von Haus zu Haus gehen«, presste er hervor.

»Wie ein Bettler?«

»Wir haben uns bisher nur auf die Betriebe konzentriert, Gasthäuser, Ämter, und haben die paar Kaufhäuser beliefert. Was, wenn wir es mit dem Verkauf an einzelne Kunden versuchen? Die Gewinnspanne wäre größer.«

»Das ist mühsam und ein ziemlicher Rückschritt. Hausieren gehen! Das fehlte gerade noch. Und außerdem wäre es für den Ruf der Firma nicht gut. Ein Chef, der an jede Tür klopft. Also ich mache das sicher nicht!«

»Besser als herumzusitzen und auf Bestellungen zu warten, oder? Du und die Mapuches wisst ohnehin, wie die Produktion läuft.«

Hugo schüttelte den Kopf.

»Vergiss es. Der Gewinn aus dem Einzelverkauf ist minimal. Das ist sehr mühevoll. Was wir brauchen, sind Großkunden.«

Anton goss noch einen Moonshine ein. Sie tranken.

»Wir sind in Buenos Aires die Einzigen, die diese Matten erzeugen. Das meiste wird noch immer importiert, wie du weißt. Vielleicht sollten wir den Leuten klarmachen, dass sie heimische Qualität kaufen sollen.«

»Du bist wirklich ein Träumer. Die Leute kaufen das, was am billigsten ist. Würdest du es anders machen?«

Es entstand eine Pause. Anton hörte das Ticken der Uhr, draußen rumpelte ein Blech, die Katzen der Nachbarn waren wieder da, klar, ihnen war kalt.

»Wie lange können wir Gomez noch warten lassen?«

Anton erinnerte sich daran, wie lange er mit dem Hersteller

des Webstuhls diskutiert hatte, bis der verstand, was Anton brauchte. Gomez war ein Fuchs.

»Klagen wird er so schnell nicht, wenn er weiß, dass wir zahlen wollen. Also da haben wir sicher noch drei, vier Wochen Zeit oder sogar länger.«

»Gut. Dann weiß ich, was ich tun muss. Trinken wir darauf!«

Sie leerten ein weiteres Glas.

Am nächsten Tag stapelte Anton einige Fußmatten aufeinander, bohrte zwei Löcher durch den Stapel und verband die Matten mit langen Stahlschrauben. Er trennte die Nähte einer alten Lederreisetasche auf und schnitt sie so zu, dass sie den Packen links und rechts umhüllte.

»Mein Musterkoffer«, sagte er zu Hugo.

»Wenn dir der Arm abfällt, ruf aus der nächsten Telefonzelle an.«

27

Die erste Tür, die ihm vor der Nase zugeschlagen wurde, nahm er noch persönlich. Nach der fünfzehnten hatte er seinen Spruch und ein Lächeln gefunden. Es konnte nur mit Lächeln gehen, sagte er sich. Wenn er merkte, dass im Haus Deutsch gesprochen wurde, sprach er die Bewohner gleich in deren Muttersprache an. Hier in Belgrano lebte fast in jedem Haus ein Deutschstämmiger, es gab sogar deutsche Geschäfte und Gasthäuser. Obwohl er nicht so weit weg wohnte, hatte er diese Enklave immer gemieden. Wozu waren diese Leute ausgewandert, wenn sie hier ihre deutschen Schulen und Bäckereien hatten? Aber wenn wo Geld zu holen war, dann noch hier, bei den Deutschen. Und kaum ein Haus hier hatte eine Fußmatte.

Klopfen. Eine Matrone im schwarzen Sackkleid, schwarzes Kopftuch öffnete. Anton hob seine Visitenkarte in Augenhöhe.

»Guten Tag, ich sehe, Sie haben keine Fußmatte. Darf ich mich vorstellen, Anton Lipic, *Fabrica de caminos y felpudos higiénicos de goma – Marca ›Carinzia‹*. Wir bieten Ihnen …«

Rums. Die Visitenkarte war hinuntergefallen, er hob sie auf. Sein Rücken schmerzte. Erst eine Stunde, wie sollte er das bis Mittag aushalten? Vielleicht wäre es besser, das Projekt abzubrechen.

Nächstes Haus, weiß gestrichene Veranda mit Brennholzstapel. Klingeln. Musterkoffer sichtbar herrichten, Visitenkarte.

Die Tür öffnete sich langsam, eine junge Frau mit Vorbindschürze lugte heraus, auch sie trug ein Kopftuch, aber anders als die Italienerinnen oder die Mapuche, ähnlich wie die Mame zu Hause. Sie war schlank, mit deutlichen Wangenknochen. Zur Sicherheit Spanisch.

»Guten Tag, mein Name ist Anton Lipic, Fabrik für hygienische Läufer und Fußmatten aus Gummi. Ich habe gesehen, Sie haben keinen Fußabstreifer. Unsere Fabrik erzeugt Matten, die abwaschbar sind. Ruck zuck, mit dem Schlauch gleich abgespritzt.« Er wandte sich zum abgestellten Musterkoffer. Die junge Frau, fast noch ein Mädchen, kicherte. Er schlug die Tasche auf und zeigte die erste Matte, Drahtgrill mit geflochtenen Gummistreifen, die Frau stand noch immer da, kicherte und schüttelte kaum merklich den Kopf.

»Entschuldigen Sie, ich spreche noch nicht gut Argentinisch«, sagte das Mädchen. Sie war noch dünner als er auf den ersten Blick gesehen hatte.

Stimmen erklangen im Hintergrund, jemand sagte auf Deutsch: »Veronika, wer ist es? Wir geben nichts.«

Hinter der jungen Frau, über deren Gesicht ein Angstschatten gehuscht war, tauchte ein Männchen auf und drängte sie beiseite. Es wirkte hager, ausgemergelt, seine ganz in Weiß gehaltene Kleidung war ihm sicher zwei Nummern zu groß. Ihr Vater? Ein Müller oder Bäcker?

»Wir geben nichts!«, sagte er auf Spanisch mit schlechter Aussprache, zog den Kopf ein und blickte finster. Anton fand ihn lächerlich. Aber es mussten Österreicher sein. Das wäre vielleicht eine Chance, mehr als abgewiesen konnte er nicht werden. Er wiederholte seinen Spruch auf Deutsch und musste kurz nachdenken, ob es »hygienisch« oder »hygienigisch« hieß, verdammt, die Fachausdrücke kannte er nur auf Spanisch.

Das Gesicht des Mannes erhellte sich, als ob ein Licht angeknipst worden wäre.

Er erinnerte Anton an den Grabenmüller zu Hause. Wie jener hatte er etwas Spinnenhaftes.

»Sind Sie auch Österreicher?«

War das Interesse oder Abwertung? Zu nichts anderem gebracht als Hausierer, der Fußmatten verkauft?

»Ja. Und ich bin einer der beiden Chefs der Firma«, sagte Anton und richtete sich auf. Er dachte an die Hinterhoffabrik, die eigentlich nur eine größere Werkstatt war, in der Hugo und die beiden Mapuches zurzeit hoffentlich arbeiteten.

»Hier, das ist ein *caso de la muestra,* ein Musterkoffer. Ich nehme heute nur Bestellungen auf.«

Der Müller kniff die Augen zusammen. »Was kostet so eine Fußmatte?«

Anton nannte die Preise für die verschiedenen Ausführungen. Der Mann zog die Augen noch enger, nein, er hatte sie nicht geschlossen. Ein Knauser, ganz sicher. Anton klappte die Lederlappen über die Warenmuster. Weiter zum nächsten Haus.

»Hm, na gut.« Er hatte sich ohnehin im Mai eine Matte kaufen wollen, bevor der Winterregen käme, da sei es schon egal.

Anton traute seinen Ohren nicht. Hastig erklärte er ihm auf Deutsch die Modalitäten: jetzt Muster aussuchen, Lieferung innerhalb von drei Tagen, Bezahlung erst bei Lieferung, Umtausch eine Woche lang, falls es nicht gefällt.

Anton zückte seinen Block mit der leeren Bestellliste.

Der Mann zeigte auf eine Matte. »Liefern Sie mir drei von diesen, für jede Tür eine.«

Anton kritzelte die Bestellung auf den Block und reichte ihn dem Mann zur Unterschrift.

Hatte der Müller »Armer Teufel« gemurmelt, während er seinen Namen auf das Papier fetzte?

Wahrscheinlich glaubt er mir nicht, dass ich mein eigener Chef bin. Kein Chef geht von Haus zu Haus. Und wahrscheinlich war Anton nicht der einzige Hausierer hier. Sicher war Belgrano ein beliebtes Revier.

Der Mann reichte ihm den Block. Zerfurchte, aber helle Hände.

»Sie wundern sich vielleicht über meine Kleidung. Aber ich muss zur Arbeit, heute Abendschicht. Die Mühle da drüben, alles elektrisch. Wenn Sie die Matten übermorgen oder am Samstag liefern, kommen Sie aber ruhig um diese Zeit. Vielleicht haben Sie ja auch Zeit für einen Kaffee. Sie müssen mir erzählen, woher Sie sind. Dass Sie aus Kärnten kommen, hört man ja.«

Seine Stimme war weniger schnarrend und freundlicher. Vom Dialekt her ein Steirer wahrscheinlich. Und er war sofort als Kärntner erkannt worden. Anton blickte auf den Zettel. Mosebach hieß das Gekritzel wahrscheinlich.

»Danke, Herr Mosebach, sehr freundlich. Empfehle mich Ihnen!«

Wider Erwarten ging die Tür nicht zu, sondern blieb offen. Mosebach zog sich die Schuhe an und stürmte mit einem »Verdammt, schon so spät« an Anton vorbei, der seinen Koffer zum zweiten Mal aufhob. Der Müller zerrte ein Fahrrad aus dem Holzverschlag, schwang sich darauf und trat in die Pedale. Wie ein Affe, ein Affenmüller, Mülleraffe.

In der offenen Tür erschien wieder die junge Frau, die offenbar im Flur gelauscht hatte. Antons Blick traf sich mit ihrem, es war ihm sofort peinlich. Hübsch. Hager. Nicht schön, das nicht. Aber *bastante,* wie sie hier sagten. Ein dumpfes Gefühl fuhr ihm in die Magengrube, sein Mund war trocken. Er versuchte ein Lächeln, das sicher idiotisch aussah, grüßte eine Spur zu förmlich und verneigte sich sogar ein wenig. Als er aufblickte, war die Tür zu.

28

»Podgora? Nie gehört.«

Der Müller Mosebach, er hatte sich Anton als Veit vorgestellt, wetzte auf seinem Sessel hin und her, seit sie in der Küche saßen. Hatte der Mann denn nie Ruhe?

Sie saßen um den großen Esstisch, der an zwei Seiten von einer Eckbank eingerahmt wurde. Im Winkel hing ein Kruzifix, darunter ein Bord mit frischen Blumen, am Eingang war ihm an der Wand ein Weihbrunnen mit Weihwasser aufgefallen – Anton hatte diese katholischen Ornamente schon fast vergessen und obwohl er sich nicht viel daraus machte, tat es ihm ein wenig weh, wenn er daran dachte, was er in den letzten eineinhalb Jahren alles aufgegeben hatte. Seit er in Argentinien war, hatte er kein einziges Mal eine Kirche besucht, keine Feste mitgefeiert. Er hatte weder zu Ostern, das hier am Ende des Sommers stattfand, *močn* und *pohača* gegessen, noch war er in der Adventszeit, in der hier die Sommerhitze alles niederdrückte, schlaftrunken zu den Rorate-Messen gestapft wie jeden Winter in Podgora. Nun hatte ihn das, was er zurücklassen wollte, eingeholt, er spürte eine Art Phantomschmerz.

Stille war eingetreten, nachdem der Müller gesprochen hatte. Anton wollte erklären, dass Podgora auf Deutsch Unterbergen hieß, aber der Müller schien keine Antwort erwartet zu haben, mit dem »Nie gehört« war die Frage nach Antons Herkunft erledigt. Die Kinder begannen zu tuscheln. Gleich fünf davon saßen nach Größe geordnet an der Längsseite der Eckbank. Der Hausherr saß wie üblich an der Schmalseite allein, Anton ihm gegenüber auf einem Stuhl, auf der anderen Längsseite noch zwei Kinder auf Stühlen. Und das waren nicht alle. Neben den drei Buben und vier Mädchen hatte Veronika noch einen älteren Bruder, der nicht daheim war.

Anton konnte kaum glauben, was ihm der Alte erzählt hatte: Mit neun Kindern war er ausgewandert, drüben wären sie verhungert in ihrer baufälligen Mühle, in der ständig etwas zu Bruch ging und durch deren Dach der Regen tropfte, der das Korn und Mehl verschimmeln ließ. Seit zwei Jahren waren sie hier, und auch Mitglied des Österreichischen Clubs, warum denn nicht. Sie hatten sich Belgrano ausgesucht, weil hier viele Deutschsprachige lebten.

Anton wusste nicht, was er sagen sollte. Der kurze Wortwechsel mit Veronika, als er die Matten abgeliefert hatte, hatte genügt, um die Aufmerksamkeit des Vaters zu erregen. Sicher, sie gefiel ihm. Sogar sehr. Aber dass der Vater so offensichtlich nichts dagegen hatte, dass er an der Tür mit ihr scherzte und ihn dann noch einlud, das kam ihm eigenartig vor. Sicher, der Müller hatte die Einladung schon letzte Woche ausgesprochen, aber wie sie jetzt so dasaßen, hatte für Anton einen seltsamen Beigeschmack.

Der Müller begann über die Kinder zu sprechen, eines nach dem anderen ging er durch. Anton vergaß ihre Namen gleich wieder und nickte höflich, als sein Gastgeber die Tugenden und schulischen Fortschritte der Sprösslinge aufzählte, die den Fremden neugierig anblickten.

»Und schließlich Veronika, unsere Älteste. Hat die Schule mit lauter Zehnern abgeschlossen.«

Anton musste ratlos ausgesehen haben, denn Veit setzte sofort nach: »Das ist hier die höchste Note. Die Lehrer wollten ja, dass sie weiter die Schule besucht. Aber wer sollte das bezahlen? Die haben ja keine Ahnung, wie viele Mäuler zu stopfen sind. Sie ist schon das dritte Jahr in einem Büro, bei einem

Buchhalter, jaja. Ist nicht weit von hier. In Rechnen war sie ja immer gut. Gibt brav zum Haushalt was dazu.«

Anton lächelte höflich. Er wurde den Eindruck nicht los, dass der Müller seine Tochter anpries wie eine Ware, die es möglichst bald und gut zu verkaufen galt, damit ein Esser weniger im Haushalt war. Er blickte zu ihr, doch Veronika hielt ihren Blick gesenkt, ihr war die Situation augenscheinlich auch unangenehm. Ihr Vater konnte offenbar die Leere nicht ertragen und musste immer plappern. Ihre Mutter ließ sich überhaupt nicht blicken. Der Müller langte nach einem Notizblock und zückte einen Bleistift. Würde er nun den Brautpreis aufschreiben oder die Mitgift?

»Die rechnen übrigens anders als bei uns, wissen Sie das schon?«

Anton verstand nicht.

»Veronika, zeig es ihm!« Er schob ihr Block und Stift hin und lehnte sich zurück.

Veronika war rot angelaufen, nahm aber den Block und drehte ihn halb zu Anton, der immer noch nicht wusste, was jetzt demonstriert werden sollte. Sie malte eine Zahlenkolonne auf.

»Schauen Sie, wir zählen ja jede Reihe zusammen, Einer, Zehner, Hunderter und so weiter, den Rest nehmen wir bei der nächsten Reihe dazu.« Sie sprach einprägsam und zurückhaltend, aber Anton glaubte herauszuhören, dass es ihr ein auch wenig Spaß machte, dem Fremden etwas zu zeigen, was er nicht kannte.

Anton begann im Kopf zusammenzuzählen, doch Veronika schrieb die Zahlensummen viel schneller darunter als er rechnen konnte. Sie war fertig, als er erst in der Tausenderreihe war.

	2	4	4	1	7	2
	9	8	7	3	4	1
	2	6	1	4	5	8
	7	3	4	2	6	5
	6	0	7	4	9	2
	3	1	5	6	3	7
	5	8	8	2	1	2
	5	5	7	5	6	1
	4	5	2	7	5	4
	1	3	4	2	6	6
4	8	8	3	1	5	8

»Und hier machen sie es so.«

Sie schrieb in einem Affentempo dieselbe Reihe noch einmal auf. Was sollte das werden?

»Sie schreiben den Rest der jeweiligen Kolonne einfach darunter und addieren ihn erst beim nächsten Mal. So:«

	2	4	4	1	7	2
	9	8	7	3	4	1
	2	6	1	4	5	8
	7	3	4	2	6	5
	6	0	7	4	9	2
	3	1	5	6	3	7
	5	8	8	2	1	2
	5	5	7	5	6	1
	4	5	2	7	5	4
	1	3	4	2	6	6
					3	8
				5	2	
			3	6		
		4	9			
	4	3				
4	4					
4	8	8	3	1	5	8

Während sie rechnete und Anton schwindelig wurde von dem Tempo oder auch von der Nähe, da sie nebeneinander um die Tischecke saßen, war der Müller aufgestanden und hatte die Kinder hinausgescheucht.

Anton versuchte der Rechnung zu folgen, konnte aber nicht umhin, einen Blick zum Müller zu werfen, der hinter den Kindern herging, sich mit einem verschmitzten Grinsen zu ihm drehte und dann ebenfalls durch die Tür verschwand. Anton blickte auf die Zahlen, hörte die Tür ins Schloss fallen und hatte den Faden völlig verloren. Veronika fetzte die letzten Zahlen hin und setzte sich auf.

»Es … es tut mir leid, mein Vater ist … ein wenig seltsam.«

Sie lächelte und gluckste kurz. Anton versuchte das Lächeln zu erwidern, kam sich aber fürchterlich dumm vor. Was sollte er sagen?

»Aber nein, er hat doch nichts Unrechtes gesagt. Er hat Sie nur gelobt.«

Veronikas Gesicht wurde ernst.

»Es tut mir leid, er ist öfter so, wenn … wenn wir Besuch haben.«

»Sie meinen, er lobt Sie?«

»Loben? Ha!« Die Röte kehrte in ihre Wangen zurück, aber es war keine Scham, sondern ein Anflug von Empörung. Eine empörte junge Frau, herrlich anzusehen.

»Jedes Mal tut er, als ob wir auf dem Heiratsmarkt wären. Verstehen Sie mich bitte nicht falsch.«

»Nein, das tue ich nicht. Übrigens könnten wir einander duzen. Das Sie ist ein wenig seltsam, nicht?«

Veronika lachte.

»Ja, drüben hätten wir uns nicht gesiezt. Von mir aus. Veronika.«

»Anton.«

»Verstehen Sie … versteh mich nicht falsch – ich habe ihn gern und bin ihm zu Dankbarkeit verpflichtet. Er hat uns wirklich lange durchgefüttert und tut es noch. Aber wenn er so anfängt, könnte ich ihn auf den Mond schießen. Wir sind doch nicht bei den Wilden, wo man die Bräute verkauft.«

Anton lachte.

»Immerhin gut zu wissen, dass ich nicht der Einzige war, der sich unwohl gefühlt hat.«

Jetzt wäre der richtige Zeitpunkt für die Verabschiedung, dachte Anton. Er räusperte sich.

»Den plumpen Versuchen zum Trotz – gehst du einmal aus? Geben wir ihnen Stoff zum Klatschen, was meinst du?«

Anton glaubte, einen anderen reden zu hören, so fremd kamen ihm die Worte auf einmal vor. Etwas kitzelte ihn in der Kehle, stachelte ihn an, frech zu sein. Er erschrak, fühlte sich aber zugleich beflügelt und wagemutig.

Veronika lachte wieder kurz, ihre Wangen, die so hager ausgesehen hatten, bekamen dabei Grübchen.

»Du machst mir Spaß. Aber ich gehe nicht weg, aus Tanzveranstaltungen mache ich mir nicht viel und am Wochenende machen wir meistens einen Ausflug mit der Familie oder Besuche. Doch es gibt eine neue Eisdiele einen Block weiter. Im Büro habe ich eine Kollegin, mit der ich mich gut verstehe. Nach der Arbeit waren wir schon zweimal dort, immer Freitagnachmittag, wenn wir früher Schluss machen. Bei der Hitze ist das wirklich eine tolle Sache.«

»Ich mache Freitag auch früher Schluss«, sagte Anton, obwohl das nicht ganz stimmte. Wenn es einen größeren Auftrag gab, legte er selbst Hand an und flocht, webte oder stellte sich selbst hinter die Lederpresse und blieb bis zum Abend.

»Dann könnten wir uns dort ja über den Weg laufen«, sagte Veronika.

Anton kam es vor, als würden ihre Augen lachen. Der Ton ihrer Stimme hatte unvermittelt etwas Werbendes bekommen, Anton suchte nach einem Wort, das er kürzlich gehört hatte, richtig, die Amerikaner nannten es Flirt.

»So um halb drei am Nachmittag sind wir dort. Würde mich freuen, wenn du zufällig auftauchst«, sagte sie, auch bei ihr schwang nun ein wenig Übermut mit.

Sie wurde wieder ernst.

»Aber vielleicht solltest du jetzt gehen. Sonst denkt mein Vater noch Unsinn. Und wir wollen ihm doch keine falschen Hoffnungen machen.«

Sie lachte mit geschlossenem Mund und stieß die Luft durch die Nase aus. Anton stutzte und dachte kurz nach, nein, sie hatten nicht laut geredet, der Vater hatte höchstens die Lacher seiner Tochter hören können.

Er stand auf.

»Also dann, auf bald. Ach ja, wie heißt der Eissalon und wo ist er genau?«

Sie nannte Namen und Adresse, Anton schrieb sich alles auf, da er wusste, dass er sich den Namen nie merken würde. In seinem Kopf purzelten Hunderte Gedanken durcheinander.

29

Ausgerechnet eine Eisdiele musste es sein. Anton hatte seine Feiertagshose anziehen wollen und gemerkt, dass sie sich vorne nicht mehr schließen ließ. Verdammt, er sollte weniger fettes Fleisch essen und mehr Bewegung machen oder sogar zu einem Turnverein gehen. Aber das kam ihm lächerlich vor: Durch Arbeit muss man abnehmen, nicht durch Sport. Er streifte sich eine andere Hose über, die ihm besser passte, nahm sich aber trotzdem vor, den Bauch eingezogen zu halten.

Unter der Woche hatte er offenbar übermütig auf Hugo gewirkt, da ihn dieser zu necken begann.

»Eine Schönheit getroffen bei deinen Hausbesuchen, was?«

Anton knurrte nur, konnte sich aber dann ein Schmunzeln nicht verkneifen und erzählte ihm von Veronika.

»Na dann viel Glück, alter Junge. Und wenn du eines Tages sturmfrei brauchst, musst du es nur sagen.«

Anton lief rot an. Es ärgerte ihn, dass er sechsundzwanzig und es ihm noch immer peinlich war, eine Frau in die gemeinsame Wohnung mitzunehmen, wenn der Zweck ein eindeutiger war. Sicher, er hatte ein eigenes Zimmer, aber er wusste, dass Hugo jeden Laut bis in sein Zimmer hören würde, auch wenn er nicht gar lauschte. Ich hätte mir eine eigene Wohnung nehmen sollen, dachte Anton.

Er hatte erst einmal mit einer Frau geschlafen, es war nach einem Dorffest in Podgora gewesen, alle waren sturzbetrunken, Burschen wie Mädchen. Eine Magd aus dem Nachbardorf führte ihn nach dem Tanz hinter eine Hecke, sie legten sich ins Gras, sie schob den Rock hoch, er streifte sich die Hose herunter und versuchte das zu tun, was die Burschen erzählten, dass sie mit den Mädchen machten. Für Anton folgte nach der unerwarteten Explosion der Lust sofort das Bangen, was denn nun kommen müsse. Eine Liebschaft? Kinder? Heirat? Doch sie trafen sich nicht wieder, Monate später sah er sie auf dem Feld mit der Sichel in der Hand, sie blickte ihn mit erschöpften Augen an, während er vorüberging.

Doch das hier war anders. Weg vom Schmutz des Dorfes, Veronika und er waren beide Bürger einer Großstadt. Und er fühlte eine Komplizenschaft nicht nur durch ähnliche Herkunft, sondern auch durch den Willen, einen neuen Menschen aus sich zu machen. Ihm fielen so viele Dinge ein, die er mit Veronika bereden wollte, sie würde ihn verstehen. Er wollte mit ihr Geheimnisse vor ihren Eltern haben, ihnen mit diebischer Freude ein Schnippchen schlagen. Er träumte davon, mit ihr in der *avenida de Mayo* zu spazieren, mitten unter den anderen Herren und Damen. Dann gab es Zeiten, da dachte er an ihren Körper. In der Nacht rief er sich ihre Gestalt in Erinnerung, den schlanken Hals, ihre strenge, aber doch pfiffige Art, den eigenartigen Dialekt. Er stellte sie sich nackt vor.

Die Woche verging mit Hausbesuchen, Arbeit in der Werkstatt und Neckereien von Hugo. Ein paar Aufträge waren durch den Außendienst hereingekommen, aber Anton merkte, dass die Erlöse aus diesen Bestellungen die Mühe nicht lohnten.

Am Tag der Verabredung war er eine halbe Stunde zu früh. Er spazierte wie zufällig an der Eisdiele vorbei und beschloss, noch eine Runde um den Block zu drehen. Er entdeckte eine deutsche Bäckerei, einen Pferdemetzger und eine Autowerkstatt, in der Arbeiter auf Karosserieteilen herumhämmerten. Ein Auto wäre gut, um eine Frau zu beeindrucken. In der Firma lieferten sie alle Waren mit einer Spedition aus, das kam billiger als die Anschaffung eines Wagens. Und privat hatte er sich noch keinen leisten können. Wozu auch? Die Trams und *colectivos* fuhren hier am Tag und in der Nacht und man gelangte früher oder später überallhin.

Er stand wieder vor der Eisdiele und studierte die Preisliste der Eisbecher. Er hatte so etwas in seinem ersten Jahr hier ein paar Mal gegessen und dann beschlossen, dass es ihm eigentlich zu süß war.

Er holte sein Portemonnaie und kontrollierte wiederum, ob er genug Geld mithatte. Dann studierte er die Karte noch einmal von unten beginnend.

»Schon etwas gefunden?«

Stromschlag. Er drehte sich um und staunte. Er hätte Veronika fast nicht wiedererkannt. Sie hatte ihn auf Spanisch angesprochen und trug ein Hängekleid in einem Blasslilaton, das ihre schmale Figur betonte und sie fast vornehm aussehen ließ, ihre etwas fülligere Kollegin dagegen hatte mit einem Kleid, das ein gelb-braunes rautenförmiges Muster aufwies, eindeutig danebengegriffen.

»Nein, ich bin gerade erst gekommen. Gestatten.«

Er stellte sich der Freundin vor, deren Namen er in der Sekunde wieder vergaß, schüttelte kräftig ihre Hand und reichte sie dann zaghaft Veronika. Die Freundin war italienischer Herkunft und konnte kein Deutsch, also blieben sie bei Spanisch.

»Ich würde sagen, wir bleiben im Sitzgarten unter den Sonnenschirmen.« Veronika ging zu einem Tisch und zog die Sessel hervor. Sie wirkte so anders, freier, selbständiger. Im drückenden und knausrigen Haushalt des Müllers war sie Anton ängstlich und ein wenig betrübt vorgekommen. Das war jetzt wie weggewischt.

Sie wechselte einige Worte mit der Freundin, Amelia hieß sie, bekam er mit, die beiden studierten die Eiskarte. Anton nahm die Liste, am sichersten war wahrscheinlich der Eiskaffee, so ein Getränk könnte einen schon aufmuntern. Die Frauen bestellten Becher mit viel Obst.

Sie kamen unverbindlich ins Gespräch. Anton erzählte von seiner Firma und hob seine Liebe zur Tüftelei hervor, die Mädchen berichteten von der eintönigen Arbeit in der Kanzlei und von den gespielten Avancen ihres angegrauten Chefs, der verheiratet war.

Dann schwiegen sie eine Zeit lang und waren froh, dass das Eis kam.

Anton war überrascht von dem Geschmack, ein süßer, kalter Kaffee mit viel Schlagobers. Da er nicht wusste, ob er löffeln oder trinken sollte, tat er es abwechselnd.

Dazwischen blickte er immer wieder zu Veronika. Sie gefiel ihm außerordentlich, diese kecke Vornehmheit war ein völlig neuer Zug an ihr, all das Kleinhäuslerische war abgefallen.

Er brach das Schweigen, indem er über das Wetter zu sprechen begann. Sie redeten über Kinofilme, von denen Anton keinen einzigen kannte. Was war er doch für ein Höhlenmensch geworden! Im Mark steckte immer noch das »Kino ist Luxus« von daheim, genau genommen war auch das Eisessen etwas, was zu Hause als überflüssig angesehen würde. Amelia plapperte etwas derb über Männer und deren schlechte Eigenschaften, Anton und Veronika lächelten einmütig säuerlich.

Anton bezahlte für alle, etwas voreilig, aber er wusste nicht mehr, was er reden sollte. Er glaubte auch zu spüren, dass Amelia es richtig genoss, als Anstandsdame mitgekommen zu sein und so gewisse Gespräche zwischen Veronika und Anton zu verhindern.

Sie erhoben sich. Zu seiner Überraschung verabschiedete sich Amelia mit einem breiten Grinsen, sie müsste bald zu Hause sein.

Veronika wandte sich zu Anton. »Dann wirst du mich nach Hause bringen müssen.«

Anton schluckte, sie machten sich auf den Weg.

»Sie redet manchmal ein wenig viel«, sagte Veronika auf Deutsch.

Anton war dankbar für den Wechsel, die Sprache war ihm näher. Zugleich war die Vornehmheit weg, der Geruch des neuen Lebens, es klang wieder nach Strenge und alter Welt, die er eigentlich zurücklassen wollte.

»Das machen manche Frauen.«

»Ich auch?«

»Nein, so habe ich das nicht gemeint. Du bist … heute ganz anders.«

»Weniger graue Maus?«

»Ja, ich meine, nein, du bist ja sonst keine graue Maus, ich meine, verstehe mich nicht falsch …«

Veronika lachte.

»Ach Anton, mach dir nicht so viele Gedanken. Du bist ein Grübler, glaubst du, ich habe es nicht schon gemerkt? Ich weiß ja, wie peinlich es bei mir zu Hause ist. Manchmal kaum auszuhalten. Ich habe mir schon überlegt, eine Wohnung zu nehmen. Aber du weißt ja, meine jüngeren Geschwister. Ich helfe ihnen, so gut ich kann.«

Anton wusste nicht, was er sagen sollte. Er dachte an seine Geschwister, an Josl, mit dem er sich immer mehr gebalgt als vertragen hatte, an Bepa, die das Gerangel der Buben nicht interessierte, aber trotzdem eine Art Verbündete gegen den groben Bruder wurde und eine Vertraute für seine Ängste.

Er musste etwas sagen, Himmelherrgott, warum stellte er sich so dumm an.

»Es tut mir leid, aber das war ein sehr kurzes Treffen heute. Hast du nicht einmal etwas länger Zeit? Und ohne … ohne Amelia?«

Veronika lachte. Wie schön war es, ihr Lachen zu hören,

neben ihr zu gehen, wenn sie fröhlich war. Wie ein vertrautes Paar, das sich scherzend unterhält.

»Ich habe darauf gewartet, dass du das fragst. Ich denke, ich komme übermorgen alleine hierher. Dann können wir ja einen anderen Eisbecher probieren. Ich löffle das Eis übrigens zuerst und trinke erst dann den Kaffee.«

Die Straße, in der ihr Elternhaus stand, kam in Sicht. Rechts tauchte ein gemauerter Turm mit einem Satteldach auf, in dem es bedrohlich summte. Oben verliefen Stromleitungen. Ein Transformator.

Anton blieb stehen und blickte hinauf zu dem Kabelgewirr.

»Ich …«

»Ja?«

»Ich bin gern mit dir zusammen. Ich habe mich schon die ganze Woche gefreut. Ich fürchte, ich stelle mich nur etwas dumm an.«

Veronika blickte ihn an und legte den Kopf schief. Anton trübte sich der Blick, sie erschien wie weichgezeichnet.

Plötzlich musste er an seinen Bauch denken, er zog ihn ein. Eine Idee.

»Komm!«

Er nahm sie an der Hand und zog sie hinter den Transformator, wo es einen schmalen Durchgang zwischen der Turmmauer und einem Gartenzaun gab. Sie leistete keinen Widerstand und das machte ihm Mut. Aber was sollte er weiter tun? In den wenigen Filmen, die er gesehen hatte, wussten die Männer immer, was zu tun war. Anton wusste es auch. Alles auf eine Karte.

Er zog sie an sich und küsste sie vorsichtig, wieder kein Widerstand. Sie umarmten einander.

Anton begann gierig zu küssen, Veronika riss sich los.

»Nicht so heftig. Ich bekomme ja keine Luft.«

Sie lachte etwas scheu.

»Du bist ja sehr leidenschaftlich.«

»Entschuldige, du bist …, ich habe noch nie so ernsthaft … so wirklich …«

Er dachte an die Küsse in Filmen, die so perfekt waren, und an die Bauernburschen zu Hause, die am Kirchtag besoffen die Mädchen grobschlächtig liebkosten. Er würde es besser machen.

Sie umarmten sich wieder, küssten einander, die Hände streiften über den Rücken des anderen.

Dann lösten sie wortlos die Umarmung und verließen ihre Deckung hinter dem Transformator. Anton fühlte sich, als ob er etwas gestohlen hätte.

Zum Abschied vor der Haustür reichte er ihr die Hand.

»Auf bald!«

»Auf Wiedersehen, du Stürmischer.«

»Ich freue mich auf übermorgen. Auf Wiedersehen!«

Es war klar, dass er sie hier nicht küssen konnte.

»Ich freue mich auch.« Sie öffnete die Tür und verschwand im Haus.

Er wartete, bis die Tür ins Schloss gefallen war, und ließ die letzten Minuten nachhallen.

Anton war sich sicher, dass mit dem Überschreiten der Schwelle alle Fröhlichkeit von ihr abgefallen war.

30

MÜNCHEN, 1930/32

»Und Sie werden sehen, meine Herren, geschätzte Damen: Die Führerschaft des deutschen Volkes wird sich vor allem in technischen Dingen zeigen. Heil Germania!«

»Heil Germania«, antworteten einige, andere räusperten sich, aber alle im Saal hoben das Glas und nippten daran. Gespräche brandeten auf, die Aufmerksamkeit zerstreute sich, einige lachten.

Er wandte sich Maria zu, küsste sie auf die Wange. Er hatte das Gefühl, dass sie ihn nur gewähren ließ.

»Habe ich etwas Falsches gesagt?«

»Komm, gehen wir hinaus!«

Sie hakte sich unter und zog ihn Richtung Terrasse. Im Hintergrund setzte Grammofonmusik ein, ein Foxtrott erklang. Der Abend war kühl, ihn fröstelte ein wenig. Wie kam es, dass es Maria kein bisschen kalt war?

»Dieser Ton … glaubst du nicht, dass du ein bisschen dick aufträgst? Manchmal klingst du ja fast schon wie die Nationalsozialisten. Ich habe gedacht, du findest sie primitiv.«

Kamnik blickte seine Frau an. Er liebte ihr feines Profil, die hohen Wangen, den dunklen Teint, der in der Nacht ihr Gesicht leicht olivgrün erscheinen ließ.

»Du weißt, dass es mir nicht um Politik geht. Ich habe ausschließlich über Technik gesprochen. Und du wirst sehen, bald fliegen wirklich die ersten Raketenflugzeuge. Fritz von Opel wird die bauen, ein Deutscher, nicht ein Amerikaner. Wir sind die führende Nation. Das habe ich gesagt und nicht mehr. Ist es wegen Julius Spanier?«

Er hatte gemerkt, dass der jüdische Arzt sein Glas nicht erhoben, sondern abschätzig in die Runde geblickt hatte, als einige Kamniks »Heil Germania« erwiderten.

»Ach, der ist immer so. Aber es ist Hellas Geburtstag und deine Rede ist doch sehr abgeschweift. Was interessieren die anderen Flugzeuge und Raketen? Das hat doch mit Geburtstag nichts zu tun! Wir sind hier Gäste.«

Kamnik fischte sein Zigarettenetui aus der Innentasche des Sakkos.

»Du gestattest?«

Sie verdrehte die Augen. Tu, was du willst.

»Schau, ich habe doch dem ganzen Haufen den Rücken gekehrt. Ich hätte dort Karriere machen können, das weißt du doch. Aber diese SA-Schläger mit ihren lächerlichen Aufmärschen stoßen mich einfach ab.«

Er zündete sich die Zigarette an und blies den Rauch aus.

Maria zog ihr Cape um die Schultern fest.

»Du hast doch gesagt, die von der SS hätten dich wieder einmal gefragt.«

Er zuckte zusammen, konnte sich nicht mehr erinnern, ihr das erzählt zu haben. Er hatte einen Kameraden aus alten Tagen getroffen, der sich nicht davon abbringen ließ, ihn auf ein Bier einzuladen.

»Du warst doch ganz von Anfang an dabei«, hatte ihm Toni gesagt, als er mit ihm bei einem Krügel zusammensaß. Sie waren sich am Sendlinger Tor über den Weg gelaufen und eingekehrt. Toni erzählte von den Totenkopfstandarten und von Himmler, ja, der Heinrich, der als neuer Reichsführer die Organisation total umkrempeln wollte. Er faselte etwas von der SS als einem nordischen Orden und dass sie gar nicht mehr alle aufnehmen konnten und wollten, die um Aufnahme ansuchten.

Kamnik winkte ab, nahm einen langen Schluck und erzählte von dem anderen Leben, das er jetzt führte, er war Aktionär bei seinem ehemaligen Arbeitgeber BMW, wo er früher am Zeichentisch stand, reiche Frau, Villa in Neu-Pasing. Er sei knapp vor einem Patent, denn tüfteln, das tat er noch immer gerne, Strahltriebwerke seien die Zukunft, wenn das Projekt fertig sei, dann vielleicht. Toni war schon ziemlich betrunken und redete wirres Zeug von neuen Zeiten, die heraufziehen würden. Sie tauschten die Adressen aus, klopften einander auf die Schulter und gelobten Freundschaft. Die Villa, in die er am Abend betrunken zurückkehrte, erschien ihm fremd. Wieder hatte er das Gefühl, nicht hierherzugehören, er, der Kärntner Bauernbub mit dem slawischen Namen, jetzt Aktionär und Ehemann einer jungen Frau mit Villa, kritisch beäugt von den Schwiegereltern.

Maria wartete auf eine Antwort. Er zog an seiner Zigarette und blies den Rauch in Richtung Garten, hinaus in die kühle Nacht.

»Das war nur ein alter Freund, den ich zufällig getroffen habe, und er war schon betrunken. Du weißt doch, ich liebe mein Leben, hier bei dir ist mein Platz.«

Es klang wenig überzeugend.

»Aber es reizt dich. Und du hast deinem Freund sicher nicht gesagt, dass du mit einer Halbjüdin verheiratet bist.«

»Was hat das denn damit zu tun. Und außerdem bist du ja evangelisch.«

»Mein kleiner Nazi, du bist naiv. Ich habe gedacht, du hast damit abgeschlossen. Aber so wie du heute geredet hast … Wenn diese primitiven Nordmänner an die Macht kommen, wird es ihnen egal sein, ob jemand ein getaufter Jude ist oder nicht. Ich glaube, du liest nur den Wirtschaftsteil der Zeitung, sonst wüsstest du, was draußen vor sich geht.«

Wie er diesen Ton hasste. Sie hatte keinen Respekt vor ihm. Die Fabrikantentochter, die auf den Bauerntölpel hinunterblickte, der sich zwar hochgearbeitet hatte, aber immer Erde unter den Nägeln haben würde.

Er dachte an die knapp Zwanzigjährige, die vor vier Jahren mit ihrem Vater auf einem Firmenempfang gewesen war. Der Industrielle hatte sich an den BMW mit einem größeren Aktienpaket beteiligt. Kamnik hatte die Frechheit der jungen kapriziösen Tochter, die mit Gouvernante in einer Villa aufgewachsen war, zackig pariert, sie war ihm, dem kaum vier Jahre älteren Nachwuchsingenieur, sofort verfallen und hatte ihren Vater so lange bearbeitet, bis er in die Heirat einwilligte. Und nun ließ sie ihn den Standesunterschied spüren, seine nicht vorhandene Bildung, seine bäurische Art.

Ganz ruhig. Sachlich bleiben. Es ist die Frau, die du liebst. Lieben solltest. Geliebt hast. Du willst Respekt, also erweise Respekt. Außerdem ist es ihr Geld, mit dem du herumspielst.

Er nahm einen tiefen Zug und blies den Rauch langsam aus.

»Ich diene dem deutschen Volk momentan durch meine geistige Arbeit. Die einzige Führerschaft, die mich interessiert, ist die des Fortschritts. Viel schlimmer als Juden oder Zigeuner sind für mich die Nichtsnutze, das weißt du. Die Leute, die nicht arbeiten. Mit denen gehört wirklich aufgeräumt. Die stehen dem Aufschwung im Weg.«

»Du brauchst deine Rede nicht zu wiederholen. Ich habe genau zugehört. Ach, August. Ich will doch nur, dass du dich nicht in etwas verrennst.«

Sie umarmte ihn, er streckte die Hand mit der brennenden Zigarette von sich. Eigenartiges Bild, wenn uns jemand sieht, schoss es ihm durch den Kopf, einarmige Umarmung, als würde es mir vor einer Hälfte ekeln. Aber die Wärme des weiblichen Körpers stimmte ihn versöhnlich. Er umarmte sie fester, ließ seine Hand wandern, sein Trieb flackerte auf. Er begehrte sie nach wie vor, dennoch hatte er wie jeder Abhängige das Gefühl, dass er den Letztzustand nie würde erreichen können, auch nach vier Jahren Ehe stand sie immer noch über ihm, nie würde er ihr ebenbürtig sein, ob es nun um Abkunft, Besitz oder Bildung ging. Was ihn so anzog und faszinierte, stieß ihn gleichzeitig ab und ließ ihn sich umso heftiger auf die Arbeit stürzen, tagelang vergrub er sich mit seinen Tüfteleien, während sie Zeit mit ihren Freundinnen verbrachte. Er legte die Zigarette auf die Brüstung, fasste ihren Hintern und schob das Kleid hoch. Sie schlüpfte unter seiner Umarmung weg und drehte sich aus, als ob sie eine Tanzfigur üben würde.

»Es wird kalt. Gehen wir wieder hinein!«, sagte sie.

Er schnippte den Stummel über die Balustrade der Terrasse, sie traten wieder in den Salon. Die lauten Gespräche trafen sie wie eine kalte Dusche. Sie gingen von Grüppchen zu Grüppchen, der Aperitif war immer noch im Gange, gleich würde ein Bediensteter zum Souper rufen.

Zwei Jahre später musste Kamnik an diesen Abend denken, als er bei klirrender Kälte einen Handkarren durch die Maxvorstadt zog, auf dem sich seine persönliche Habe türmte. Viel war es nicht, aber immerhin hatte er noch einiges Geld auf der Bank. Es war der dritte Weihnachtstag, die Straßen waren nach den Feiertagen voll mit Menschen. Nur keinen Bekannten treffen, nicht erkannt werden. Er hatte den Mantelkragen hochgestellt und den Hut tief nach unten gezogen. Nicht mehr weit. Überall Weihnachtsdekoration und er auf Herbergssuche, was für ein Hohn!

Seit diesem Abend vor zwei Jahren hatte es immer mehr

Streit gegeben. Das erhoffte Kind wollte sich nicht einstellen, Maria begann allein auf Partys zu gehen, auf denen sie zu viel trank, Kamnik verbrachte Nächte am Zeichentisch. Der Raketenantrieb, an dem er arbeitete, wurde immer mehr zum Hirngespinst. Sie hatte auf der Scheidung vor Weihnachten bestanden. Das Haus, das ihren Eltern gehörte – bis zum Schluss hatte er gedacht, sie hätten es ihr überschrieben –, hatte bereits einen Käufer gefunden. Die wenigen Aktien, die wirklich ihm gehörten, waren in den letzten Monaten angesichts der unsicheren politischen Lage in den Keller gefallen und fast wertlos. Maria würde Deutschland verlassen und mit ihren Eltern zu Verwandten nach Amerika gehen. Die Nazis werden die Wahl im Jänner gewinnen, hatte ihr Vater gesagt, und dann geht es den Juden an den Kragen, egal ob halb oder viertel.

Er blieb stehen und richtete seinen Handschuh, der verrutscht war. Was für eine Demütigung. Aber die Spedition hätte wieder Geld gekostet und er würde jeden Pfennig brauchen. Wie weit war das noch, verdammt? Der Vermieter hatte die Wohnung sicher nicht vorgeheizt, er würde noch ein paar Stunden frieren, wenigstens war Holz da und die notwendigsten Möbel.

Letzten Dezember hatte sie auf einmal darauf bestanden, einen Chanukka-Leuchter anzuzünden. Eine Besinnung auf die Wurzeln in schwierigen Zeiten. Für ihn war das Brimborium, wie auch der ganze christliche Hokuspokus um Weihnachten. Zum ersten Mal wurde ihm bewusst, dass seine Frau jüdisches Blut hatte. Sie war unrein, ein Makel am Körper des deutschen Volkes, wie es ein Journalist in einem Artikel einmal ausgedrückt hatte. Er glaubte mittlerweile, dass es besser war, wenn solche Leute Deutschland verließen. Von den Juden kam nichts Gutes, ihnen war nicht zu trauen.

Die vorläufige Adresse in Newport, Rhode Island, hatte sie ihm gegeben. Ihr Vater hatte ihn tatsächlich eingeladen mitzukommen und hätte ihm sogar die Überfahrt bezahlt. Eine letzte Zuwendung für den Schwiegersohn, der sich vielleicht drüben eines Besseren besinnen würde. Kamnik hatte den Ärger über die herablassende Art, mit der er sich wieder behandelt fühlte, hinuntergeschluckt und mit Dank abgelehnt. Almosen von einem Fabrikanten, der mit einer Jüdin verheiratet war und der aus seiner Abneigung gegen das neue Zeitalter Deutschlands kein Geheimnis machte, nein danke.

Er war an dem Mietshaus angelangt. Zweiter Stock, Zimmer-Küche-Kabinett, Wasser und Toilette am Gang statt Sternparkett und Stilmöbel ein mit Stragula ausgelegter Boden, Bett, Sofa, Tisch und Stühle.

Er holte sein Zigarettenetui hervor, vergoldetes Stahlblech, eines der wenigen Erinnerungsstücke. Er klingelte und steckte sich eine Zigarette an. Der Hausbesorger, den er von der Besichtigung kannte, öffnete die Tür. Er war untersetzt und hatte ein ungesund rotes Gesicht. Kamnik bot ihm eine Zigarette an, sie rauchten gemeinsam, dann begann der Mann die Kisten hinaufzutragen, während Kamnik den Wagen bewachte, man konnte nie sicher sein. Nach den Weihnachtsfeiertagen würde er wieder bei BMW anklopfen, vielleicht könnte er wieder als Zeichner einsteigen, auch wenn es demütigend war, den Weg vom Aktionär zum Angestellten zurückzugehen.

Irgendwie würde es schon gehen. Jetzt einmal zur Ruhe kommen, die Wohnung einräumen, das neue Jahr 1933 erwarten.

Dreiunddreißig Tage nachdem Kamnik umgezogen war, riefen die Zeitungsjungen auf den Straßen, dass Hindenburg Adolf Hitler zum Reichskanzler ernannt hatte. Kamnik suchte seinen alten Mitgliedsausweis – er war sicher, dass er in der Mappe mit den Dokumenten war – und fand ihn nicht mehr.

31

BERLIN, 1933

»Eintrag ist nicht vorhanden? Was heißt ›Nicht vorhanden‹?«

Kamnik war rot angelaufen.

»Wissen Sie, wen Sie vor sich haben? Ich war wahrscheinlich einer der ersten Nationalsozialisten in Österreich! Ich bin ja im vierundzwanziger Jahr mit Herrn Steinacher nach München, und gleich nachdem unser Führer aus der schmählichen Haft entlassen wurde, habe ich mich eingeschrieben! Das muss doch irgendwo aufgezeichnet sein. Sonst fragen Sie in München nach!«

Der Beamte lächelte kühl. »Bedaure, Herr Kamnik, die zentrale Registratur ist eben jetzt hier in Berlin. Und hier sind Sie nicht verzeichnet. Einen Herrn Steinacher kenne ich nicht.«

»Dann rufen Sie den Herrn Reichsführer SS persönlich an! Der kann es Ihnen bestätigen!«

»Wenn hier nichts vorliegt, dann sind Sie kein Mitglied. Hören Sie.« Der Beamte fasste ihn am Oberarm. »Ich glaube Ihnen ja, auch wenn das mit dem Reichsführer geschwindelt ist. Sie füllen einfach nur ein Formular aus. Das mit der SS ist dann ein weiterer Schritt. Den Ariernachweis dürften Sie ja haben. Aber erkundigen Sie sich dort. Sie wissen ja: Die SS ist eine Sippengemeinschaft und eine Bewahrerin der Blutreinheit. Sollten Sie oder Ihre Frau …«

»Ich bin nicht verheiratet«, warf Kamnik ein. »Nicht mehr«, setzte er mit brüchiger Stimme nach. »Geben Sie her! Das weiß ich doch alles.«

Er füllte das Formular aus.

Was für eine Schmach, unterste Stufe!

Er dachte an den Moment, als er zusammen mit Steinacher den Wisch ausgefüllt hatte, vor sieben Jahren in München war das gewesen. Dazwischen lag die Ehe mit Maria, die ihm Zugang zu Kreisen ermöglichte, die er vorher nicht gekannt hatte. Was brauchte er noch die NSDAP, wenn der Aufstieg auch so glückte, dachte er sich damals.

Und jetzt war Hitler Reichskanzler, und Himmler, mit dem er vor zehn Jahren in München Plakatsprüche formuliert hatte, an der Spitze der SS. Andere Kameraden aus Münchner Tagen saßen in Ministerien und Kanzleien. Verdammt! Aber wenigstens war er seine halbjüdische Frau los. Jetzt würde er Karriere machen. Er hielt zwar viele Parolen nach wie vor für grenzdebil, aber die Bewegung war jetzt an der Macht und er könnte daran teilhaben.

Die kalte Luft schlug ihm entgegen, als er aus dem Amtsgebäude trat. Wohin sollte er nun gehen? Es war alles offen. Erst gestern war er nach Berlin gekommen, gleich als er gehört hatte, dass Hindenburg Hitler ernannt hatte, war er aufgebrochen.

Vielleicht sollte er einfach die Straßen auf und ab laufen, um wieder von seinem Wutgebirge herunterzukommen. Auf den Potsdamer Platz, in ein Café. Vielleicht zu einer Prostituierten? Hier in Berlin sollte ja alles viel freizügiger sein. Er schritt aus und sog die Luft der Hauptstadt ein, elegante Menschen, große Werbeschilder, das Klingeln der Tram.

Er hätte damals bleiben sollen. Acht Jahre vertan!

Der Lärm am Potsdamer Platz war unbeschreiblich, Automobile brummten, Straßenbahnen bimmelten, Zeitungsjungen und Kutscher riefen durcheinander. Er blickte unschlüssig auf die in den Platz einmündenden Straßen. So viele Menschen, alles schien erfasst von einer Aufbruchsstimmung, die Luft war wie elektrisch geladen.

Er müsste zu Himmler gehen. Gleich. Am besten in die SS-Zentrale, Prinz-Albrecht-Straße. Hier in Berlin war ja alles ums Eck.

Die Zentrale stellte sich als ehemaliges Hotel heraus, an dessen Fassade helle Flecken noch den alten Schriftzug erahnen ließen. Wie Kamnik an einer Tafel am Eingang entzifferte, lag hier der Sitz der Gestapo, des Reichssicherheitshauptamts und der SS. Er pfiff durch die Vorderzähne, es klang etwas kläglich, er müsste es wieder üben. »Alles auf einem Fleck.«

Er ging an den zwei schwarz gekleideten Männern vorbei, die hinter der Eingangstür standen und keinen Mucks machten.

Der Portier, ein bäriger Mann mit Koteletten und Doppelkinn, glaubte an einen Scherz, als Kamnik sein Anliegen vorbrachte.

Kamnik erwähnte nicht nur seine Münchner Zeit, sondern auch seine Agitationstätigkeit in Kärnten und Oberschlesien, was dem Portier nichts sagte.

»Der Reichsführer SS empfängt keine Unbekannten, ich kann Sie an Obersturmbannführer Müller im Reichskommissariat für die Festigung des deutschen Volkstums verweisen.«

»Ich will zu Heinrich Himmler!«, rief Kamnik. »Ich kenne ihn seit fast zehn Jahren!«

»Wir alle kennen den Reichsführer SS«, sagte der Portier etwas schärfer. »Ich darf Sie dann bitten, das Gebäude zu verlassen.« Er blickte zu den zwei Soldaten. Warnung.

Absätze klapperten, ein Mann in schwarzer Uniform kam die Treppe herunter.

»August!«

Kamnik blickte auf.

»Wäckerle … wie war doch gleich der Name … Helmut?«

»Hilmar«, sagte der Uniformierte. »Mensch, ist ja ewig her. München, nicht? Was machst du hier?«

Sie schüttelten einander die Hände, Wäckerle klopfte ihm auf die Schulter.

»Du musst mir helfen, Hilmar. Es gibt hier ein Missverständnis. Stell dir vor, sie haben mir heute nicht einmal geglaubt, dass ich seit sieben Jahren Mitglied bin. Ich musste neu beitreten!«

Wäckerle schien amüsiert.

»Und jetzt willst du am selben Tag zur SS. Scherz beiseite, das kann nur ein Irrtum sein. Du warst ja damals schon dabei. Hm. Komm mit!«

Er führte Kamnik in ein Besprechungszimmer. Es musste ein Zimmer für Führungskräfte sein, es war mit Stilmöbeln eingerichtet, auf einem Barwagen standen Spirituosen in allen Farben. Wäckerle goss beiden ein Glas Kognak ein und hörte sich Kamniks Geschichte an. Dass er sich damals von der Bewegung entfernt hatte, weil er eine Familie gründete und sehr hart arbeitete, um zur Führerschaft des deutschen Volkes in der modernen Technik beizutragen. Selbstverständlich habe er den Aufstieg der Bewegung mit pochendem Herzen mitverfolgt, sich mit ihr verbunden gefühlt und sie auch immer gewählt. Ob man nicht gemeinsam zu Himmler gehen könnte?

Wäckerle hörte ihm zu, hob immer wieder die Augenbrauen und tippte mit den Fingerkuppen auf den Tisch. Zum Herrn Reichsführer SS könne er im Moment nicht, aber gewisse Formalitäten könne man gleich erledigen, da er für ihn bürge. Wäckerle lachte. Er brauche keine Angst zu haben, die Mutproben habe man ja schon vor Jahren abgeschafft, das war Pfadfinderkram.

Als Kamnik das Gebäude eine Stunde später verließ, pfiff er wieder. Unterscharführer der SS. Der unterste Dienstgrad, sicher, aber es würde schnell gehen mit der Beförderung, hatte Wäckerle gesagt. Der gute Hilmar. Er war gerade im Haus gewesen, weil er ebenfalls befördert worden war. Lagerkommandant eines Arbeitslagers in der Nähe von München, das ab sofort gebaut werde und März seinen Betrieb aufnehmen sollte. Die Verhaftungen der Volksverräter und Asozialen würden demnächst beginnen, und die Gefängnisse waren zu klein. Dachau, schöne Gegend. Wenn Kamnik wollte, könnte er ihn dahin begleiten, hatte er gemeint. Es wäre nicht schlecht, einen technisch versierten Kameraden dabeizuhaben.

Kamnik bog in die Wilhelmstraße ein. Mit dem Ausfolgeschein in seiner Manteltasche würde er heute noch die schwarze Uniform mit dem Totenkopf bekommen. Ein neues Zeitalter brach an, und er würde dabei sein. In Dachau würde er den Asozialen zeigen, was Arbeit ist. Die Menschen würden ihn respektieren. Endlich Respekt. Nur den Namen, den letzten Rest des Nichtdeutschen, müsste er noch loswerden.

32

BUENOS AIRES, 1935

»Nein, das ist nur für das gesellschaftliche Leben des kultivierten österreichischen Elements. So steht es schwarz auf weiß. Ich habe die Statuten ja gelesen. Da gehören wir nicht dazu. Österreichischer Club hin oder her.«

»Aber das sehen die sicher nicht so eng. Die Probsts sind schließlich auch Mitglied geworden. Und man trifft Gleichgesinnte.«

»Was geht mich die Familie Probst an! Wir kennen sie außerdem nicht einmal richtig. Schau, dein Vater ist ja auch skeptisch, was diesen Verein betrifft. Auch er will Argentinier sein und nichts mehr hören von drüben.«

»Bald werde ich ohnehin nirgendwohin mehr gehen können.« Veronika strich über ihren Bauch.

Anton setzte sich zu ihr auf das Sofa und legte seine Hand auf die ihre. »Spürst du schon etwas?«

Veronika schüttelte den Kopf. Sie schien müde zu sein.

»Nein, dazu ist es noch zu früh.«

»Wir können ja morgen ins Kino gehen. Ein neuer amerikanischer Film, eine Komödie mit Clark Gable. Den magst du doch.«

Sie nickte. »Ja, gerne.«

Sie stand auf.

»Ich muss dann wieder zur Wäsche.«

Anton küsste sie und ging wieder zum Schreibtisch, ohne zu wissen, was er dort wollte.

Nach vier Jahren Ehe endlich schwanger. Er hatte schon gedacht, es würde nie klappen. Andererseits war er froh, dass ihm seine junge Frau eine Hilfe bei der Buchhaltung war. Sie hatte die Lücke nach Hugos Abgang sofort füllen können, der eines Tages die Erleuchtung gehabt hatte, sein Glück in Patagonien zu versuchen. In ein paar Monaten würde er wieder Ersatz brauchen.

Er blickte auf das Hochzeitsfoto auf dem Schreibtisch. Der Müller war sofort mit der Hochzeit einverstanden gewesen. Sein Eindruck, dass er froh war, eine Esserin weniger unter seinem Dach zu haben, hatte ihn nicht getäuscht, zu oft betonte er, wie glücklich er sei, dass Veronika einen »Ernährer« gefunden hatte.

Anton betrachtete das Foto, das seine Schwiegereltern zeigte. Er sollte nicht so denken, sagte er sich, aber einmal gefasst, ließ sich das Urteil schwer berichtigen. Obwohl inzwischen fünf der neun Kinder aus dem Haus waren, knauserte Veit noch immer und drehte jede Münze dreimal um. Vor jeder Anschaffung wog er ab, ob sich die Ausgabe lohnte. Immer wenn sie Veronikas Eltern trafen, kam die Rede früher oder später aufs zu knappe Geld, obwohl Anton den Eindruck hatte, dass es ihnen finanziell nicht schlecht ging.

Anton suchte das Adressbuch, stopfte die Unterlagen, die er am Vorabend aus der Firma mitgenommen hatte, in seine Aktentasche und schob die Schnappverschlüsse zu. Er strich mit den Fingern über die Schließen. Die Tasche war eine der ersten gewesen, die er hergestellt hatte.

Niemand hatte die Entwicklung vorhergesehen.

Zu den Fußmatten hatten sich zuerst geflochtene Gürtel gesellt und dann immer mehr Lederwaren. Zunächst waren es einfache Sachen wie Dokumentenmappen, Ziermappen für Verträge und Buchrückenschoner. Dann kleine Täschchen und schließlich Aktentaschen, und seit zwei Monaten stellte er sogar geprägte Lederbilder her, die ein Künstler in Auftrag gab.

Die Werkstatt war die alte geblieben und hatte sich doch völlig verändert. An sauberen Werkbänken arbeiteten acht Mitarbeiter, die alle mehr Ahnung vom Handwerk hatten als er selbst. Auf Rollwagen stapelte sich Leder in verschiedenen Qualitäten, aus kleinen Schütten in raumhohen Schränken blitzten Beschläge in Messing, Silber und anderen Metallen.

Es war ruhig, als er eintrat, keiner sprach ein Wort, alle arbeiteten konzentriert. Ein Arbeiter, der mit einer groben Nadel zwei Lederstücke vernähte, summte einen Gassenhauer.

Anton besprach sich kurz mit jedem Einzelnen und beauftragte Pedro, den Ältesten, am Vormittag das Kommando zu führen. Er habe in der Stadt zu tun. Pedro nickte.

Anton klopfte ihm auf die Schulter. Er hatte ihn eingestellt, nachdem Hugo gegangen war. Auf ihn konnte sich Anton in der Werkstatt verlassen, wie er Veronika die Buchhaltung anvertrauen konnte. Von Hugo hatte er nur noch einmal gehört, er hatte mit der ersten Farm Pech gehabt und Pleite gemacht. Dann war der Kontakt abgerissen.

Anton nahm den nächsten *colectivo* Richtung Innenstadt. Er musste fast eine halbe Stunde warten, bis sich der Sammelbus gefüllt hatte und endlich losfuhr.

Es konnte doch nicht sein, dass es keinen Verein gab, der zu Antons Ansichten passte! Es musste doch Österreicher in dieser Stadt geben, die weder hochnäsige Kulturleute noch Deutschnationale, weder Kommunisten noch Anarchisten waren. Es schien, als ob in den letzten Jahren alle verrückt und radikal geworden wären. Wenn er doch eine Gruppe fände, damit Veronika endlich zufrieden wäre! Vielleicht würde ihm heute die Überraschung gelingen und er würde halbwegs normale Landsleute treffen, die lediglich ein wenig plaudern wollten.

Von ihm aus konnten sie auch singen oder Musik machen. Nur keine politischen Diskussionen. Nur kein Gerede vom deutschen Volkskörper oder von der Revolution des Proletariats! Er blickte auf seine Liste, die er letzte Woche im Konsulat erhalten hatte.

Vier Gruppen hatte er gleich durchgestrichen: Die *Asociación Austria* gab nur Suppe an Arbeitslose aus und vermittelte diesen angeblich Arbeit. Ihm hatten sie damals nicht geholfen. Die *Deutsch-Österreichischen Frontkämpfer* waren Kriegsveteranen aus dem Großen Krieg und für Veronika sicher nicht interessant. Der *Österreichische Club* war laut Satzung nur für die »gehobene Klasse« offen. Die *Kärntner Landsmannschaft* war, so hatte ihm ein Bekannter erzählt, mehr oder weniger ein Gesangsverein, der das deutsche Volkslied pflegte und jedes Jahr den Tag der Kärntner Volksabstimmung als Sieg des Deutschtums feierte – er musste an Josl denken und seinen Hass auf die Deutschtümler. Unfassbar, dass diese *nemčurji* es bis nach Argentinien geschafft hatten. – Also auch nichts.

Blieben noch drei kleine Vereine, von denen man ihm im Konsulat nicht sagen konnte, ob sie noch existierten: die *Alpenländler*, die einmal in der Woche zum Kegeln zusammenkamen, der *Sportclub Austria* und die *Steiermärker am La Plata,* bei denen Veronika sich sicher wohlfühlen würde.

Vier Stunden später war Anton zurück in der Firma.

Pedro berichtete ihm von den Bestellungen, die inzwischen hereingekommen waren, ein Arbeiter hatte sich krankgemeldet. Anton setzte sich an seinen Schreibtisch und überflog die Bestellungen. Norte würde hundert Dokumentenmappen brauchen. Das Schreibwarengeschäft war mittlerweile sein wichtigster Kunde, nie hätte er sich das gedacht.

Er würde heute länger hierbleiben müssen, der Vormittag ging ihm ab.

Die Gespräche waren ein Reinfall gewesen. Bei den *Alpenländlern* hatte ihm ein Herr Vogel von den Kegelabenden und dem jährlichen Ball erzählt. Er sprach in einem unverständlichen Mühlviertler Dialekt, der mit schlecht ausgesprochenen spanischen Brocken durchsetzt war. Anton bezweifelte, dass Veronika am Kegeln Gefallen finden könnte, dankte Vogel und versprach, einmal vorbeizuschauen.

Am Clubhaus des *Sportclubs Austria* war niemand da, obwohl er sich sicher war, dass er den Termin für zehn Uhr vereinbart hatte. Schließlich traf er in einer Kneipe im Nuñez einen Hünen in Lederhose und Walkjanker, der sich als Toni Rieser vorstellte und darüber klagte, dass sich der Verein der Steiermärker nach der Anfangsbegeisterung nur noch sporadisch zu Familienfeiern treffe, die meisten hätten andere Interessen.

Er musste das Lager kontrollieren. Von den Mappen waren sicher nicht hundert da, die müssten nachproduziert werden. Leder war genug auf Lager, es hing nur von der Geschwindigkeit der Näher ab.

Er hatte den Eindruck, dass die Arbeiter, die im Sitzen nähten und schnitten, sich aufrichteten, als er durch die Werkstatt ging. Die zwei Lagerarbeiter, die er erst letzte Woche angestellt hatte, ließen ihren gerollten Fladen schnell in der Blechbox verschwinden. Er ging zu ihnen und beruhigte sie. Sie könnten ruhig ihre Mittagspause machen, sie stehe ihnen ja zu. Auch Wasser könnten sie nehmen, das Leitungswasser hier sei wirklich trinkbar. Sie hatten ihn letzte Woche skeptisch angesehen, als er ihnen alles schon einmal erklärt hatte. Dies hier war ein menschlicher Betrieb, keine Ausbeutung, kein Rauswurf bei Krankheit. Er hatte ihnen nur klargemacht, dass er sich jede Art von Politik verbat. Keine Kommunisten, keine Nationalen, keine Gewerkschafter. Und keine Alkoholiker. Da fast jeder Deutschsprachige, den er getroffen hatte, in eine dieser Kategorien gepasst hatte, stellte er nur noch Einheimische an.

Er blieb an der Tür zum Lager stehen und lugte hinein. Mappen. In Ordnung. Taschen – wo waren die Aktentaschen, deluxe, dunkelbraun? Er blickte auf das leere Regal.

»Pedro!«

Der Werkstattleiter sprang von seinem Arbeitstisch auf, auf dem er gerade Lettern für eine Goldprägung zusammensuchte. Die Lettern schepperten, als sie auf den Tisch fielen. Nach wenigen großen Schritten stand er neben Anton, der auf den leeren Regalboden deutete. Auf Pedros zerfurchtem Gesicht, in dem sich europäische und indianische Züge mischten, verwandelte sich das Entsetzen zu einem Grinsen.

»Heute weggegangen, Nuría hat sie geholt.« Er merkte, dass Anton etwas sagen wollte und hob die Hand. »Keine Angst, Chef, ich weiß, dass wir nachproduzieren müssen. Das Leder ist aber nicht da. Ich habe mir erlaubt, fünfzig Häute, A und B, zu bestellen. Müssten spätestens morgen Früh da sein, vielleicht noch heute.«

Anton atmete laut aus und boxte ihn leicht an die Brust.

»Du hast hier den besseren Überblick als ich. Die gehen wirklich gut.«

Pedro nickte, aber irgendwas schien ihn zu stören.

»Was ist?«

»Chef, wenn ich mir erlauben darf …«

»Nun sag schon!«

»Die Fußmatten …«

»Was ist damit?«

»Ich war neulich in der Stadt, im neuen Kaufhaus.«

»Libertad?«

»Ja. Ich konnte nicht anders, musste mir anschauen, welche Fußmatten sie haben.«

Anton nickte. »Geht mir genauso. Ich schau mir neuerdings die Auslagen der Lederwarengeschäfte an.«

Pedro schwieg.

»Was jetzt?«

»Sie haben nur noch amerikanische Ware. Aus den Staaten. Sicher nicht in unserer Qualität.«

»Verstehe. Aber wenn die Leute das kaufen, werden sie den Unterschied merken. Ist ja gut für uns.«

»Die Sachen kosten die Hälfte. Ich fürchte …«

»Ja?«

»Ich fürchte, die Leute schauen nur auf den Preis. Schwere Zeiten.«

»Du meinst, deswegen bestellen auch die anderen nicht mehr so viel?«

Pedro nickte.

Anton atmete tief durch. »Das habe ich ja auch schon bemerkt. Und wenn wir mit dem Preis runtergingen, würde es sich für uns nicht mehr auszahlen.«

»Mit Verlaub, Chef …«

»Was denn?«

»Es zahlt sich schon jetzt nicht mehr aus.«

Was redete dieser Handwerker? Spionierte er auf Antons Schreibtisch herum? Sicher, das große Geschäft waren die Fußmatten nicht mehr. Aber nicht auszahlen?

Pedro trat von einem Fuß auf den anderen.

»Ich verstehe nichts von Buchhaltung, Chef. Aber ich überschlage das immer wieder, weil ich weiß, wie viel wir verdienen und wie lange einer an einer Matte arbeitet. Da … da kommen wir nicht auf unsere Kosten.«

»Du willst sagen, wir arbeiten schon jetzt defizitär? Die Buchhaltung hat das nicht bemerkt?«

Es war ihm aufgefallen, dass Veronika in den letzten Wochen

nachlässig gewesen war, wer konnte es ihr verdenken. Sie übergab sich öfter und war nicht mehr regelmäßig im Büro.

»Es steht mir nicht zu, jemanden zu beschuldigen, Chef. Die Entwicklungen gehen sehr schnell in diesen Tagen.«

»Danke, Pedro, ich kümmere mich darum.«

Anton wollte nicht mehr hören. Er musste sich die Bücher ansehen.

Er musste froh sein, einen Mitarbeiter wie Pedro zu haben. Veronika sollte er schonen, vielleicht könnte er Pedro sogar die Buchhaltung beibringen.

»Chef.«

Anton schaute auf. Warum war Pedro noch nicht an seinem Arbeitsplatz?

»Was ist denn noch?«

»Am Wochenende machen wir *asado.* Meine Schwester kommt auch mit ihrer Familie und noch Luca und Sebastián.« Er deutete auf die beiden Arbeiter.

»Ja, und? Braucht ihr etwas aus dem Betrieb dazu? Eine Spende? Ein Werkzeug?«

Anton konnte sich nicht vorstellen, was Pedro für ein Grillfest aus der Werkstatt brauchen könnte.

»Nein, Chef. Wenn es Sie nicht stört, möchte ich Sie gerne einladen. Wir leben sehr einfach, Sie sind sicher Besseres gewohnt. Aber wir würden uns freuen. Und meine Frau möchte Sie schon lange kennenlernen. Sie sind unser Wohltäter. Wenn ich hier keine Arbeit hätte, säße ich auf der Straße. Jedenfalls, meine Frau … was soll ich sagen, Sie wissen ja, wie neugierig Frauen sind.« Er grinste.

Anton war verdutzt. Mit allem hätte er gerechnet, aber nicht damit, dass ihn ein einfacher Arbeiter zum Wochenendfest einlud. *Asado* war ja viel mehr als nur das Grillen von großen

Fleischstücken auf einem Rost, der, von Ziegeln gestützt, über ein glosendes Lagerfeuer gelegt wurde. *Asado,* das hieß zusammensitzen, gemeinsam essen und trinken, Geschichten erzählen, das Leben teilen. Die meisten Familien machten es ein-, zweimal im Sommer, wer sich das Fleisch leisten konnte, öfter. Wenn es etwas gab, das typisch war für dieses Land, dann *asado.*

Eigentlich hielt Anton diese Feiern für primitiv. Wer ein weißes Haus mit Veranda und Garten hat, macht kein Lagerfeuer mehr. Der Brauch kam sicher aus den Pampas, von den Ureinwohnern vielleicht oder den Gauchos, die immer genug Fleisch hatten und jeden Abend an einem anderen Ort das Feuer entzündeten. Anton war noch nie dabei gewesen, er kannte auch niemanden von den Einwanderern, der so etwas veranstaltete.

Und doch: Im Moment, als Pedro die Einladung aussprach, war die Abscheu vor dem Primitiven wie weggeblasen. *Asado* war typisch für dieses Land. Und etwas Seltsames hatte sich mit dieser Einladung ereignet, eine scheinbar verkehrte Welt offenbart: Nach außen hin gesehen war es lächerlich und vielleicht sogar vermessen, dass ein Arbeiter ihn, den Chef, mit einer Geste der Großzügigkeit einlud. Aber Anton spürte den tiefen Ernst hinter dieser Geste: Ein Mestize, in dessen Adern Indianerblut floss, dessen Vorfahren seit Jahrhunderten hier gelebt hatten, der hier Heimatrecht hatte, lud ihn, den Einwanderer, zu einem traditionellen Essen und Familienfest ein, um zu zeigen, dass er nun einer von ihnen war.

Anton war die Rührung peinlich, die seinen Körper zittern ließ. Lag nicht in solchen primitiv scheinenden Dingen, die so typisch waren für dieses Land, seine Zukunft? War nicht hier die Seele dieses neuen Landes, die er so gesucht hatte? Waren nicht all die Exilvereine, ob elitär oder nicht, auf dem Holzweg? Sie schotteten sich ab, radikalisierten sich politisch und blieben doch immer rückwärtsgewandt, die alte Heimat im Blick.

Ein Wink war diese Einladung, er durfte den Hinweis nicht übersehen. Pedro starrte ihn an.

»Danke, Pedro, ich … wir kommen gerne. Ich musste nur einen Moment nachdenken, ob es möglich ist. Gerne. Danke für die Einladung.«

Es war sehr still in der Werkstatt, Anton hob den Kopf, und mit einem Mal erklangen viele Geräusche zur selben Zeit, als ob alle Arbeiter im gleichen Moment wieder zu ihren Werkzeugen gegriffen hätten.

Später am Nachmittag erzählte er Veronika von der Einladung und seiner Tour durch die Österreich-Vereine. Sie verbarg ihre Enttäuschung ungeschickt, umarmte ihn und sagte, dass das doch nicht notwendig gewesen wäre und dass sie sich über die Einladung freue.

Anton berichtete von dem Dünkel, den er bei einigen Emigranten bemerkt hatte.

»Das sind andere Menschen. Schau, weder du noch ich haben je ein Theater oder ein Opernhaus von innen gesehen. Wir gehen in keine Kunstausstellung oder Dichterlesung. Das war dort eine andere Welt für uns und hier auch. Und zu der gehören wir auch hier nicht dazu, selbst wenn wir uns da einmal hinverirren sollten.«

Keinem in Podgora wäre es eingefallen, nach Klagenfurt ins Theater zu fahren, völlig unmöglich. Keiner hätte das Stück verstanden, egal, was gespielt worden wäre, außerdem hätte man in der Stadt übernachten müssen und das hätte noch mehr Geld gekostet. In die Stadt fuhren die Leute aus dem Dorf am Markttag, um ihre Erzeugnisse zu verkaufen, und wenn man schon dort war, besorgte man vielleicht ein- oder zweimal im Jahr Nägel, Werkzeug oder Rasierklingen.

In der Bezirksstadt Völkermarkt hatte es ein Kino gegeben,

aber wie hätte er da hingelangen sollen? Mit dem Pferdegespann hätte es eineinhalb Stunden gebraucht, mit dem Postbus eine. Bei Veronika war es ähnlich gewesen, doch sie war als Kind ausgewandert, noch ehe solche Dinge interessant für sie werden konnten.

Sie löste die Umarmung und strich Anton über den Bauch.

»Du hast auch einen Bauch bekommen. Keine Angst, ich habe es schon länger bemerkt. Da wird der *asado* gut hineinpassen.«

Sie küsste ihn auf die Wange. Anton fühlte die Wärme ihres Körpers und umarmte sie wieder, während er grübelte, ob sie von ihrer Enttäuschung ablenken wollte oder sich ehrlich freute, irgendwo Anschluss zu haben, irgendwo einen weiteren Baustein für ihr Leben hier zu finden.

33

BUENOS AIRES, 1947

»Ich verstehe euch nicht!«

Sie saßen in der Rotunde inmitten des Zoos, Anita starrte auf die Obershaube ihrer Kakaotasse. An anderen Sonntagen strahlte sie bei diesem Anlass übers ganze Gesicht. Vor Anton und Steiner standen zwei Glas Bier, Veronika hatte einen Gerstenkaffee geordert.

»Herr Steiner muss unsere Sprache erst lernen, wir helfen ihm dabei«, sagte Anton auf Spanisch.

»Ich mag eure Geheimsprache nicht. Die Deutschen haben den Krieg begonnen, haben wir in der Schule gelernt. Warum sprecht ihr noch so?«

Er legte seine Hand auf ihren Unterarm.

»Du weißt doch, dass wir keine Deutschen sind. Und schau in deine Schulklasse: Du hast ja selbst gesagt, dass dort die Italiener und die Polen in ihrer Sprache reden. Das ist halt bei Leuten so, die frisch eingewandert sind. Früher oder später reden sie alle Spanisch wie wir.«

Er blickte zu Steiner, der aufmerksam zuhörte.

»Ich glaube, ich habe verstanden, was du gesagt hast«, sagte Steiner auf Deutsch.

»Sag ihr, dass ich ihr verspreche, schnell Spanisch zu lernen. Ehrenwort!«

Steiner machte eine bedauernde Grimasse Richtung Anita, die noch immer schmollte. »Ich werde lernen«, sagte er auf Spanisch. Anita sah ihn überrascht an.

Veronika schüttelte den Kopf, ihr schien die Szene peinlich zu sein.

Steiner wandte sich zu ihr.

»Ich möchte Ihnen danken, dass Sie mich in den Zoo mitgenommen haben. Ich sehe schon, ich trete von einem Fettnäpfchen ins andere. Ich bin Ihnen aber dankbar für die Abwechslung.«

Veronika nickte lächelnd.

Anton ärgerte sich über Steiners offenbares Missverständnis. Veronika schämt sich doch für Anitas Betragen und nicht für dich, du Idiot. Trotzdem – die zurückhaltende Höflichkeit hatte etwas Einnehmendes, man konnte sie ihm nicht vorwerfen.

Steiner holte ein Zigarrenetui heraus und bot Anton eine Zigarillo an.

Anton lehnte ab, Steiner blickte entschuldigend zu Veronika. »Sie gestatten, dass ich alleine rauche? Ich hoffe, ich kann mich bald bei Ihnen erkenntlich zeigen. Waren Sie schon in der Freien Deutschen Bühne? Ich habe gehört, dass im Frühling der Schauspieler Hans Moser dort gastieren wird. Den muss man als Österreicher einmal in echt gesehen haben! Seine Tochter ist ja hier verheiratet.«

Steiner zündete sich die Zigarillo an.

Anton wollte etwas sagen, aber Veronika kam ihm zuvor.

»Mein Mann geht nicht ins Theater. Da waren wir noch nie. Manchmal ins Kino.«

Anton hörte den Vorwurf überdeutlich. Warum musste sie das verraten? Außerdem erzählte sie immer gleich Vertrautes. Steiner brauchte nicht alles zu wissen. Und schon gar nicht, dass Anton von dieser Hochkultur nichts hielt. Anton räusperte sich.

»Weißt du … diese Freie Deutsche Bühne … Die Stücke dort sind alle politisch, habe ich gehört. Der Gründer, ich weiß den

Namen nicht mehr, ist ein Kommunist. Er ist vor den Nazis geflohen und bringt seine kommunistischen Stücke jetzt hier heraus. Es gehen auch nur die hin, die in den letzten Jahren aus Deutschland geflohen sind. Alles Rote, sagt man so? Das ist eine andere Generation. Nichts für uns.«

Steiner lächelte wieder auf seine unverbindliche Art, wie ein Verkäufer, der den Einwand eines Kunden vorausgesehen hat.

»Ich verstehe. Diese linken Ansichten teile ich auch nicht, überhaupt nicht. Aber, wie gesagt, treten dort auch Künstler auf, die auf Tournee sind. Erlaube mir, dass ich dich und deine Gattin zu Hans Moser einlade, wenn er kommt.«

Anton widerstrebte es, auf dieses Angebot einzugehen. Was dachte sich Steiner dabei? Das war etwas für Leute, die sich hier nicht integrieren wollten. Er blickte zu Veronika und erschrak. Ihr Gesicht war wie eingefroren. Der Chorabend war nicht genug gewesen, sie hungerte offenbar danach, wieder unter Leute zu kommen. Und dieser Steiner nährte diesen Hunger nach Kultur, nach deutscher Kultur.

Anton überlegte, wann sie aufgehört hatten, unter Leute zu gehen. Es musste ab der Geburt von Anita gewesen sein, als sie die Kinobesuche und Abendspaziergänge einstellten, auch der Kontakt zu ihrer Familie beschränkte sich auf einige Feiertage. Mit den Jahren hatten sich beide an die häusliche Behäbigkeit der Wochenenden gewöhnt, Anton fühlte sich wohl dabei, und Veronika hatte nie etwas Gegenteiliges gesagt.

Er blickte in ihre glasigen Augen und glaubte zu erkennen, dass in ihr dieses Begehren keineswegs erloschen war. Bitte, stimme zu, gib endlich deinen Starrsinn auf. Lass uns doch auf das Angebot des Fremden eingehen. Vielleicht ist er der Mensch, der unsere Abkapselung beenden kann.

Anton hielt dem Blick nicht stand. Dieser Moser war ja ein Komiker, er hatte von ihm gehört. Vielleicht wäre es unterhaltsam. Und es wäre erst in ein paar Monaten, falls überhaupt. Steiner wollte nur nett sein.

»Vielen Dank für den Hinweis und die Einladung, das kann ich nicht annehmen. Aber weißt du was? Gib uns Bescheid, wenn du Näheres weißt, und wir kaufen dann selbst Karten und können gemeinsam hingehen.«

Steiner hob die Brauen und warf den Kopf zurück.

»Aber nein, mein lieber Anton. Sieh, ich habe schnell einen guten Arbeitsplatz gefunden. Ich habe keine Familie hier, so lass mich großzügig sein, so wie du mir gegenüber großzügig bist.«

Löffel klirrten am Nebentisch.

»Ich werde mit Anita noch ins Reptilienhaus gehen. Sie erlauben, dass ich mich entschuldige.«

Veronika erhob sich, rückte den Stuhl zurecht und zog Anita hinter sich her, die sichtlich erleichtert war, dem Gespräch, das auf Deutsch geführt wurde, zu entkommen.

Anton fiel erst jetzt die frostige Stimmung auf, die durch die Diskrepanz entstanden war, dass nur er mit Steiner per Du war, nicht aber Veronika. Franz hieß er, gleich beim ersten Bier, während sie noch auf Veronika und Anita warteten, hatten sie einander das Du-Wort angetragen.

Die Stille war Anton wieder unangenehm.

»Hast du noch Kontakt zu deinen Verwandten in Europa?«

Steiner nahm einen Schluck vom Kaffee.

»Nein. Wie ich schon gesagt habe, habe ich mich von meiner Frau getrennt. Der Krieg hat uns voneinander entfernt. Wie soll ich sagen. Als Soldat bist du ja wochen-, monatelang weg. Und du wirst ein anderer Mensch, wenn die Leute neben dir sterben. Der Krieg verändert dich und du kriegst es zuerst gar nicht mit. Ich bin als Fremder nach Hause gekommen.«

Er machte eine Pause und sprach leise weiter.

»Sie wollte einfach nicht mehr. Etwas war zerbrochen. Das war schlimm für mich, das kannst du mir glauben. Ich hätte mir gewünscht, dass sie mitkommt. Stattdessen haben wir uns scheiden lassen.«

»Das tut mir leid. Und es tut mir leid, dass ich so neugierig war.«

»Schon in Ordnung, man kann es ohnehin nicht ungeschehen machen. Zu anderen Verwandten habe ich keinen Kontakt mehr. Ich war ein Einzelkind, meine Eltern sind beide gestorben. Verwandte leben in den USA, aber ich glaube, das habe ich schon erzählt.«

»Ich erinnere mich.«

Wieder trat eine Pause ein, Anton trank sein Bier aus, der Rest im Glas war schon ganz warm geworden. Er sollte dieses Misstrauen endlich ablegen, hinunterspülen, dieser Mensch war die Chance. Steiner trank ebenfalls aus, sie würden wohl noch eine Runde bestellen.

»Und du? Schreibst du regelmäßig nach Hause?«

»Immer seltener. Bepa, meine kleine Schwester, hat einen Wegmacher geheiratet, sie haben eine kleine Wirtschaft daneben. Ihr geht es ganz gut. Meine Mutter lebt auch noch, sie ist bei ihr. Und meinen Bruder Josl … hat der Alkohol ruiniert. Er hat ständig randaliert und die Wirtschaft verkommen lassen. Die Nazis haben ihn in ein Lager eingesperrt, damit er endlich arbeitet. Er ist dort gestorben.«

III

34

PODGORA, 1939

Verdammt! Fast wäre er ausgerutscht. Der Fuß hatte einen Halt gesucht, aber da war auf einmal nur Luft. Er ruderte mit den Armen und fand endlich sein Gleichgewicht wieder. Vor ihm lag die Böschung. Er hatte vergessen, wie tief unten der Bach jetzt floss. Als er ein Kind gewesen war, hatte er ihn mit einer Armlänge erreicht. Seit vor ein paar Jahren ein Arbeitstrupp der Wildbachverbauung wochenlang schlammige Erde geschaufelt und ein kleines Tal gegraben hatte, war das Gewässer nie mehr über seine Ufer getreten. Doch wenn man jetzt zum Wasser wollte, musste man den Hang hinuntersteigen.

Josl drehte sich zur Seite und stieg Schritt für Schritt ab, indem er die Schuhe seitlich in den Hang verkeilte. Langsam. Mit dem pochenden Brummschädel wurde der Abstieg nicht leichter. Sein Blick verfing sich in den Tautropfen, die an den Grashalmen neben ihm glitzerten. Er stieg noch immer seitlich und hantelte sich mit der Rechten an den Grasbüscheln der Böschung weiter, bis er am Ufer stand.

Er setzte sich ins nasse Gras am Bachufer und streifte den Schuh ab. Verfluchter Stein! Den ganzen Weg hatte er ihn gemartert und die Ferse aufgerieben. Er pickte ihn aus dem Schuh und warf ihn in den Bach. Umständlich zog er den Socken vom Fuß. Die Ferse war blutig. Er tauchte den Fuß ins eisige Wasser. Der Kälteschock übertönte den Schmerz, es tat gut. Er hätte nicht so viel trinken sollen.

Zum Schluss noch den Schnaps. Und dann noch mit Mitzka ins Bett. Er hatte ihr noch beim Zusammenräumen geholfen, die Stühle hochgestellt und sich immer wieder an ihnen festgehalten. Dann wischte sie den Boden im Gasthaus auf, während er noch den Rest der Zigarre rauchte und einen Sliwowitz trank, einen letzten. Zu Mittag hatte er einem Bauern einen zweischarigen Pflug verkauft, das war der erste Schnaps gewesen. Geschäfte machen war im Gasthaus leichter, deswegen war er fast jeden Tag hier. Und der Schnaps ließ die verfluchte Inflation vergessen.

Er blickte auf ihren Hintern, während sie auf Knien den Boden rieb. Es rührte ihn, wenn er sie so sah. Haute er sonst schnell mit der Faust auf den Tisch und brüllte durchs Lokal, war er bei Mitzka nie aufbrausend, sie verstand es, ihn sanft zu machen. Während er sonst mit Schimpfwörtern nicht geizte, fand er in ihrer Kammer zarte Worte, von denen er selbst bis dahin nichts wusste.

Mitzka stellte Kübel, Reibbürste und Lappen weg und nahm ihn an der Hand, sie stiegen hinauf unters Dach. Im Zimmer unter dem Gebälk war es heiß, er rollte sich auf sie und war selbst überrascht, wie schnell die Lust unter dem Gewicht des Rausches auftauchte. Er kam schnell und schlief danach sofort ein.

Fünf Stunden später rüttelte sie ihn. »Du musst heim, die Schweine warten. Was bist denn du für ein Bauer.« Sie stieß ihn von der Strohmatratze, er fiel auf den Boden. Sie wuschen sich eilig aus derselben Waschschüssel. Er hatte Mühe, das Gleichgewicht zu halten, sein Schädel dröhnte. Und wenn schon. Den Weg von Sittersdorf nach Podgora würde er im Schlaf finden. Irgendwann hatte dann der Stein zu reiben begonnen. Und jetzt saß er da.

Er zog den Fuß aus dem Wasser. Viel besser. Er zog Socken und Schuh wieder an und wollte sich erheben. Als er die Muskeln anspannte, drehte sich alles. Noch ein wenig rasten. Wenigstens fünf Minuten hinlegen, hinein in den Hang. Das Gras war noch tauig, die Luft angenehm kühl. Die Schweine würden die paar Minuten warten.

Er legte sich in den nassen Hang und versuchte sich an den gestrigen Abend mit Mitzka zu erinnern. Und an den Picej, dem er den Heuwender vermittelt hatte, einen leichten, von einem Pferd zu ziehen. Hoffentlich würde er bald zahlen. Vielleicht klappte es ja mit dem Landmaschinenhandel. Immer mehr Maschinen gab es, in Klagenfurt hatte er neulich Traktoren gesehen, das wäre doch was. Dann könnte er die Wirtschaft verkaufen und Mitzka heiraten, vielleicht.

»He da, was machst du da unten? Heil Hitler!«

Er schreckte auf und blickte hinauf. Zwei Burschen in SA-Uniform, noch nie gesehen. Woher kamen die um sechs Uhr Früh, hier im letzten Winkel des Landes?

»Hörst du nicht? Heil Hitler! Was machst du da unten?«

Er erhob sich und klopfte Grashalme von den Ärmeln. Na wartet, ihr Rotzbuben. Die machten sich einen Spaß. Wie war er mit einem Mal wach! Er arbeitete sich Schritt für Schritt hinauf. Verfluchte Hitler-Anhänger. Glauben, sie können sich alles erlauben, nur weil ihr Führer im März hier einmarschiert ist. So viel hatten sie versprochen, die braunen Redner im Festsaal des Wirtshauses, der Führer im Radio. Aufschwung. Arbeit für alle. Keine Inflation mehr.

Alles Lüge. Seine finanzielle Situation hat sich keinen Deut gebessert, wo blieb denn der Aufschwung? Das Einzige, was anwuchs, waren die Schulden auf der Bank. Und Slowenisch reden war jetzt überhaupt verboten.

Die beiden standen noch immer oben wie versteinert und

schauten hinunter. Mit jedem Schritt nach oben wuchs Josls Ärger. Und wenn sie doch gefährlich waren? Ruhig.

»Ich habe mich ausgeruht, warum?«

Keine Antwort.

Zwei Meter noch. Diese arroganten Jungen. Wahrscheinlich hatten sie irgendwo durchgezecht und wollten ihn nun ärgern mit ihrem Hitler-Getue. Glaubten, sie wären etwas Besseres. So viele Leute waren bei der Bewegung dabei, die vorher für alles zu feig gewesen waren und sich nunmehr wichtig vorkamen, weil sie vor dem Anschluss nächtens deutschnationale Parolen auf Mauern geschmiert hatten. Er stand jeden Tag um fünf auf und ging in den Stall und kam einfach nicht von den Schulden runter. Und die richteten sich's.

Er war oben, stand ihnen gegenüber, keuchte. Ein Großer, ein Kleiner, noch keine Männer. Glatte Kindergesichter. Was bildeten sich die ein. Er selbst musste aussehen wie ein Landstreicher, Gras auf den Ärmeln, Erde unter den Fingernägeln.

Die beiden rissen zugleich ihren rechten Arm in die Höhe. »Heil Hitler!«

Dieser überhebliche Blick!

»Ich scheiß auf euren Hitler. Glaubt ihr, mir hat er was gebracht? Einen Dreck!«

Er schrie es hinaus, gar nicht so sehr gegen die zwei, sondern gegen den Baum, das Gras, die kühle Morgenluft.

Die beiden blickten für einen Moment ratlos, dann grinsten sie einander an.

Die waren sicher aus der Stadt, vielleicht besuchten sie Verwandte hier. Der Frühzug in Sittersdorf musste ja gerade gekommen sein.

»Oho, da lästert einer gegen den Führer«, sagte der Größere langsam. Er hatte eine dünne Nase und auffallend hängende Augenwinkel, die ihn älter aussehen ließen.

Josl war immer noch schwindelig.

»Das wird die Polizei in Sittersdorf interessieren. Name, Wohnort!«, krächzte der Kleinere.

Josl wischte durch die Luft.

»Erschießt mich doch mit euren Waffen, ich muss jetzt heim, die Schweine warten.«

Er drehte sich weg und schritt an den beiden vorbei. Im selben Moment gewahrte er zwei weitere Gestalten, die gerade aus dem Wald vor ihm kamen. Noch zwei Burschen in SA-Uniform. Wahrscheinlich gehörten sie zu den anderen oder waren verabredet. Aber um diese Zeit? An diesem Ort?

»Der hier geht mit!«

Das war die Stimme des Langen hinter ihm.

Auf einmal standen zwei vor und zwei hinter ihm.

Klar denken, ganz ruhig, sagte er sich, die Burschen können auf dumme Gedanken kommen.

»Hört auf mit dem Unsinn, ich muss nach Hause« – weiter kam er nicht. Ein Schlag in die Magengrube, zugleich trat ihn jemand von hinten in die rechte Kniekehle. Er fiel auf die Knie, verharrte kurz mit aufgerissenen Augen in dieser Stellung und kippte vornüber. Dann Tritte, von links und von rechts.

»Hört auf! Die Schweine! Ich muss die Schweine füttern!«

Er hörte jemanden lachen, ein anderer sagte »Schweinebauer«. Endlich hörten die Tritte auf, der Schmerz stellte sich ein. Er merkte, wie ihm ein Blutfaden aus dem Mundwinkel tropfte.

Dann sprach einer, nah an seinem Ohr.

»Wir begleiten dich noch auf deinen Hof, füttere die Schweine, dann nehmen wir dich mit.«

Es musste ein böser Traum sein. Sich im Schmerz nach Hause schleppen. Zwei marschierten ihm voran, die anderen beiden stützten ihn, wenn er umzufallen drohte. Die zwei Kilometer wollten nicht zu Ende gehen. Josl war todmüde, er überlegte, ob ihn vielleicht der Schmerz noch wachhielt und ihm Kraft gab, ja, ohne Schmerz wäre er längst umgekippt. Dann der Gedanke: Es ist ein Scherz. Ein böser Bubenscherz, aber ein Scherz. Nur noch ein wenig durchhalten, dann klärt sich alles auf.

Endlich Podgora. Der Nachbar Lipej kam gerade aus dem Stall und blieb stehen, rammte die Mistgabel in den Boden und stellte einen Fuß darauf. Josl hoffte, er würde etwas zu seinen Gunsten sagen, aber Lipej stand nur stumm da, als wollte er nicht verhindern, was nicht zu verhindern war.

Die vier blieben vor dem Stall stehen und rauchten. Josl machte sauber, gab den Schweinen die angegorenen Rübenschnitzel von gestern. Die Rippen taten ihm weh, auch auf den Beckenknochen hatte einer getreten. Die Gedanken drehten sich unaufhörlich. Sie machen einen Spaß, einen ganz großen Spaß. Wenn ich aus dem Stall komme, sind sie weg, am Abend werden sie ihren Kameraden lachend erzählen, wie sie einen besoffenen Bauerntölpel gefoppt haben.

Er trat aus dem Stall. Sie standen noch da, als hätten sie Angst vor ihrem eigenen Mut bekommen. Er ging zum Brunnen und pumpte sich Wasser auf die Hände. Alle vier sahen ihm zu.

»So, genug, jetzt könnt ihr heimgehen«, sagte Josl.

»Ausweis holen und mitkommen«, sagte der Lange.

Die zwei später Hinzugekommenen begleiteten ihn ins Haus. Josl schämte sich für die Unordnung, die entstanden war, seitdem er alleine wohnte. Bepa hatte geheiratet und die Mutter mitgenommen, ohne Frau im Haus war er ein wenig verwahrlost. Kurz dachte er an Anton, der immer ordentlich gewesen war und weit weg in Argentinien nichts von diesem Zirkus mitbekam.

Er war nun der Letzte, der vom Hof ging. Wenigstens für

ein, zwei Tage. Solange er denken konnte, war der Hof noch nie allein gewesen. Morgen wäre er sicher wieder zurück. Mitzka würde das hier auf Vordermann bringen, er hätte sie schon längst fragen sollen.

Sie gingen vom Hof, durch den Weiler.

Lipej stand noch immer da und schaute. Mit der Mame war er immer gut ausgekommen.

»Lipej, schau auf meine Schweine in der Zwischenzeit!«

Lipej nickte.

Stand da wie eine Statue. Würde er mir jetzt helfen, so spekulierte Josl, dann nähmen sie ihn am Ende auch noch mit.

Šime, der Dorfgendarm, unrasiert und narbige Knollennase, schüttelte den Kopf. »Josl, was machst du für Sachen«, sagte er auf Slowenisch, als er die Zelle aufsperrte. Josl setzte sich auf die Pritsche und lauschte dem Gespräch.

»Wir müssen Meldung machen«, sagte der Lange in der SA-Uniform.

»Muss das sein? Der ist ja nur besoffen«, sagte Šime und setzte sich an seinen Schreibtisch.

»Er hat den Führer beleidigt!«

Šime mochte es nicht, wenn jemand ihm etwas erklärte. »Mein Gott, ich kenne das Gesetz. Man kann es auch als ›groben Unfug‹, Paragraph 360, sehen. Hatten schon so Fälle. Morgen ist er wieder nüchtern. Ich kümmere mich um ihn.«

Der Lange beugte sich zu ihm.

»Sie wissen wohl nicht, dass hier jetzt anders gespielt wird. Der Kerl wird angezeigt. Und dann kommt er in den Arrest oder er bekommt Arbeitsdienst. So läuft das jetzt.« Es klang bemüht freundschaftlich.

»Der Gendarm hier bin ich. Der Mann ist Bauer, er muss nach Hause«, sagte Šime. Es klang nicht sehr überzeugend.

»Es sind neue Zeiten, Herr Postenkommandant.«

Der Lange beugte sich zu dem noch immer sitzenden Gendarmen. »Und in denen wird auch kein Slowenisch mehr gesprochen. Das kann negative Auswirkungen auf die Karriere haben.«

Er richtete sich auf. »Kärntner, sprich Deutsch!«

»Die Sprache ist Ausdruck deiner Gesinnung!«, sekundierten die anderen drei, die abseits beim Fenster standen und die Šime ganz vergessen hatte.

35

VÖLKERMARKT/KLAGENFURT, 1939

Vom Vogelgezwitscher wachte er auf. Die Zelle war bereits taghell, obwohl es nicht früher als sechs Uhr sein konnte. Sein Mund war trocken, er glaubte, ein altes trockenes Geschirrtuch statt der Zunge zu haben, seine blauen Flecken schmerzten. Warum hatte er bloß nicht den Mund halten können. Es stank nach Urin. Seit gestern Mittag, als sie ihn von Sittersdorf in das Gemeindegefängnis nach Völkermarkt überstellt hatten, hatte er weder gegessen noch getrunken. Er hatte sich auf die untere Liege des Stockbetts gelegt, später hatten sie einen gebracht, der sich als Rudi vorstellte und ohne ein weiteres Wort nach oben kletterte und sich schlafen legte. Josl träumte vom Bach, von dem sie ihn weggeholt hatten, das Plätschern weckte ihn auf, der Harndrang war übergroß. Er glitt von der Pritsche und schlich zum Kübel und erleichterte sich. Wenig später hörte er Rudi herunterklettern und dasselbe tun, er schlief trotz des Gestanks bald wieder ein.

Die Sonne zeichnete einen kleinen Streifen auf die gegenüberliegende Metalltür. Auf dem Bett über ihm rumorte es, Rudi stieg die Sprossen herunter. Josl setzte sich auf und bot ihm einen Platz neben sich. Sie sprachen ein paar Worte, Rudi lebte in einer Hütte in der Sandgrube und schaufelte für ein paar Reichsmark den Bauern den Wagen voll, wenn sie ein Haus oder einen Stall zu verputzen hatten. Eigentlich war er arbeitslos und weigerte sich, eine Stelle beim RAD anzunehmen. Arbeitszwang, so ein Unsinn, er hatte doch Arbeit.

Josl erzählte davon, dass er sich gestern, als er abgeholt wurde, einfach Luft machen musste. Er hätte Arbeit in einer Gemeinde leisten sollen, in Klagenfurt Straßen kehren oder auf irgendwelchen Feldern Entwässerungsgraben ausheben. Er hatte sich nicht beherrschen können und gebrüllt, dass er kein Straßenkehrer, sondern ein Bauer sei und gefälligst zu seinem Hof gebracht werden müsse. Dass er sich das nicht gefallen lasse. Er hatte sich gewehrt. Daher die blauen Flecken. Und daher Gemeindegefängnis.

Draußen am Gang wurde eine Tür geöffnet, Schritte näherten und entfernten sich.

Josl sprang auf und schlug gegen die Tür. »Wasser!«, rief er auf Deutsch.

Am Gang Stille.

Dann das Geräusch einer entriegelten Tür. Schritte, Worte, deutlich zu verstehen. Dem Klang nach mussten die Polizisten von südlich der Drau sein.

»Wasser! *Voda!*«

An der Tür tat sich etwas, Josl wich zurück.

Sie sprang auf.

»Red Deutsch, verdammter Slowene. Das ist das Deutsche Reich. Raus mit euch!«

Josl kannte den Mann, er hieß Karl, stammte aus dem Nachbarort und hatte wie er Deutsch erst in der Schule gelernt.

»Na los, mitkommen! Alle beide!«

Sie wurden in zwei verschiedene Räume zum Verhör gebracht. Ein Mann, ganz in Schwarz gekleidet, saß Josl gegenüber, daneben hockte ein kaum Zwanzigjähriger mit weißem Hemd und schwarzen Ärmelschonern vor einer Schreibmaschine, Karl stand an der Tür.

War das ein Verhör? Der Mann las einen Gesetzestext vor

und schien keine Antworten zu erwarten. Das Zimmer verschwamm kurz vor Josls Augen. Sein Durst war übergroß, seit vierundzwanzig Stunden kein Tropfen Wasser. Sein Blick sog sich am Trinkglas fest, das der Mann während des Gesprächs zweimal füllte und austrank.

Das Lechzen nach Wasser ließ Josl nur einzelne Worte wahrnehmen … gemäß dem grundlegenden Erlass über die vorbeugende Verbrechensbekämpfung … arbeitsscheu … Person, die durch ihr asoziales Verhalten die Allgemeinheit gefährdet … Vorbeugehaft gemäß Paragraph …

Während die Schreibmaschine ratterte und klingelte, stand der Polizist auf und goss mit dem Rest des Wassers aus dem Krug die Zimmerpflanze mit fleischigen Blättern, die auf einem Schrank neben dem Tisch des Sekretärs vor sich hin kümmerte.

Josl schloss die Augen, er war ein Kind, er badete im Bach, das Wasser war eiskalt, er tauchte unter, tauchte auf, sog das Wasser ein, spuckte es in weitem Bogen aus.

»Unterschreiben!«

Seine Hand zitterte, er schrieb dort, wo der Finger des Polizisten das Blatt an den Schreibtisch presste.

Rudi war schon in der Zelle, auch er hatte kaum verstanden, worum es bei dem Verhör, das keines gewesen war, überhaupt ging. Sie tauschten Blicke, keiner sagte ein Wort, jeder legte sich auf seine Pritsche und murmelte vor sich hin. Nach einer halben Stunde riss ein Wärter die Tür auf und stellte zwei Blechnäpfe auf den Steinboden. Er schöpfte Erbsensuppe in die Näpfe, es spritzte über den Rand. Zwei Löffel klirrten auf den Boden, ein Email-Litermaß mit Wasser wurde daneben hingestellt, auch hier schwappte es über.

Josl aß gierig und musste sich danach zwingen, die Suppe nicht zu erbrechen. Den Liter Wasser teilten sie sich in abwechselnden Schlucken ohne ein Wort, sie ließen das halb volle Gefäß stehen, wer weiß, wann sie wieder welches bekämen.

In der Nacht gingen seine Gedanken im Kreis. Wie würde das weitergehen? Wie lange würde er eingesperrt sein? Wer würde die Tiere versorgen? Was würde mit dem Hof, wenn er länger in Haft bliebe? Aber das war ausgeschlossen.

Er würde ja arbeiten, alles richtig machen. Er müsste sich nur besser unter Kontrolle haben. Er würde es versprechen, gleich bei der nächsten Gelegenheit, dann könnte er zurück.

Doch die Gelegenheit kam nicht. Am nächsten Tag saß er um sechs Uhr Früh auf einem Lastwagen mit Sitzbänken, der von Völkermarkt nach Klagenfurt fuhr, um dort Soldaten abzuholen. Er trug Handschellen, zwei Polizisten, denen diese Aufgabe keine Freude zu machen schien, saßen links und rechts von ihm. Sie sprachen das gebrochene Deutsch, das sie als Unterkärntner in der Schule gelernt hatten. Seine Bitte um Gehör und die Versicherung, in Zukunft alles richtig machen zu wollen, überhörten sie. Sie auf Slowenisch, das sicher ihre Muttersprache war, anzureden, traute er sich nicht.

Der Wagen hielt vor dem Gefangenenhaus Klagenfurt. Die Begleiter gaben ihn ab wie ein Paket, der Klagenfurter Polizist bestätigte den Neuzugang und wies Josl eine Zelle zu, in der sich schon fünf andere Insassen drängten. Wie es sich herausstellte, waren alle als Asoziale hier, Leute, die nicht arbeiten wollten, zwei waren berufsmäßige Bettler.

Nach zwei Stunden klimperte ein Schlüsselbund, die Tür sprang auf. Sie mussten mit den Insassen der anderen Zellen im Hof antreten, es waren zusammen etwa dreißig Männer.

Nach dem »Stillgestanden! Hände an die Hosennaht!« gingen die Polizisten weg, es passierte gar nichts. Die Männer sahen einander an. Einige begannen, von einem Fuß auf den anderen zu wechseln.

»Nur nicht niederhocken!«, sagte einer.

Josl konnte nicht sagen, wie lange sie hier standen. Eine Stunde? Eineinhalb? Ihn schmerzte der Rücken mehr als die Beine, die er nicht mehr spürte. Es war immer noch wie ein langer Kater nach einer durchzechten Nacht. Ein Albtraum im Halbschlaf, kurz vor dem endgültigen Erwachen. Ein grausames Spiel, das endlich zu Ende sein musste. Er war hungrig. Einige stöhnten, niemand traute sich laut zu sprechen. Sicher war es schon Mittag, die Sonne schien auf sie. Er sah dem Schattenrand zu, wie er über die vergitterten Fenster des Innenhofs wanderte. Einige urinierten hastig an Ort und Stelle und stellten sich wieder in Position.

Ein Mann in schwarzer Uniform trat in den Hof, gefolgt von zwei Polizisten in Grau. Erst jetzt fiel Josl ein, dass diese schwarzen Männer mit den Totenkopfabzeichen von der SS waren. Er hatte sich nie für die Nazis und ihre Organisationen und Abteilungen interessiert, aber den Namen SS hatten seine Zechkumpane und Geschäftspartner immer mit Ernst und wissendem Kopfnicken genannt. Schutzstaffel. Er hatte sich darunter nichts vorstellen können, hatte nie einen gesehen. Was oder wen schützten die? Es waren die Ärgsten von allen, sagten seine Freunde. Nun hatte er mit ihnen zu tun. Es war gar keine Polizei gewesen, die ihn verhört hatte. Wie dumm war er doch!

»Abmarsch! Beeilung! Hopp, hopp!«

Die Gefangenen glotzen – so lange stehen und plötzlich diese Eile? –, bis ein Polizist einen Knüppel zückte und auf die erste Reihe zuging. Sofort liefen alle zum Ausgang, wo weitere Leute in Schwarz warteten.

»In Zweierreihe Aufstellung vor dem Tor, schneller, Himmelherrgott, schneller!«

Sie trabten auf die Straße hinaus, einige stolperten, wurden von anderen aufgerichtet. Die Zweierreihe formierte sich die Fassade des Gefangenenhauses entlang, SS-Männer vorne, hinten und an der Seite. Die Straße, ein schwacher Geruch von Freiheit.

»Wer versucht zu fliehen, wird erschossen. Abmarsch!«

Der Zug setzte sich in Bewegung, Josl kam es wie eine Schulklasse vor. Wie lächerlich! In Zweierreihe durch die Stadt. Aber wohin? Sie passierten einen kreisförmigen Platz, ein Hotel, Taxis und Fuhrwerke standen davor. Menschen glotzten. Sie bogen in eine lange schnurgerade Straße mit vielen Geschäften ein. Nun erkannte Josl erst, wo sie waren. Bahnhofstraße. Sie gingen Richtung Bahnhof. Für eine Sekunde erblickte er durch eine Querstraße den Marktplatz, den er mit der Mame so oft aufgesucht hatte. Das Gasthaus, in dem er einmal die ganze Tageslosung versoffen hatte.

»Schneller, hopp, hopp.« Sie beschleunigten den Schritt, einige verfielen zwischendurch in einen langsamen Trab. Leute blieben stehen und starrten sie an wie exotische Tiere.

Der untere, von Bäumen beschattete Teil der Bahnhofstraße war weniger belebt. Josl fröstelte. Welcher Tag war heute? War nicht schon Mai? Ein Händler mit einem Handkarren kam vorüber und spuckte aus. »Gesindel! Bummelanten, elendige!«

Der Mann an der Spitze führte sie vorbei am Bahnhofsgebäude über die Geleise hinter den letzten Bahnsteig. Leere Güterwaggons mit Stroh, in denen sonst Vieh transportiert wurde. Vor der offenen Schiebetür lag eine umgedrehte Holzkiste, über die sie einstiegen. Die Tür rollte zu und wurde von außen verriegelt.

Geräusche drangen nach innen, Züge fuhren weg und kamen an. Einige Insassen begannen laut zu schimpfen und hämmerten an die Waggonwände. Einmal gab es einen Ruck, die

Lokomotive oder ein weiterer Waggon wurde angekoppelt. Pfiffe ertönten, Dampfkessel zischten. Dann wieder gebrüllte Befehle. Schließen von Waggontüren. Die Sonne schien immer stärker durch die Luftlöcher, die über den Köpfen der Gefangenen lagen, es wurde heißer. Verdammt noch mal, wann ging es weiter? Wieder dieser Verlust des Zeitgefühls. Standen sie eine Stunde, zwei?

Endlich ein Pfiff, nah, ein Ruck, der Zug rollte an.

Josl verlor das Gefühl für die Zeit. Es musste Nachmittag sein, als der Zug eine halbe Stunde stand, der Waggon blieb verriegelt. Die Männer pissten in die Ecken des Waggons, der Urin rann durch die Ritzen am Rand und unter das Stroh. Man konnte nicht mehr überall sitzen. Dann ging die Tür auf, weitere Gefangene wurden in den Waggon gepfercht. Salzburg, sagten die Neuankömmlinge. Ab jetzt mussten alle stehen. Der Transport ging also ins Altreich.

Josl hatte bisher nicht gewusst, dass man auch im Stehen schlafen kann. Zumindest war er immer wieder weggetreten. Die Fahrt schien kein Ende zu nehmen.

Endlich ging die Tür auf, es war schon dämmerig, überall Soldaten. Unter Gebrüll liefen sie durch eine kleine Stadt. »Schneller, Gesindel!«

Als sie durch eine Siedlung trabten, brach neben ihm einer zusammen. Weiter, nur nicht umdrehen, er hörte Schläge und Geschrei, weiter.

Der Weg führte an Holzhäuschen vorbei, die wie aus dem Bilderbuch aussahen. Vorgärten, Blumentröge, grün lackierte Zäune, Hecken.

Es war dieser Anblick, der Josl schaudern machte, mehr als alle Gewalt und Willkür. Zwei Gedanken kamen ihm zugleich: So möchte ich leben, ohne schwere Arbeit, in einem Häuschen, mit Frau und Kind, warum nicht hier, in Deutschland, im

Altreich statt auf meinem dreckigen Hof im letzten ärmlichen Winkel Österreichs. Und: Wenn ich nie wieder zurückkomme, habe ich nie die Möglichkeit, so zu leben, ich habe nicht einmal die Chance, in größter Armut zu leben, vielleicht sterbe ich hier. Dies alles in einem Wimpernschlag.

»Schneller, Himmelherrgott!«

Sie trabten weiter durch einen kleinen Wald, einige keuchten und husteten bereits. Ein Zaun tauchte auf, dahinter eine umzäunte Barackensiedlung. Sie traten durch ein Tor, das auf beiden Seiten einige Meter von Mauern gesäumt war.

»Willkommen in Dachau«, sagte einer neben ihm.

36

MAUTHAUSEN, 1939

Er musste an Dachau denken. Vor sechs Jahren war es gewesen. Alles wiederholte sich.

In Dachau hatte man Wäckerle nach vier Monaten seines Amtes enthoben, weil er Häftlinge sinnlos ermordete, in Mauthausen war dasselbe mit Sauer passiert, weil er zu milde gewesen war. Dabei hatte Kamnik beiden Lagerkommandanten geraten, keine Ausnahmen zu machen und vor allem jede verfügbare Arbeitskraft zu nutzen. Beide waren zu schwach gewesen. Und beide Male waren die Tschechen daran schuld. Viele von ihnen, die in Dachau und dann auch in Mauthausen eingetroffen waren, sprachen fließend Deutsch, waren Akademiker oder Fabrikanten und außerdem keine Juden. Sie waren präventiv verhaftet worden, bevor sie auf die Idee kommen konnten, einen Widerstand zu organisieren, hatten nichts verbrochen. Trotzdem trugen sie gelassen die nie gewaschene Häftlingskleidung, aßen jeden Tag die dünne Kohlsuppe und verrichteten gleichermaßen schwere und leichte Arbeiten wie Kleider und Koffer sortieren, wobei sie oft auf ihr eigenes Hab und Gut stießen.

Wäckerle war fahrlässig gewesen und hatte gute Arbeiter sinnlos getötet. Und Sauer, unter dem die Häftlinge oft tagelang nichts zu tun hatten, war offenbar der Gegenpol dazu, aber für Kamnik lief es aufs Selbe hinaus: Beide vergeudeten wertvolle Arbeitsressourcen

Kamnik war auch in Mauthausen vom ersten Tag an dabei gewesen. Als er hörte, dass in Österreich ein Lager speziell für

»schwerbelastete, unverbesserliche und auch gleichzeitig kriminell vorbestrafte und asoziale Schutzhäftlinge« gegründet wurde, war er begeistert. Endlich wurde etwas gegen die Arbeitsverweigerer gemacht!

Er überwachte die Verlegung der dreihundert Häftlinge von Dachau in die Ostmark, die die Erstbelegung bildeten, er beriet Sauer, der ziemlich verloren war, vom ersten Tag an, vielleicht auch ein wenig zu eifrig, da der ihn dann eine Zeit lang nicht sprechen wollte. Dieser geschniegelte Schönling mit dem eigenartigen ostpommerschen Dialektsingsang – er sagte »Beeme«, wenn er Bäume meinte – würde es nicht lange machen, das ahnte Kamnik von Anfang an.

Es erfüllte ihn mit grimmiger Genugtuung, dass Ziereis, der neue Kommandant, diesem Schlendrian ein Ende setzen sollte, zugleich ärgerte er sich, dass er selbst nicht zum Zug gekommen war, obwohl er so viel Erfahrung mitbrachte. Ziereis würde jedenfalls aufräumen. Man erzählte von ihm, dass er bei dem geringsten Vorfall Häftlinge antreten ließ, zufällig auswählte, und sie sofort erschoss. Die Ungewissheit, dass es jeden treffen konnte, verschaffte Respekt, und darum ging es bei diesen Asozialen. Die meisten hier waren ja solche Ballastexistenzen, Arbeitsscheue, Alkoholiker, Bettler oder solche, die sich als Schwachsinnige tarnten.

Kamnik fand das Verhalten der Kapos, die ja selbst Häftlinge waren, primitiv. Das Einzige, was ihnen einfiel, war draufloszuschlagen. Aber auch die Folterungen, die sich seine Kollegen ausdachten, fand er einfallslos und keinesfalls Respekt gebietend. Das Sesselwürgen ödete ihn an. Wenn der Häftling am Boden lag und der umgekippte Sessel mit der Lehne auf dessen Kehle, der Kollege sich dann auf die Enden der Lehne stellte und hin und her wiegte, flößte das etwa Respekt ein? Hier verwechselten die Kameraden Hass mit Achtung! Wenn der Häftling überlebte, hatte sein Respekt nicht zugenommen, da war sich Kamnik sicher. Außerdem war seine Arbeitskraft geschwächt, und was hatte das für einen Sinn? Diese Lager sollten die Asozialen ja an die Arbeit gewöhnen, die sie verachteten. Wenn sie schon geschwächt wurden oder zugrunde gehen sollten, dann durch Arbeit.

Und wenn er hier schon keine Raketenantriebe entwickeln konnte, so konnte er doch erreichen, dass er geachtet wurde.

Auch Vizelagerkommandant Bachmayer verstand das nicht mit den Arbeitskräften. Mit ihm diskutierte er oft. Eines Tages wurde er Zeuge, wie Bachmayer zwei Häftlinge mit einer zwei Meter langen Leine an einen Pfosten band und seinen Schäferhund, der auf den Namen »Lord« hörte, auf sie losließ. Der ausgehungerte Hund riss die Schreienden in Stücke. Nicht dass er die Bestrafung nicht guthieß. Aber welch sinnlose Vernichtung von Arbeitskraft! Welch vertane Chance, die Opfer Respekt und Unterwürfigkeit zu lehren!

Nein, er hatte kein Verständnis für die Kameraden, die mutwillig Häftlinge töteten. Etwas, das es nur in Mauthausen gab, war die Stiege, von allen Todesstiege genannt, auf der die Häftlinge die Granitsteine auf Rückentragen hinaufschleppten. Oft brach einer auf der Stiege zusammen, manchmal starb einer. Der höchste Genuss für manche Kollegen war es, den obersten anzustoßen. Wenn er es nicht schaffte, sich abzufangen, fiel er mit seiner Fünfzig-Kilo-Last auf den nächsten, und alle fielen um wie die Dominosteine die Treppe hinunter, wobei auch durch die Granitbrocken Leute zu Tode kamen. Wie dumm und unproduktiv! Die Leute sollten doch arbeiten bis zum letzten Atemzug!

Hingegen begann er es hier noch mehr zu genießen, wenn er den Leuten seinen Willen aufzwingen konnte, wenn er seinen Willen zu dem ihren machte, so sinnlos die Tätigkeit sein mochte. Ich entscheide, ob du hier eine Stunde stehst oder sechs. Ich entscheide, ob du heute etwas zu essen bekommst oder nicht, ob ich vor deinen Augen dem Essenskübel einen Tritt versetze und zusehe, wie du versuchst, die versickernde Suppe vom Boden zu schlürfen. Respekt. Demut. Unterordnung. Das zählte. Es gab so viele Möglichkeiten.

Anfangs hatte er Fehler gemacht, sicher. In Dachau hatte er erprobt, wie viele Stunden er Häftlinge im Winter im Freien angebunden stehen lassen konnte, dass sie gerade noch überlebten und als Arbeitskraft nicht verloren gingen.

Einmal ließ er, als ein Insasse eine Kartoffel gestohlen hatte, alle Häftlinge der betroffenen Baracke antreten. Sie mussten ihre Kleider ausziehen, waschen und zum Trocknen aufhängen. Um drei Uhr morgens ließ er die nackt schlafenden von einem Kapo aus den Pritschen scheuchen, die nassen Kleider anziehen und bis zum Morgenappell draußen stehen, bis die Kleider steif waren.

Er hatte übertrieben, das sah er dann. Zwei starben noch am selben Tag, die anderen kamen wegen Fiebers in die Krankenbaracke fielen als Arbeitskräfte aus. Auch zu weit hatte er es getrieben, als er einem Häftling, der vergessen hatte, ihn zu grüßen, befahl, sich nackt in den Wassertrog am Brunnen zu legen. Es war Februar und die Temperaturen noch immer gegen null Grad. Er spritzte ihn mit kaltem Wasser ab, bis der Häftling sich erbrach und das Bewusstsein verlor. Er fiel einige Tage wegen Fiebers aus. Das war kontraproduktiv.

Es ging um den Willen und um Respekt, nichts anderes. Einen Aufsässigen zwanzigmal aus dem Fenster in den Dreck springen lassen, Holzscheite von A nach B tragen lassen und wieder zurück, jemanden mit den Armen hinter dem Rücken aufhängen.

Respekt. Die Achtung, die er in der Münchener Villa nie bekommen hatte. Dieses Leben war so fern, unwirklich, als ob er es nur geträumt hätte. Von seiner Frau hatte er nichts mehr gehört, die Gesellschaft, in der er sich bewegt hatte, gab es nicht mehr. Erst nachträglich war ihm aufgefallen, wie viele Juden es gewesen waren, mit denen er Umgang gehabt hatte. Egal. Er war jetzt auf Seiten derer, die sagten, was richtig und was falsch war.

Wenn er freihatte, las er Bücher über Kampfflieger, die er sich von seinen ehemaligen Münchener Kollegen schicken ließ, die nun für Messerschmitt in Augsburg arbeiteten. Mit Michael, einem Konstrukteur, unterhielt er einen Briefwechsel, von dem er sich Informationen über die neuesten Entwicklungen bei den Strahltriebwerken erhoffte. Der ehemalige Kollege durfte jedoch nichts preisgeben.

An manchen Wochenenden trank er mit Kollegen, die wie er im Ort eine Wohnung hatten, ein Bier oder unternahm Spaziergänge, die ihn die Donau entlang führten.

Es war bei einem dieser Spaziergänge, als er Steffi begegnete. Sie war die Tochter eines Kärntner Schneiders, den es nach Oberösterreich verschlagen hatte, passte auf kleine Kinder auf und lebte ledig im Haushalt ihrer verheirateten Schwester. Sie war nicht das, was er als schön bezeichnet hätte, aber die disparate Mischung von mädchenhaftem Getue und Bitterkeit, von gespielter Schamhaftigkeit und abgehärmtem Sarkasmus nahm ihn sofort ein. Und: Sie brachte ihm Respekt entgegen. Sie war einunddreißig, hatte vor acht Jahren ein lediges Kind verloren und, wie sie sagte, mit den Männern abgeschlossen. Auch er hatte nicht die Absicht gehabt, sich mit einer Frau einzulassen, da er ganz in seiner Tätigkeit aufging und darin Erfüllung fand. Sie weckte in ihm etwas, was er schon begraben hatte. Es störte sie nicht, dass er zwölf Jahre älter und geschieden war.

Sie heirateten im März 1939, als die ersten Tschechen im Lager eintrafen, und bezogen ein Haus im Ort, das einem jüdischen Arzt gehört hatte. Im Sommer merkte Steffi, dass sie schwanger war. Sie verlor das Kind am achten September, eine Woche, nachdem der Krieg ausgebrochen war.

37

Josl hatte sich nicht vorstellen können, dass es einen schlimmeren Ort als Dachau gab. Vier heiße Sommermonate hatte er dort für die Trockenlegung eines Moores schlammige Erde geschaufelt. Erziehung durch Arbeit lautete die Parole. Es gab auch tatsächlich Leute, die offenbar dieses Erziehungsziel erreicht hatten und entlassen wurden.

In Mauthausen hingegen waren schon die ersten Stunden von einer Hoffnungslosigkeit überschattet, die jede Aussicht, aus diesen Mühlen wieder zu entkommen, zunichtemachte. Der Zug schnaufte am frühen Abend in den Bahnhof ein, die Neuankömmlinge wurden im Eiltempo zum Lager getrieben. Wer liegen blieb, wurde erschossen. Sie mussten sich in der Abenddämmerung, es war empfindlich kalt Ende Oktober, entlang einer Mauer aufstellen. Josl schätzte, dass er eine halbe Stunde wartete. Jeder wurde einzeln aufgerufen und musste zuerst in die Quarantänebaracke.

Obwohl er nur aus einem anderen KZ überstellt wurde, hatte er die vorgeschriebene Prozedur zu durchlaufen: Er gab die Dachauer Kleidung ab und ging unter die Dusche mit eiskaltem Wasser, die ihn noch Minuten später immer wieder frostig zucken ließ. Nackt auf einer Pritsche liegend und zitternd vor Kälte wurde er am ganzen Körper rasiert. Das stumpfe Messer schnitt ihn über der Scham mehrmals ins dünne Fleisch. Mager war er geworden, er, der immer auf seinen Speck stolz gewesen war, Zeichen des wohlhabenden Bauern, der genug zu essen hatte. Ein Gehilfe des Barbiers, oder wer immer das war, tupfte die Schnittwunden mit Alaunstein ab. Ein anderer schmierte ihm Petroleum in die stoppelkurzen Haare, Sicherheitsvorkehrung gegen Läuse. Die Flüssigkeit stank bestialisch und brannte sich in die Kopfhaut, die sich zusammenzog.

Die Kleidung, die er danach bekam, war abgetragen und dünngescheuert, sie roch nach Schmierseife und Erbrochenem. Als ob hier in dem neuen Lager die Sachen verwendet wurden, die in Dachau weggeworfen wurden.

Die Baracke umfasste wie im alten Lager zwei Räume, in dem einen standen die Holzgestelle, die vierstöckige Betten vortäuschen sollten, aber hier in Mauthausen gab es keine Strohsäcke, sondern nur Bretter mit losem Stroh, wie er es den Schweinen hineingestreut hatte, wenn die Einstreu aus dem Wald zur Neige ging. Auf die Häftlinge, die zuunterst schliefen, schwebte immer wieder Strohstaub aus den zerschlissenen Halmen darüber und ließ sie niesen. Im anderen Raum befanden sich die Sitzbänke und Tische, an denen nicht für alle Platz war, sodass immer jemand im Stehen essen musste.

Josl wachte schon nach der ersten Nacht mit blauen Flecken auf.

Alles war hier härter, karger, strenger als in Dachau. Jede Einrichtung und Regel schien hier noch mehr darauf ausgerichtet, die Insassen zu drangsalieren und zu demoralisieren.

Wer die Schuhe abends nicht an den Schuhbändern zusammenband und parallel zueinander vor das Bett stellte, kam nicht mit Kniebeugen davon, sondern bekam entweder nichts zu essen oder Schläge. Überhaupt Schläge. Hier wurden nicht viele Worte gemacht, es wurde ohne Vorwarnung geprügelt.

Die Kapos, die auch hier den Winkel am Ärmel trugen, hatten in diesem Lager offenbar völlig vergessen, dass sie Mitgefangene waren. Sie waren durchwegs fett, was im Gegensatz zu den Insassen stand, die hier noch mehr Gerippe waren als in Dachau.

Und sie hatten hier den Gummi. Jeder von ihnen. Josl wusste

zunächst nicht, was damit gemeint war, bis er am ersten Morgen Zeuge wurde, wie ein Kapo ihn gebrauchte. Ein Schlauch, einen halben Meter lang, mit Bleipulver gefüllt und an beiden Enden abgeschnürt. Einer aus seiner Baracke hatte auf dem Weg zum Morgenappell vergessen zu grüßen. Ein Kapo schlug ihn, bis er in die Knie ging, und setzte seinen Weg fort, als wäre nichts geschehen.

»Sie schlagen, wann sie wollen«, raunte ihm der Häftling zu, der beim Morgenappell neben ihm in der Reihe stand. »Es gibt kein System. Einmal schlagen sie dich, wenn du nicht grüßt, einmal, wenn du sie doppelt gegrüßt hast. Und stemme immer die Mütze in die Hüfte beim Grüßen, vergiss das nicht!«

Nach dem Appell standen sie wieder gut eine Stunde, als ob man sie vergessen hätte.

Um ihn flüsterten die Mitgefangenen Gewisses und Halbgewisses: In einer Baracke gab es Zigaretten. Es gab Leute, die Lebensmittelpäckchen von zu Hause bekamen, da kannst du tauschen, wenn du was hast. Dreh niemals einem Kapo den Rücken zu. Von vorne treffen sie bestenfalls die Arme. Von hinten schlagen sie einem den Rücken blutig. Eine angefaulte Kartoffel kann man noch essen, wenn man die grünen Flecken entfernt. Hier sterben Leute durch Arbeit, nicht durch Kugeln. Die im Steinbruch sterben zuerst.

Josl stand still und hörte zu. Bitte nicht in den Steinbruch, murmelte er in einem fort, bitte nicht. Er musste leben, der Hof wartete, er musste hier rauskommen, es musste ja einen Weg geben.

Endlich erschienen drei Wachleute, die die einzelnen Trupps einteilten. Den größten Trupp bildeten die Arbeiter für den Steinbruch.

Josl hatte Glück. Er sollte im Krematorium helfen. Jeden

Tag gab es Leute aus dem Steinbruch, die zusammenbrachen. Manche starben sofort, einige wurden in der Krankenbaracke noch ein paar Tage durchgefüttert, machten es aber meistens nicht mehr lange.

Er kannte die Sache mit dem Krematorium aus Dachau. Die Toten mussten verbrannt werden, es war die einfachste Lösung, nie hätte man so viele Gräber ausheben können. Dort waren zwei Häftlinge mit einem Eselkarren unterwegs gewesen und hatten die Toten eingesammelt.

Hier gab es keinen Esel, sondern zwei Juden, die den Wagen zogen. Josl bekam die Aufgabe, zusammen mit einem Wiener namens Sigi, einem Kommunisten, die Toten auf den Wagen zu heben und übereinander zu stapeln. Da sich Sigi leichter mit dem Schreiben tat, las Josl die Nummer auf dem Arm des Toten ab, Sigi trug sie in eine Liste ein und schrieb sie mit Anilinstift auf die Brust des Leichnams. Da der Stift wasserlöslich war, musste Sigi dem Toten vorher auf die Brust spucken und den Speichel verreiben, sonst hätte man die Nummer nicht gesehen.

Nach dem dritten Tag war der Arbeitsablauf zur Routine geworden.

Die meisten starben auf der Latrine, Josl hatte keine Ahnung warum. Fast jeden Morgen lag einer neben seinen Exkrementen, Unterkühlung oder, als die ersten Frostnächte kamen, steif gefroren. Anfang November hatte er eine Leiche, die am Elektrozaun klebte. Der Draht hatte sich tief ins Fleisch gefressen. Manche Fleischstücke blieben einfach am Zaun hängen.

Meistens fuhren sie mit fünf oder sechs Toten zum Krematorium, manchmal waren es zehn oder zwölf, dann halfen sie den Juden und schoben den Wagen von hinten.

Josl machten die Toten nichts aus. Von ihnen hatte er nichts zu befürchten.

Jeden Tag dachte er an den Hof. Eines Tages komme ich raus. Es kann nicht mehr lange dauern. Sie sehen ja, dass ich arbeite und nicht asozial bin.

Erstaunlicherweise war das Rauchen geduldet. Irgendwie kam man immer zu Zigaretten. Und wenn Josl auch hungerte und schwach war, war er froh, wenn er etwas zum Vernebeln hatte. Er hatte früher nur gelegentlich geraucht, jetzt genoss er jede Zigarette, die ihn auch ein wenig an die Wirtshäuser erinnerte, an das Trinken, an Mitzka. Wie es ihr wohl ging? Ob sie inzwischen einen anderen hatte?

Er stand mit Sigi am Eingang des Krematoriums und blies den Rauch aus, während Sigi von der kommunistischen Weltrevolution sprach und dass die Russen sich nicht gefallen lassen würden, dass Deutschland Polen überfallen und einen Krieg begonnen hatte. Josl betrachtete den weißen Qualm aus seinem Mund und blickte auf die schwarzen Wolken, die aus dem Schlot des Krematoriums quollen. Irgendwann rauchen wir auch da oben, sagte Sigi unvermittelt. Josl schwieg. Ich werde hier rauskommen. Ich habe nichts verbrochen. Ich werde rauskommen, dann wandere ich nach Amerika aus. Mein Bruder hat es schließlich auch geschafft.

38

Mit jedem Tag des Krieges kamen mehr Leute aus Polen, Juden und Nichtjuden. Viele erreichten das Lager mit blutigen Gewändern und mussten die ersten Tage und Nächte einfach nur stehen. Einige brachen zusammen und schafften es nicht mehr auf die Beine. An starken Tagen kamen Josl und Sigi mit dem Einsammeln kaum nach.

Es war ein klarer kalter Tag Mitte November. Josl und Sigi hatten ihre Runde beendet und standen mit acht Leichen auf dem Wagen vor dem Krematorium. Ein Kapo näherte sich dem Karren, von dem Josl und Sigi die Körper auf Traggestelle hoben, die andere Häftlinge in Richtung Verbrennungsofen trugen. An der Tür war es immer angenehm warm, weshalb Häftlinge, die hier zu tun hatten, länger verweilten. Wenn es zu lange war – was war zu lange? – und ein Kapo das sah, gab es Schläge.

»Wenn ihr hier fertig seid, zum Bahnhof. Ausladen!«

Josl nickte.

Sie luden die restlichen Körper ab und ließen den Karren zurück. Der Bahnhof war in Wirklichkeit ein Gleis, das an einem Schuppen endete, in dem die Lebensmittel für die Wachmannschaft aufbewahrt wurden.

Andere Häftlinge machten sich schon an den Waggons zu schaffen und luden mit braunem Papier umhüllte Pakete ab. Zwei Kapos mit Gummis standen daneben. Josl strauchelte, da er das Gewicht des Pakets unterschätzt hatte, fand aber das Gleichgewicht wieder. Am Boden des Waggons erhaschte sein Blick weiße Brösel und ein Pulver. Zucker und Mehl. Daraus wurde Brot und Kuchen für die Wachmannschaften gebacken, Speisen, die die Häftlinge nie sahen. Josl lief das Wasser im

Mund zusammen. Seltsam, dass er noch so viel Speichel hatte, er hatte gedacht, er wäre schon ausgetrocknet.

Vielleicht würden sie wenigstens das Mehl in ein paar Tagen in einer dünnen Mehlsuppe sehen.

Die Kapos beobachteten jeden Handgriff. Ein Häftling nahm mit einer angefeuchteten Fingerkuppe ein paar Kristalle vom Waggonboden auf, bevor er das nächste Paket anfasste. »Pass nur auf, sie sehen alles«, sagte ein anderer.

Josl lud seine Pakete im Schuppen ab. Was hier alles lagerte! Er blickte auf Regale voller Fischkonserven, Einmachgläser mit Gemüse und Marmeladen, beim nächsten Mal erspähte er Würste, die an einem Haken von einem Querbalken hingen. Er taumelte hinaus, sein Magen krampfte sich zusammen. Das nächste Zuckerpaket. Nur einen kleinen Happen hier abzweigen, eine Wurst, ein Glas Marmelade, eine Handvoll Zucker. Er erinnerte sich daran, dass die Mütter zu Hause kleinen Kindern, die schlecht ernährt waren, Zuckerwasser gaben, damit sie zu Kräften kamen. Konnte er sich noch an den Geschmack von Zucker erinnern? Es war so lange her, dass er etwas Süßes gegessen hatte.

Ein Schrei.

Josl wandte den Kopf. Ein Kapo schlug mit dem Gummi auf einen Häftling ein, es war der, der die Zuckerkristalle aufgelesen hatte. Der Mann fiel um, der Kapo schlug weiter, bis sich das Gewand am Rücken rot färbte. Der Häftling erbrach sich. Der Kapo gab ihm einen Tritt und forderte ihn auf, sich zu erheben. »Helft ihm!«, bellte er zwei andere Häftlinge an, die den Geschlagenen aufhoben. Sie schleppten ihn zum Waggon, weitermachen. Josl eilte mit seiner Last in den Schuppen. Nur nicht auffallen.

Als er zum Waggon zurückkam, stand bei den Kapos ein SS-Mann, den er bisher noch nie gesehen hatte. Hager, dunkle

Brauen. Sigi kniete vor ihm und rieb mit einem Büschel Gras an seinen Stiefeln.

»Es reicht, weitermachen mit dem Ausladen!«, sagte der SS-Mann.

Josl durchzuckte es. Der Klang der Stimme erinnerte ihn an etwas Vertrautes, aber Unangenehmes. Der SS-Mann blickte Josl an.

»Schau nicht so blöd! Nächstes Mal putzt du!«

Der Mann drehte sich um und ging weg.

Dieser Klang. Das Kärntnerische, gepaart mit dieser herrischen Geste. So redeten die *nemčurji,* die Deutschtümler. Ein Landsmann vielleicht.

Sigi erhob sich und ging mit Josl zum Waggon, nächstes Paket.

»Was war das jetzt?«, fragte Josl auf dem Weg zum Schuppen.

»Pass nur auf, dass du dem nicht übern Weg läufst. Das ist Kamnik. Hauptscharführer. Ist sonst drüben bei Baracke eins.«

Sie luden ab und gingen zurück. Man müsste an den Zucker herankommen. Oder wenigstens an ein Glas Marmelade.

»Wenn du ihn nicht schnell genug grüßt, musst du ihm mit Gras die Stiefel putzen. Oder auch einfach so, wenn es ihm einfällt. Das ist aber das Geringste. Wenn er schlecht aufgelegt ist, lässt er dich dreißigmal in den Dreck springen und dann die Kleider waschen. Er ist der, der letztens einen aus Baracke eins mit den Armen nach hinten aufhängen ließ.«

Josl hatte die Schreie noch im Ohr, der Häftling hatte geschrien, bis er bewusstlos wurde. Die Schreie hatten die murmelnde Stille des Nachmittags zerrissen, noch schlimmer war es, als sie aufhörten.

Sie luden die letzten Pakete auf und trugen sie Richtung Schuppen, der Waggon war leer.

»Kamnik … das klingt slowenisch. Ich dachte mir schon, als ich ihn reden hörte: Das ist sicher ein Kärntner.«

»Na dann viel Glück, ein Landsmann«, sagte Sigi und spuckte aus. »Das kannst du ja dann vorbringen, wenn er dich einmal abfängt. Landsmann, ha. Bin neugierig, ob dir das etwas nützt. Aber meistens ist er drüben.«

39

Es geschah ein kleines Wunder: Der Blockälteste brachte die Nachricht, dass die Häftlinge Angehörigen schreiben und sich sogar Pakete schicken lassen durften. Es gab natürlich eine Zensur, sodass Josl nichts über die Zustände im Lager, nichts über seine Arbeit, über die Demütigungen, die Läuse, über die nicht heilenden Wunden, nichts über die täglichen Leichen schreiben konnte. Die meisten kritzelten belanglose Sätze wie »Geht es euch gut?« oder »Liebe Grüße an die Angehörigen« auf das Papier, viele taten sich schwer mit dem Schreiben. Josl biss die Zähne zusammen, als er Bepa schrieb. Wenn seine Schwester wüsste, wie er hier dahinvegetierte, wie er mit Leichen statt mit Landmaschinen hantierte, wie mager er geworden war, wie ohnmächtig und verzweifelt er war. Er merkte, wie ihm eine Träne die stoppelige Backe hinunterlief.

Er schrieb einen lieben Gruß an sie, ihren Mann und die Mame und bat um eine Salami.

Das Essen hier verdiente ja diesen Namen nicht. Im Gasthaus hätte er den Überbringer solcher Brühen angebrüllt und gefragt, was das für ein Fraß sei. Die halbe Tasse Gerstenkaffee am Morgen, der Teller Rübensuppe zu Mittag und das Wursträdchen mit Brotstück am Abend war weniger, als er sonst allein zum Frühstück gegessen hatte. Manchmal gab es sonntags auch einen Löffel Marmelade oder Topfen, was ihn an zu Hause erinnerte. Sigi hatte gesagt, dass bei einigen die Wunden nicht verheilten und dahinschwärten, weil das Essen keine Vitamine hatte. Josl wusste nur, dass es zu wenig war. In Dachau war sein Bäuchlein verschwunden, inzwischen mussten selbst seine Wangen hohl sein, soweit er es in den Fensterscheiben und im Brunnentrog sah.

Die Salami kam zwei Wochen später ohne Brief, der sicher der Zensur zum Opfer gefallen war. Alle Insassen der Baracke, die ein Paket bekamen, erhielten es am selben Tag, was Josl Anlass zu Spekulationen gab: Warteten die Wachmannschaften, bis alles beisammen war? Zweigten sie etwas für sich ab? Einige Schreiber warteten vergeblich, keiner konnte sagen, welcher Brief überhaupt hinausgegangen war. Freudiges Stöhnen erfüllte den Aufenthaltsraum, als die Sachen ausgepackt wurden. Die einen zogen Speckseiten aus den Paketen, andere Hauswürstchen, Briefpapier, Zigaretten und Stofftaschentücher, jeweils neidvoll beäugt von den anderen.

Ein Häftling schlug seine Zähne in den durchzogenen Speck und versuchte ein Stück abzubeißen, ihm knickten drei Zähne um. Wenig später erbrachen sich einige, die zu schnell gegessen hatten. Josl lutschte vorsichtig an den Salamischeiben, die er sich herunterschnitt, und tauschte ein Stück der Wurst gegen Zigaretten.

Als am nächsten Tag das Gerücht die Runde machte, dass zwei aus der Baracke entlassen würden, glaubte er zu wissen, dass sich alles zum Guten wenden würde. Offenbar wurde jeder beobachtet, der brav arbeitete, und es gab die Chance, hier rauszukommen. Als Bauer war er doch wichtig für die Volkswirtschaft! Er musste es noch einmal vorbringen, hier in Mauthausen hatte er noch nie vorgesprochen.

Die Gelegenheit ergab sich schneller, als er erwartet hatte.

Er hob mit Sigi gerade einen Toten von Baracke eins auf den Wagen, als ihn ein Geschrei herumfahren ließ. Ein SS-Mann brüllte mit einem Häftling, so etwas passierte häufig. Aber an der Art, wie er das »er« als »ea« aussprach, merkte Josl, dass es ein Kärntner sein musste. Kamnik. Während Sigi mit dem Anilinstift langsam die Nummer auf die Brust des Toten malte, lugte Josl verstohlen hinüber. Da standen Kamnik, ein Häftling und ein Kapo mit dem Gummi. Josl stellte sich neben Sigi, der ebenfalls hinblickte, als Kamnik sich umdrehte.

»Was gibt es da zu schauen?«, bellte er in Richtung der beiden.

Josl und Sigi schlugen wie elektrisiert die Füße zusammen, rissen die Mütze vom Kopf, stemmten sie in die Hüfte und standen, so stramm sie konnten.

»Heil Hitler!«

Der Gruß klang aus ihren Kehlen wie ein Röcheln.

»Die Leichenfledderer!«

Kamnik lachte. Was würde jetzt kommen? Gummi? Josl versuchte, noch strammer zu stehen. Sein Herz raste.

»So muss man grüßen, siehst du!«, sagte er zum Häftling, der hinter ihm stand.

Er wandte sich an den Kapo: »Fünfzig.«

Die Zahl der Schläge.

Der Kapo schlug sofort zu, Josl zählte, steif stehend, unwillkürlich mit.

Kamnik wandte sich wieder zu ihnen, hinter ihm Schläge und Stöhnen. Er schüttelte nachdenklich den Kopf.

»Und? Ziehen die Juden brav?«

Die Frage war so unerwartet wir erleichternd.

»Jawohl, Herr Hauptscharführer!«, sagte Josl, noch immer in starrer Grußhaltung.

»Die Leichenfledderer, Huber und Lipic, richtig?«

»Jawohl, Herr Hauptscharführer!«, sagten beide zugleich.

»Weitermachen!«

Sie wiederholten die Antwort wieder im Chor.

Jetzt oder nie.

»Mit Verlaub, Herr Hauptscharführer!«

»Lipic?«

»Herr Hauptscharführer sind auch Kärntner.«

Kamnik hob die Brauen. Wieder schien er fast zu lachen.

»Das ist wohl das Einzige, was uns verbindet, Häftling Lipic.«

»Herr Hauptscharführer, ich bin hier wegen Haftgrund: Arbeitszwang Gemeinde. Ich bin Bauer und habe einen Hof. In Unterkärnten. Der ist doch volkswirtschaftlich wichtig. Ich wollte fragen …«

»Ja?«

»Ich wollte fragen, ob Sie vielleicht etwas tun könnten, ich bin ein braver Arbeiter und habe mich gebessert. Ich diene dem deutschen Volk.«

Kamnik sah zur Seite, zuerst nach oben, dann nach unten. Josl schielte in diese Richtung. Drüben bei einer Baracke wurden Ziegel gebrannt, Rauch stieg von den kleinen Meilern auf und verlor sich am Abendhimmel.

»Er weiß offenbar weder wo er ist, noch mit wem er redet.«

»Entschuldigen Sie, Herr Hauptscharführer. Es muss ein Irrtum sein, dass ich so lange im Lager bin. Ich bin Bauer, das ist ja auch kriegswichtig, und es gibt doch Krieg.«

Kamnik machte den Mund auf, wollte etwas sagen, überlegte aber eine Weile.

»Wann ist er hierhergekommen?«

»Vor drei Wochen. Vorher vier Monate Dachau.«

»Vier Monate? Dann gibt es den Hof nicht mehr, das sollte er wissen. In solchen Fällen wird der Besitz eingezogen und zum Wohle des deutschen Volkes versteigert.«

Er machte eine wegwerfende Handbewegung.

»Wenn es ein windischer Hof war, ist es ohnehin notwendig gewesen, dass dort ein Deutscher hinkommt.«

»Aber vielleicht gibt es ihn noch. Bitte, Herr Hauptscharführer, Sie sind doch auch Kärntner. Ein Landsmann sozusagen.«

Kamnik schaute überrascht und blies die Luft vernehmlich zwischen den Zähnen aus.

»Er ist aufsässig.«

»Nein, Herr Hauptscharführer, verzeihen Sie, Herr Hauptscharführer …«

Während Josl die Worte litaneiartig wiederholte, wandte sich Kamnik um und rief einen Wachmann, der sofort herbeilief und aufsalutierte. Kamnik schüttelte wieder den Kopf und lachte leise.

»Häftling Lipic ist aufsässig. Die Ziegelei drüben hat Arbeit für ihn. Er wird dreihundert Ziegel zur Baracke D tragen, wo die Baustelle ist, und aufschlichten. Du bist verantwortlich dafür, dass es dreihundert sind. Ich schicke dir in einer halben Stunde jemanden zum Zählen.«

Der Wachmann blickte zu Josl, musterte die ausgemergelte Gestalt von oben bis unten. Ein fragender Blick zu Kamnik, der keine Miene verzog.

Der Wachmann zuckte mit den Schultern und deutete Josl mitzukommen. Er ließ Sigi und den Wagen stehen und trottete mit.

In Josls Kopf rasten die Gedanken. Kamnik weiß, dass ich die Ziegel nicht schleppen kann. Ich werde zusammenbrechen. Und dann? Ein Kapo würde mit dem Gummi kommen und ihn bewusstlos prügeln. Schmerzen, vielleicht Knochenbrüche. Krankenbaracke.

Sie waren an den beiden Ziegelmeilern angekommen: zwei Feuer, um die herum Lehmziegel turmartig mit Zwischenräumen aufgeschichtet waren. Zwei Häftlinge mit rußverschmierten Gesichtern standen daneben und legten Holz nach. Der Wachmann blieb vor einem Unterstand stehen, unter dem gebrannte Ziegel auf einem Holzgestell gestapelt waren. Er deutete auf eine der stuhlförmigen Rückentragen, die an dem Stapel lehnten.

Josl schulterte das Gestell. Schon das Holz war schwer genug. Er mochte nicht daran denken, welches Gewicht die Ziegel hatten. Der Wachmann rief einen der beiden Häftlinge herbei, der am Kohlenmeiler stand. Rotes Dreieck, politischer Gefangener, wahrscheinlich Kommunist.

Er wies ihn an, Josls Trage mit dreißig Ziegeln zu beladen, das würde mit zehnmal Tragen genau hinkommen.

»Mehr packt der dünne Hund sowieso nicht. Besser er leidet länger und bricht nicht gleich zusammen.«

Josl stöhnte. In meinem Zustand packe ich nicht einmal mehr zehn. Dann ist es eben schneller vorbei.

Der Häftling begann mit dem Schlichten. Bei jedem Ziegel zitterten Josl die Knie, bei jedem fürchtete er zusammenzubrechen. Doch er blieb stehen, wackelte, aber stand.

»Dreißig, los, willst du hier Wurzeln schlagen, oder was?«

Der Wachmann lief voraus und stellte sich am Zielort auf, es mochten zweihundert Meter sein.

Ein Arbeitstrupp trabte vorüber, angetrieben vom immer gleichen »Schneller!«. Die Männer warfen verstohlene Blicke auf ihn, stummes Bedauern, stummes »Ich-kann-dir-nicht-helfen.«

Er machte die ersten Schritte und verlor fast das Gleichgewicht. Es ist zu schwer, ich werde stürzen. Nächster Schritt. Er torkelte. Nur nicht nach vorne blicken, sondern auf die Füße. Schritt um Schritt.

Und auf einmal stand er vor dem Wachmann. Er war da. »Abladen!«

Das galt nicht Josl, der Wachmann hatte inzwischen einen weiteren Häftling aufgetrieben.

»Du bleibst stehen!«, bellte er Josl an.

Er hatte wieder dieses flaue Gefühl in den Knien, als er fühlte, wie die Trage leichter wurde.

»Nächste Lage! Hopp, hopp! Schneller!«

Josl ging zurück, so schnell er konnte. Zum Laufen fehlte ihm die Kraft. Ein Kapo stand auf einmal auf der halben Strecke, er wirbelte mit dem Gummi im Kreis, das Sirren klang fürchterlich.

»Schneller, Asozialer!«

Schwarzes Dreieck, dachte Josl, schwarzes Dreieck. Was hieß das nochmal?

»Lauf!« Der Gummi sirrte noch immer.

Josl beeilte sich, stolperte fast.

Der Kapo lachte und ging weg. Er war nur zufällig vorbeigekommen und hatte sich einen Spaß erlaubt.

Ich schaffe es kein zweites Mal, dachte Josl.

Doch irgendwie ging es. War es inzwischen ein Traum? Er fühlte sich in kleinen Momenten außerhalb des Körpers und sah sich zu. Vor Schmerzen und Schwäche war alles taub und leicht.

Auf dem dritten Hinweg knickten seine Knie nach wenigen zittrigen Schritten ein. Er fiel auf die rechte Seite, es tat sofort weh, nur noch Haut und Knochen, kein Fleisch als Polster. Die Ziegel klirrten auf den Boden.

Ein unendlicher Moment der Stille. Er versuchte zu schauen, aber alles verschwamm ihm vor Augen.

Mitzka. Die Nacht in ihrer Kammer im Wirtshaus. Große Geschäfte warteten. Neue Dreschmaschinen. In Amerika haben sie Mähdreschmaschinen, die von Traktoren gezogen werden. Sein Bruder war in Amerika, im Süden.

Der Wachmann brüllte etwas. Ein Sirren, der Gummi. Auf den rechten Oberarm. Auf den Rücken. Wie Messerschnitte. Der dünngescheuerte Stoff riss unter den Hieben wie Papier.

Jemand schlägt, jemand brüllt, Josl weiß nicht, ob es derselbe Mensch ist.

Dann war es auf einmal still, da war etwas Warmes im Mund, dick und schleimig, es musste Blut sein.

Die Stimme Kamniks.

»Wie geht es unserem asozialen Slowenen? Will er noch immer nicht arbeiten? Hab mir die Akte angeschaut inzwischen. Hat den Führer und das deutsche Volk beleidigt. Und jetzt will er noch immer nicht arbeiten. Hat wohl nichts genützt das Lager.«

Josl wollte etwas sagen, der Schmerz war überall und alles beherrschend, jeden Körperteil, jeden Gedanken, er röchelte nur und spuckte die rote Flüssigkeit in den Sand. Dieser verdammte *nemčur.*

»Einfach faul. Wie die Slowenen eben sind.«

Josl wollte schreien, aufstehen, spuckte aber nur Blut.

»Der wird nicht mehr. Lasst mich das machen.«

Josl hörte, wie sich die anderen entfernten oder zurücktraten. Überdeutlich nahm er wahr, wie eine Waffe entsichert wurde, das Ratschen einer Pistole.

Dann eine Stimme an seinem Ohr, ein Metall an seiner Schläfe. *»To so zadnje besede, ki jih slišiš.«* Das sind die letzten Worte, die du hörst. Es war ein slowenischer Satz, im Kärntner Ton gesprochen. Slowenisch. Kamnik sprach seine Sprache.

30.11.1939

Liebster Bruder!

Ich weiß nicht, ob der Brief zu Dir gelangt, wir sind jetzt im Krieg und Franz wird einrücken müssen. Vielleicht brauchen sie ihn aber doch auf der Straße und er kann bleiben. Wo sollen denn die Tanks fahren und die Soldaten marschieren, wenn die Straßen nicht von Wegmachern in Schuss gehalten werden?

Ich wünschte, ich könnte Dir Besseres schreiben, aber wir haben nun traurige Gewissheit, dass unser Bruder Josl gestorben ist. Du weißt ja, dass er wegen der Verweigerung des Arbeitsdienstes ins Lager gekommen ist. Es war schwer genug, einen KZler in der Familie zu haben, aber jetzt ist es noch schwerer zu wissen, dass er nicht mehr ist.

Wir haben vorige Woche Post bekommen von der Lagerleitung aus Mauthausen, wo die Arbeit im Steinbruch sehr schwer ist. Die Todesursache ist Herzversagen. Er wurde gleich verbrannt. Das machen sie dort so.

Die Mame war sehr gefasst, als hätte sie es gewusst, dass es mit ihm kein gutes Ende nehmen wird. Ich glaube ja, dass der Teufel Alkohol an allem schuld ist.

Im Brief ist noch gestanden, dass die Asche bei Bedarf gegen Zahlung von vierundfünfzig Reichsmark übersandt werden kann. Vom Urnik oben der Nante ist ja auch im Lager gestorben und die Urnikin hat erzählt, dass sie dann irgendeine Asche schicken und nur kassieren wollen.

Aber nun etwas Erfreuliches: Unser Bub ist inzwischen zwölf und macht sich gut in der Schule. Er will später die Handelsakademie besuchen und vielleicht wandert er auch noch aus!

Wie geht es Dir? Anita muss jetzt vier Jahre alt sein. Wie sprichst Du mit ihr? Redest Du noch immer kein Deutsch mit ihr? Wir reden zu Hause noch immer Slowenisch, sobald ein Deutscher dazukommt, musst Du aufpassen und nur noch Deutsch reden.

Leb wohl, Deine Schwester

Bepa

40

MAUTHAUSEN/GUSEN, 1945

Kamnik schaltete den Volksempfänger aus. Es war vorüber. Gestern hatte Augsburg kapituliert, die Amerikaner waren ohne einen Schuss in die Ruinenstadt eingezogen. Die Messerschmitt-Werke lagen dort seit einem Jahr in Trümmern. Seit einem Jahr! Trotzdem hatten sie hier in Gusen die Rümpfe weiterproduziert, die Augsburger Fabrik werde wie der Phönix aus der Asche erstehen, lautete die Parole, alle Rümpfe, Holme und Leitwerke würden gebraucht werden.

Kamnik überlegte. Wien war seit vierzehn Tagen in den Händen der Russen, Linz vor drei Tagen völlig ausgebombt worden. Die Schlinge der Alliierten zog sich zu.

Es klopfte.

»Herein!«

Oberscharführer Jeckel trat ein, er war unrasiert und hatte schwarze Ringe unter den Augen.

»Heil Hitler!«

»Heil Hitler! Fragt sich, wie lange noch. Was gibt's?«

»Zwei Wachleute sind verschwunden, Gruber und Baumann, der Kleine.«

»Geht es also weiter. Gestern einer, heute zwei. Wie ist die Stimmung?«

»Mit Verlaub, Hauptscharführer, ich weiß nicht, wie lange wir den Betrieb noch aufrechterhalten können. Die Amerikaner stehen vor der Grenze zur Ostmark. Dachau ist aufgelöst.«

Er stand steif dar, den Blick etwas blöde geradeaus gerichtet.

Kamnik bot ihm einen Platz an. Sie setzen sich.

Kamnik wusste, dass Jeckel wusste, dass sie sich nichts mehr vorzumachen brauchten.

»Jeckel, was soll ich machen. Wer weiß, ob der Führer noch lebt. In Berlin wird um jede Straße gekämpft. Es kommen auch von oben keine Befehle mehr. Wir werden Plan F aktivieren müssen. Ich habe gestern mit Pater Draganović telefoniert.«

Jeckel nickte.

»Drüben im Stammlager sind ein paar Kapos getürmt. Der Rest haut wahrscheinlich in den nächsten Tagen ab. Sie fürchten die Rache der Insassen, wenn sie einmal losgelassen sind. Sie haben die Gummiwürste nicht vergessen. Draganović …?«

Er sah Kamnik an.

Kamnik bemühte sich, streng auszusehen. Wie lächerlich es war, jetzt noch die Form zu wahren. In wenigen Tagen würden die Amerikaner in Linz und in Mauthausen sein. Und auch in den Nebenlagern. Die Häftlinge, die hier noch Flugzeugteile schweißten, die niemand mehr brauchte, würden freie Menschen sein, sie selbst Freiwild. Es gab nicht viele Alternativen. Alle noch umbringen und dann fliehen. Oder gleich fliehen, in der Nacht gleich Plan F in Kraft setzen, Draganović war jedenfalls bereit.

Kamnik hatte gehört, dass in Mauthausen morgen noch eine Vergasung stattfinden würde, wahrscheinlich die letzte. Er erinnerte sich an die erste, bei der er noch dabei war. Dann kamen die Gaskammern. Er war immer dagegen gewesen. Sinnlose Vernichtung von Arbeitskraft. Vertane Möglichkeiten, den Leuten Respekt beizubringen. Daher hatte er sich für Gusen gemeldet, wo er diese Prinzipien noch durchsetzen konnte. Sein Blick fiel auf die Ordner im Schrank gegenüber. Bestimmt waren mehr als zwanzigtausend hier gestorben. Er musste die Akten verbrennen, besser in dieser Nacht als später.

»Herr Hauptscharführer?«

Jeckel hatte offenbar etwas gesagt und erwartete eine Antwort. Egal.

»Plan F«, sagte Kamnik. »Morgen Abend. Kein Wort zu Eckermann und Wolfram. Ich kann mich auf Sie verlassen.«

Jeckel nickte, grüßte und ging hinaus.

Steffi hatte wie jeden Abend gekocht. Der Kartoffelanteil der Speisen war in den letzten Wochen gestiegen, seit einigen Tagen gab es überhaupt kein Fleisch mehr. Das Fisolengulasch schmeckte besser als erwartet.

»Du verstehst es, noch immer etwas hervorzuzaubern. Danke. Isst du nichts?«

Seine Frau schüttelte den Kopf. Hager war sie geworden, die Backen waren eingefallen, glühten aber seltsam rosig.

»Mir ist nicht gut, ich glaube, ich habe mir was mit dem Magen eingefangen. Ich musste mich übergeben.«

Kamnik zog den Mund zusammen.

»Im Lager hat auch jeder zweite etwas mit dem Magen. Kein Wunder bei dem Essen und den vielen Toten in letzter Zeit. Aber es wird bald zu Ende sein. Leg dich doch nieder, wenn dir schlecht ist, du musst nicht bei mir sitzen!«

»Nein, es geht schon. Nur essen kann ich zurzeit nichts.«

Kamnik aß mit großem Appetit. Eine Zeit lang hörte man nur sein Schlürfen und das Klingen des Löffels auf dem Porzellan.

Seine Frau saß noch immer da wie zuvor. Ein abgemagertes, unbekannt gewordenes Wesen. Die sechs Jahre in diesem Lager hatten sie entfremdet. Wusste sie am Anfang noch, dass ihr Mann Gefangene beaufsichtigte, hatte sie doch keine Ahnung, was er die letzten Jahre gemacht hatte. Vernichtung menschlichen Lebens durch Arbeit hatte es am Anfang geheißen. Als sie mit den Massen an Menschen nicht mehr zurechtkamen, war es zu langsam gegangen. Ab '42 dann nur noch Vergasen und Verbrennen, tagaus, tagein. Deswegen war er nach Gusen gegangen. Für Steffi beaufsichtigte er weiterhin Gefangene und war zugleich so etwas wie ein Fabrikdirektor, der jeden Tag spät von der Arbeit kam. Die größte Entfremdung war sicher durch die Kinderlosigkeit geschehen. Sechs Jahre hatten sie es probiert, in letzter Zeit hatten sie kaum noch Verkehr.

»Du wirst fliehen?«

Sie presste die Worte hervor, sie hingen im Raum wie Wäsche, die im Winter an der Leine steif gefroren ist.

»Ja, aber wir machen es wie besprochen. Für dich wäre es jetzt viel zu gefährlich. Ich werde mit Jeckel versuchen, mich durchzuschlagen. Wir müssen froh sein, wenn wir lebendig durchkommen. Wenn uns eine verirrte Granate trifft oder wir schießwütigen Amis begegnen, sind wir tot.«

Er zündete sich eine Zigarette an.

»Sobald ich in Südtirol in Sicherheit bin, kontaktiere ich dich. Sie werden dich verhören, aber du hast nichts zu befürchten. Du weißt nicht, wo ich bin. Du bleibst hier wohnen, so lange es geht.«

»Und wann lässt du mich nachkommen?«

Er blies den Rauch aus.

»Keine Ahnung, wie die Amis dann hier regieren werden, ob es eine Post geben wird oder nicht. Aber warum sollte es keine geben. Ich werde dich dann kontaktieren, irgendeine Verbindung werde ich mir schon einfallen lassen, die keine Rückschlüsse auf meinen Ort zulässt. Bleib einfach hier wohnen, so lange es geht. Das ist schließlich unser Haus. Komm, trinken wir noch einen Magenbitter. Der wird deinem Bauch gut tun.«

Später lagen sie gemeinsam im Bett. Sie drehte sich zu ihm.

»Ich weiß, dass wir uns in letzter Zeit auseinandergelebt haben. Ich hasse es, was du tust. Aber du bist noch mein Mann, auch wenn draußen die Welt untergeht. Wer weiß, wie lange wir uns nicht mehr sehen werden.«

Sie fasste ihn an, sie hatte ihn schon lange nicht mehr berührt, sein Penis wurde sofort hart. Der Akt hatte etwas Verzweifeltes, ein letztes Aufgebot.

41

In der Mittagspause kam die Meldung, dass der Führer, *bis zum letzten Atemzug gegen den Bolschewismus kämpfend*, für Deutschland gefallen war. Dönitz, der zum Nachfolger erklärt worden war, forderte weiteren bedingungslosen Einsatz. Die Amerikaner standen vor Salzburg und hatten bei Kufstein bereits die Tiroler Grenze überschritten.

Kamnik ließ eine normale Schicht fahren. Flugzeugrümpfe für die Me 262, vielleicht gab es ja noch eine klitzekleine Chance, dass die Flugzeuge fertiggestellt würden, auch wenn er nicht mehr da wäre. Nachdem er einen Rundgang gemacht und die ausgemergelten Arbeiter gesehen hatte, schätzte er, dass es am Abend wieder gegen dreißig Tote geben würde. Den ganzen Vormittag über fütterte er den Ofen mit Akten. Von oben kam kein Befehl mehr. Lagerkommandant Eckermann, sonst überall anzutreffen, war nicht zu sehen. Am Nachmittag brachte Jeckel die Pässe und meldete, dass der Wagen bereitstehe. Weitere Wachen waren getürmt, die Insassen waren aber zu schwach, um einen Aufstand oder Streik anzufangen. In Mauthausen, so Jeckel, rotteten sich die ersten Vergeltungsgruppen unter den Gefangenen zusammen, getrennt nach Juden und Spaniern. Auch dort waren Wachen und Kapos getürmt. Hier war es noch relativ ruhig, normale Schicht und Essensausgabe.

Gegen zweiundzwanzig Uhr bestieg Kamnik in Anzug und Mantel, versehen mit Schirm und Koffer, den Wagen. Die Wachen öffneten das Tor, Jeckel stieg aufs Gas.

Die Straßen waren gespenstisch leer. Immer wieder ging Kamnik im Kopf die Landkarte durch. Wenn die Amis durch das Inntal vorrückten, würden sie in ein, zwei Tagen in Innsbruck sein. Im Osten standen die Russen vor St. Pölten und Graz. Die hufeisenförmige Schlinge, die sich zusammenzog, ließ nur einen Weg: den nach Südosten.

Sie nahmen den Weg durch das Salzkammergut. Jeckel hatte den Kofferraum mit Benzinkanistern vollgepackt. Gegen zwei Uhr Früh hielten sie in der Gegend von Hallstatt eine kurze Nachtruhe auf den Autositzen. Vor dem Katschbergpass füllte Jeckel den Tank aus den Kanistern auf. Als sie in Greifenburg in einem Gasthof zu Mittag aßen, vermeldete die Radiostimme des Volksempfängers in der Wirtsstube, dass die Amerikaner oberösterreichischen Boden betreten hätten. In Tirol standen sie noch immer in Kufstein. Osttirol war noch frei. Er aß hastig, zahlte und fluchte, als der Wagen wegen der schlechten Schotterstraße nur langsam vorankam. Dennoch waren sie drei Stunden später in Lienz, wo sie in einem kleinen Gasthof einkehrten. Bis Bozen waren es noch knapp vier Stunden, dort würden die Klostermauern auf sie warten. Die Nachrichten verhießen aber auch für Italien nichts Gutes: Die Deutschen hatten kapituliert, die Amerikaner rückten Richtung Trient vor.

Nach dem Abendessen fischte Kamnik die Landkarte aus seiner Manteltasche und zog mit Bleistift einige Schleifen. Er zeichnete das wieder kleiner gewordene Hufeisen ein, dessen Öffnung nach Südwesten zeigte. Hier mussten sie durch, bevor sich die Lücke schloss. Und es war sicherer, in der Nacht durchzuschlüpfen.

»Wir brechen um Mitternacht auf. Die Carabinieri in Sillian werden zwar keine Schwierigkeiten machen, vielleicht sind auch gar keine mehr dort, aber wer weiß. Notfalls müssen wir ihnen gut zureden.« Jeckel nickte, er verstand. Kamnik hatte für solche Fälle einige Silbermünzen mitgenommen.

Sie bezogen die Zimmer und teilten dem Wirt mit, dass sie

sehr zeitig aufbrechen müssten, daher würden sie im Voraus bezahlen. Kamnik rundete den Zimmerpreis großzügig auf, der Wirt verstand. Keine Fragen, keine Auskunft, sie waren nie hier gewesen.

Als sie am dritten Mai frühmorgens in Bozen anlangten, fragte Kamnik im nächsten Gasthaus nach Neuigkeiten. Er erfuhr, dass die Fünfte Armee der Amerikaner bis zum Gardasee vorgedrungen und dort zum Stillstand gekommen war, nur dreißig Kilometer südlich. Im Norden hatten die Amerikaner kampflos Innsbruck eingenommen. Kamnik und Jeckel verbrachten den ganzen Vormittag im Wagen, am Nachmittag sollten sie im Franziskanerkloster vorsprechen.

Zu Mittag fand Jeckel einen Autohändler und gab ihm den Wagen in Kommission. Der Franziskanerkonvent war nicht schwer zu finden. Die Kirche war von einer Bombe getroffen worden, eine Wand war eingerüstet, Kamnik konnte aber keinen Arbeiter sehen. Wo die hohen gotischen Glasfenster gewesen waren, klafften Löcher. Er klopfte an die Pforte. Ein untersetzter Pater öffnete die Tür. Er hatte so große Geheimratsecken, dass der Haarschopf in der Mitte wie eine Halbinsel wirkte.

»Pater Pobitzer, Hochwürden Franz Pobitzer?«

»Grüß Gott. Das Hochwürden können Sie sich sparen, wir sind Franziskaner. Sie müssen Herr Kamnik und Herr Jeckel sein. Draganović hat mich informiert. Willkommen in Bozen!«

Sie traten ein, die massive Tür schloss sich hinter ihnen.

42

TAINACH/BUENOS AIRES, 1945

Lieber Bruder!

Diesmal muss ich Dir etwas länger schreiben, es ist so viel passiert.

Lorenz ist wieder da! Ich bin so froh, dass er heil von der Westfront zurückgekommen ist. Zum Schluss war er in Salzburg stationiert, das ganz zerbombt ist, dann ist er mit Lkw und zu Fuß Richtung Heimat, weil kein Zug gefahren ist.

Er war ganz ausgehungert und hat sich endlich wieder satt essen können.

Er war aber kaum einen Tag da, als die Partisanen gekommen sind. Eigentlich sollten ja die Engländer alles kontrollieren, aber es gab jetzt ein paar Tage, da ist alles drunter und drüber gegangen und wir haben viel Angst gehabt. So viele Menschen sind an unserer Keusche vorbeigezogen, Deutsche, Kroaten, Kosaken und was weiß ich noch, wie die heißen. Die haben überall am Wegrand gerastet, wenn sie nicht mehr konnten, auch vor unserem Haus. Mir haben sie so leidgetan, die ausgehungerten Gestalten. Ich hab dann dreimal einen großen Topf Erdäpfel gekocht und ihnen zum Essen gegeben. Die haben sich um die Erdäpfel gerauft und sich die Finger verbrannt, so hungrig waren sie.

Es war das dritte Mal das Essen gerade fertig, die Buben hatten Wehrmachtsuniformen, wo alles heruntergerissen war, da ist ein Kübelwagen in den Hof gefahren. Die Buben gleich auf und in die Büsche. Wie die vier Männer ausgestiegen sind, habe ich gesehen, dass es Partisanen waren. Mir ist das Herz stehen geblieben!

Du musst wissen, die haben sich gleich nach dem 8ten Mai die ganzen Nazis geholt und umgebracht, auch oben vom Smlednik den Nante, der immer die Armbinde mit dem Hitlerkreuz getragen hat, haben sie geholt und nicht wieder gebracht.

Der Oberpartisan hat mich gleich als Volksverräterin beschuldigt und gesagt, ich soll nicht für die nemčurji kochen, ob ich vergessen habe, dass ich Slowenin bin.

Aber da ist Gott sei Dank schon Lorenz gekommen und er und der Partisan haben sich angeschaut und begrüßt. Stell Dir vor, der hat ihn von einem Melkkurs noch gekannt, den sie einmal zusammen besucht haben, es war der Bauer Primus Starz von St. Kanzian.

Er hat mir dann befohlen, eine Eierspeis mit allen Eiern aus der Speis für die vier zu kochen, mir war alles recht, auch wenn wir dann keine Eier mehr gehabt haben.

Max hat mit ihm über die alten Zeiten geredet und dass man ja gehorchen musste. Gott sei Dank sind sie dann wieder weggefahren.

Ich hab so große Angst gehabt, aber sie haben von uns niemanden mitgenommen.

Das war es schon, was ich Dir schreiben wollte. Nun ist es ruhiger, aber noch immer sind so viele Leute auf der Straße, als ob alle eine neue Heimat suchen.

Wie geht es Dir? Redest du noch Slowenisch? Hier war es ja bis vor einer Woche verboten, jetzt darf man wieder außer Haus reden, wie man will.

Der Mutter geht es gut, sie lässt Dich grüßen und hofft, dass sie Dich einmal wiedersieht.

Ich denke oft an Dich, an Veronika und Anita. Schick wieder eine Photographie! Vielleicht kommt Ihr uns ja einmal besuchen.

Es grüßt Dich Deine Schwester

Bepa

Liebste Schwester!

Dein Schreiben vom 30ten Mai schon vor einigen Tagen dankend erhalten.

Gott sei Dank ist der Krieg bei Euch aus und die Engländer machen eine Ordnung.

Bei uns hat man ja vom Krieg nichts gemerkt außer dass es unter den Deutschen viele Hitler-Anhänger gegeben hat. Die schauen jetzt durch die Finger.

Slowenisch rede ich nie mehr, ich weiß auch viele moderne Ausdrücke nicht. Ich rede aber auch kein Deutsch mehr, das benutze ich nur noch für diese Briefe an Dich. Mittlerweile bin ich schon ganz argentinisch. Mir schmeckt auch schon der Mate-Tee, der für Ausländer so bitter und nicht zu trinken ist.

Anita geht es gut, sie kommt im Frühling (wenn bei Euch Herbst ist) in die Mittelschule (sagt man so?).

Von dem öffentlichen Leben halten wir uns ganz fern, man weiß hier ja nicht, wem man trauen kann. So sind wir ganz für uns. Auf der Straße ist fast jeden Tag eine Demonstration oder ein Aufmarsch der Arbeiter, momentan sind wieder alle wie aufgestachelt, bald gibt es Wahlen.

Wir haben unser Haus und unseren Garten und unsere Ruhe.

Ich lege ein bisschen Geld bei, das Ihr sicher wieder umwechseln könnt.

Grüße die Mame und umarme sie von mir.

Dein ferner Bruder

Anton

43

BOZEN, 1945

»Jetzt hören Sie mir bitte gut zu. Sie haben keine Ahnung, was da draußen los ist.«

So laut war Pobitzer noch nie geworden. Er saß am Besprechungstisch in seinem Arbeitszimmer, Kamnik war soeben eingetreten.

»Wie sollte ich denn? Seit vier Monaten habe ich dieses Haus nicht verlassen. Aus dem Radio erfährt man ja nichts. Und ich habe noch immer nicht vor, Italienisch zu lernen! Wer sagt mir denn, dass Sie mir alles erzählen, was da draußen passiert?«

Pobitzer atmete tief durch, gleich würde eine Explosion folgen, dachte Kamnik, zum ersten Mal wird dieser knorrige Franziskaner explodieren. Doch er atmete lange aus und schien sich Mühe zu geben, friedlich und gütig zu blicken.

Als ob ihm der heilige Franziskus erschienen wäre.

Pobitzer sprach leise. »Sie haben recht. Im Radio hört man nichts über das Chaos. Wir dachten auch, das sei bald vorbei. Die rückflutenden Soldaten, die Umgesiedelten, die KZler, und nicht zuletzt Leute wie Sie, die ihre Pflicht getan haben. Aber bitte, setzen Sie sich doch!«

Kamnik nahm den Stuhl und setzte sich. Die Tischplatte war ungewohnt hoch, das war ihm schon beim letzten Mal aufgefallen, als er vor einigen Wochen hier gewesen war.

»Pater Pobitzer, das kann doch nicht drei Monate dauern, bis alle dort sind, wo sie hinwollen. Die Eisenbahnen fahren doch längst wieder. Das wäre unter dem Führer nicht passiert.«

Pobitzer sah Kamnik an, der hohe Tisch schnitt den Oberkörper weit oben ab. In der Intarsienplatte spiegelte sich das Fenster und Kamniks Schatten.

»Ich fürchte«, sagte Pobitzer, »es fängt erst an.«

Täuschte sich Kamnik oder bebte die Stimme des Franziskaners leicht?

»Sie haben wirklich keine Ahnung. Es ist, als ob keiner dort bleiben wollte, wo er gerade ist. Es sind Tausende Menschen, die immer noch unterwegs sind, vielleicht sogar eine Million. Und jetzt, wo die Amerikaner von Südtirol abziehen, möchte ich nicht wissen, wer noch alles zu uns kommt. Letzte Woche hat Pfarrer Corradini in Sterzing eine Gruppe in Empfang genommen, in der KZler und SSler waren, stellen Sie sich das vor, in derselben Gruppe.«

Er lehnte sich zurück.

»Und alle, die hierherkommen, wollen weg aus Europa. Sogar die Frau und die Tochter von Reichsleiter Himmler sind seit vierzehn Tagen hier in Bozen.«

»Himmlers Familie? Deswegen ist es umso wichtiger ...«

»Ich weiß, was zu tun ist. Vertrauen Sie mir. Immerhin sind Sie mittlerweile ganz oben auf der Liste«, sagte Pobitzer scharf. »Das mit den Pässen hat sich mittlerweile gut eingespielt. Das internationale Komitee des Roten Kreuzes in Rom stellt täglich ich weiß nicht wie viele aus. Es gibt jetzt dieses neue Formular ...«

Pobitzer stand auf, ging zum Schreibtisch und kam mit einem Stück Papier zurück.

»Formular 10.100. Das wird international anerkannt. Und Bischof Hudal hat auch hier gute Kontakte. Es kann natürlich trotzdem noch zu Verzögerungen kommen, je nachdem ob den Argentiniern jetzt noch einfällt, weitere ... ähm ... Einreisegenehmigungen zu verlangen. Sie wissen, für Berufe, die sie dort dringend brauchen.«

Er machte eine wegwerfende Handbewegung.

»Das wird bei Ihnen ja kein Problem sein, Sie haben ja lange in … in einem technischen Betrieb gearbeitet. Ich sage Ihnen das aber alles rechtzeitig, wie vereinbart. Bitte haben Sie einfach Geduld.«

Kamnik nickte und erhob sich.

»Ich hoffe, das dauert nicht mehr zu lange. Aber danke einstweilen.«

Seine Stimme klang für ihn selbst fremd.

Auch Pobitzer stand auf. »Ich habe großen Respekt davor, was Sie für die deutsche Volksgemeinschaft getan haben. Ich verstehe Ihre Ungeduld, auch wenn ich sie nicht billige. Es gibt für alles eine Zeit, sagt der Prediger Salomonis. Gelobt sei Jesus Christus.«

»In Ewigkeit, Amen«, murmelte Kamnik, setzte sich seinen Hut auf und verließ das Zimmer.

Verdammte Pfaffen. Wer weiß, was hier alles gespielt wurde. Sicher hatte dieser Pater Draganović, von dem er nichts mehr gehört hatte, alle Hände voll damit zu tun, die kroatischen Ustascha-Funktionäre außer Landes zu bringen, die sonst unter den Kommunisten im neuen Jugoslawien alle massakriert würden. Und er musste warten.

Das schrie doch zum Himmel!

Er beschloss, einige langsame Runden im Kreuzgang zu drehen, um sich ein wenig zu beruhigen, bevor er wieder in sein Zimmer zurückkehrte. Pater Siegfried huschte vorbei, Kamnik grüßte mit einem Nicken. Er kannte inzwischen alle elf Patres und ihre Vorlieben. Siegfried war der Cellerar, die Alkoholfahne und seine glasigen Augen ließen Kamnik vermuten, dass er gerade wieder vom Klosterschnaps gekostet hatte. Siegfried bog um die Ecke, andere Schritte näherten sich, Sohlen klackten hart auf dem Steinboden.

»Kamnik!«

Er fuhr herum. Obersturmbannführer Kremhart.

»Theo? Theo Kremhart? Du hier?«

Der vierschrötige Mann mit dem fleischigen Gesicht quetschte Kamniks Hand und schüttelte sie kräftig.

»Kamnik … August, nicht? Was soll ich sagen.«

Er zuckte mit den Schultern.

»Wann bist du gekommen? Wie sieht es draußen aus? Mensch Theo, ich werde wahnsinnig hier!«

Theo klopfte ihm so fest auf die Schulter, dass Kamnik in die Knie ging.

»Komm, gehen wir ein paar Runden. Dann kannst ja du auch erzählen, wie du hergekommen bist. Wobei – du warst ja als Erster weg, da war ja der Krieg noch gar nicht aus. Du ahnst ja nicht, was dir erspart geblieben ist …«

Er räusperte sich, sagte aber nichts.

Sie gingen eine Zeit schweigend nebeneinander.

»Zwei Tage nachdem du abgehauen bist, stand auf einmal ein amerikanischer Panzer im Lager. Wir waren noch vielleicht dreihundert von der Wachmannschaft plus die Kapos. Die Amis haben sich zuerst die SSler geschnappt. Die Häftlinge sind auf die Kapos los, die ganze Wut hat sich entladen. Das waren vor allem die Spanier, die hatten noch am meisten Kraft. Sie haben die Kapos totgetrampelt, aufgehängt, was weiß ich.«

Er schwieg. Seine Stiefel klackten auf dem Steinboden, Kamniks Schritte waren unhörbar. Mit jedem Satz war ihm mulmiger zumute geworden. Er konnte aber nicht sagen, ob der Grund dafür in der Erleichterung bestand, davongekommen zu sein, oder in dem Schauder, den die Erzählung hervorrief.

Kremhart machte eine ausladende Geste.

»Was ich nicht verstanden habe, dass die Amis dann wieder weg sind. Die haben das Lager zwei Tage sich selbst überlassen.

Du hast keine Ahnung, wie es da zugegangen ist. Zwei Tage Anarchie, Abrechnung, Chaos.

Ich bin mit den anderen durch den Wiener Graben hinunter in die Auwälder, du erinnerst dich, zur Donau hin. Sie haben uns gejagt wie Tiere. Wir haben im Wald übernachtet, aber sie waren auch in der Nacht unterwegs. Verdammt, wir hätten sie alle umbringen sollen, das haben wir uns mehr als einmal gesagt. Sie haben einen nach dem anderen zur Strecke gebracht, wie bei einer Treibjagd. Es war verrückt zu sehen, wie abgemagerte Spanier fette Kapos zu Tode prügeln.«

Kremhart schwieg.

Kamnik fixierte eine Steinsäule. Ich darf ihm meine Geschichte nicht erzählen, dachte er. Was ist mir schon passiert außer diesem nervtötenden Warten. Sicher, dieses Kloster schützte ihn, es war ihm nichts passiert, aber das Warten machte ihn mürbe und apathisch.

»Wir haben uns dann den Amis ergeben. Alles besser, als gelyncht zu werden. Natürlich hat keiner von uns den richtigen Namen angegeben, bei einigen ist es aufgeflogen. Bei mir nicht.«

»Wie bist du dann hergekommen?«

»War den ganzen Sommer interniert. Sie haben uns nicht schlecht behandelt. Am Zaun standen noch wochenlang Leute, die uns bespuckt haben. Es ist ja alles rausgekommen.«

Kamnik dachte an seine Frau, von der er nur einmal in den letzten vier Monaten gehört hatte. Man hatte sie verhört, sie wohnte noch im Haus. Er musste etwas sagen.

»Und jetzt nach Südamerika?«

»Ja, Argentinien, so wie du, wie ich gehört habe. Vielleicht reisen wir ja zusammen. Das Rote Kreuz ziert sich noch mit den Pässen. Aber die drüben brauchen deutsche Techniker, egal wer an die Macht kommt, Perón oder der andere. Du bist sicher gefragt dort.«

»Mal sehen«, murmelte Kamnik, dem es nicht recht war, dass Kremhart etwas über seine Pläne wusste. Mit einem Mal wollte er diesen Menschen loswerden, niemand sollte etwas wissen über ihn, woher er kam, wohin er ging.

»Du wirst mich entschuldigen, ich muss mich vor dem Mittagessen noch etwas hinlegen. Es geht mir nicht so gut, etwas erkältet. Wir sehen uns sicher später noch oder sonst morgen.«

Sie schüttelten einander die Hände, Kamnik hatte das Gefühl, dass die staubtrockene Haut Kremharts den Schweiß seiner Hand aufsaugte wie ein Löschblatt, es war ihm unangenehm.

Wenigstens war die Wut verraucht. Alles, was er noch wollte, war weg von hier.

Beim Mittagessen verteilte Pater Siegfried die Post, Kamnik bekam ein Kuvert ohne Briefmarken. Er erkannte die Schrift sofort.

Geehrter Gemahl,

ich kann Dir nicht sagen, wie fürchterlich alles ist. Ich fühle mich ohnmächtig vor Wut und Enttäuschung.

Die Amerikaner haben Filme im Ort gezeigt. Man sah Leichenberge, wie Holz zu Stapeln geschlichtet und vieles andere Schreckliche. Ich brauche Dir nicht weiter davon zu schreiben. Du hast davon gewusst, vielleicht warst Du auch unter den Mördern.

Sie suchen Dich und auch die anderen, die geflüchtet sind. Ich sage ihnen jedes Mal, dass ich nicht weiß, wo Du bist. Sie sind dreimal gekommen. Ich habe nichts zu befürchten und habe hier schon eine Arbeitsstelle als Sekretärin in der Gemeinde gefunden. Ich lerne auch Englisch.

August, ich habe Dir zwei Mitteilungen zu machen:

x Ich bin schwanger. Ich weiß, wie das für Dich klingen muss nach all den Jahren vergeblichen Wartens. Nein, ich habe Dich nicht betrogen. Es muss in der letzten Nacht passiert sein, bevor Du gingst. Aber die Freude ist vermischt mit Bitternis.

x Du bist ein Kriegsverbrecher, die Amerikaner suchen nach Dir. Sie haben beim letzten Besuch gesagt, es besteht die Möglichkeit, dass Du mit anderen Aufsehern einer Racheaktion der Häftlinge zum Opfer gefallen bist. Vielleicht werden sie Dich bald für tot erklären. Ich werde dann Witwe sein.

Vielleicht ist es besser so. Du bist offiziell tot und ich komme nirgendwohin mehr nach. Vielmehr werde ich nach Kärnten zurückgehen, weil ich dort bei Tante Mali wohnen kann, hier falle ich nur meiner Schwester zur Last. Sie ist ja allein und freut sich schon. Ich hoffe, ein gesundes Kind entbinden zu können. Ich will es nicht wegmachen lassen, dafür ist es außerdem zu spät. Es soll nicht wissen, was sein Vater getan hat. Vielleicht wenn es erwachsen ist und die Zeiten andere geworden sind.

Bitte kontaktiere mich nicht. Ich werde Dir nicht antworten.

Leb wohl, viel Glück in der neuen Welt. Schreib mir bitte nicht mehr, auch in Deinem Interesse.

Ich übergebe den Brief einem Franziskanerpater aus Enns, er kennt die Wege.

Adieu

Steffi

44

BUENOS AIRES, 1947

»Steiner? Arbeitet seit drei Wochen nicht mehr bei uns.«

Der Mann erinnerte Anton an Herrn Strauss vor zwanzig Jahren, Halbglatze, Schnurrbart, schwarze Weste über weißem Hemd. Er hob die Augenbrauen und machte eine wegwerfende Handbewegung.

Anton verstand nicht.

»Aber er hat doch hier gearbeitet? Wurde er gekündigt?«

Wahrscheinlich hat er sich deshalb nicht blicken lassen. Es ist ihm peinlich. Der Arme.

»Nein, er hat selbst gekündigt. Kam für uns auch überraschend. Sind Sie ein Verwandter?«

Anton räusperte sich, seine Kehle war trocken.

»Ein Freund. Er hat nichts gesagt.«

»Wie gesagt, es war für uns auch unerwartet. Etwas Privates, hat er gemeint, ich habe dann nicht mehr nachgefragt. Ja, schade, wir waren sehr zufrieden mit ihm.«

Anton konnte es nicht glauben. Wieso hatte Steiner kein Wort darüber verloren? Als er vor drei Wochen zu einem Treffen nicht erschienen war, hatte Anton sich keine Sorgen gemacht. Aber Steiner hatte seither weder angerufen noch eine Nachricht geschrieben.

»Wissen Sie, wo er jetzt arbeitet?«

»Leider nein. Aber in Bariloche wird es nicht so viele technische Büros geben.«

»Bariloche?«

Anton kannte die kleine Stadt, die aussah wie ein Schweizer Dorf und die eine große deutsche Kolonie beherbergte, wenn auch nur aus der Reklame in der Zeitung und auf Plakaten. Wintersport war dort seit Neuestem angesagt, in den letzten Jahren waren Lifte und Hotels aus dem Boden geschossen.

»Ja, er sagte, er wolle nach San Carlos. Hat er Ihnen das nicht gesagt?«

Anton schüttelte den Kopf.

»Nein. Ich danke Ihnen.«

Anton verabschiedete sich.

Auf der Straße versuchte er, seine Gedanken zu ordnen.

Steiner musste in großer Eile gewesen sein. Sicher hatte er viel bessere Arbeit gefunden. Wer würde da nicht wegziehen?

Vielleicht war ja ein Verwandter aufgetaucht, diese Bande waren allemal stärker als eine Freundschaft.

Oder es war etwas vorgefallen, das Steiner unangenehm war. Er hätte ruhig mit ihm darüber reden können. Aber ohne ein Wort zu verschwinden …

Sicher würde Steiner ihn früher oder später kontaktieren.

Anton fühlte sich, als wäre ein Loch in sein Leben gestanzt worden, wie bei einem Lederstück in seiner Werkstatt. Aber warum? Er kannte diesen Steiner doch erst einmal fünf, sechs Wochen. Was wusste er schon von ihm? War er ihm zunächst nicht arrogant und über die Maßen förmlich vorgekommen? Andererseits hatte er schon Jahre nicht mehr mit jemandem über private Dinge oder gar über die Herkunft gesprochen.

Anton schlenderte die Straße entlang, in die Firma kam er noch früh genug. Er konnte sich auf seine Leute verlassen. Und endlich gab es wieder ein paar Aufträge, das konnte in einem Monat schon wieder vorbei sein. Er schritt an einigen improvisierten Buden vorüber, in denen Getränke und Imbisse verkauft wurden.

Dieser Steiner war das genaue Gegenteil von Josl. Vielleicht hätte er so etwas wie ein zweiter Bruder werden können. Wie albern! Anton musste lachen. Und doch steckte ein Körnchen Wahrheit drin. Eine Art Bruder, ja vielleicht sogar ein besserer als Josl, von dem er schon vor der Auswanderung geahnt hatte, dass es ein böses Ende mit ihm nehmen würde. Ein Bruder, zu dem man aufblicken, von dem man Kultur lernen konnte. Aber was war das für ein verrückter Gedanke!

Anton kaufte an einer Bude einen Orangensaft und stellte sich an die Theke. Er beobachtete, wie der Verkäufer einem Jungen zeigte, wie die Orangenpresse funktionierte.

Bereit zu lernen. Darum ging es. Dieser Steiner war unbeholfen und blauäugig wie jeder Emigrant, aber er war höflich und lernwillig.

Er, Anton, war immer nur auf Arbeit und Fortkommen konzentriert gewesen. Vielleicht hätte er gerade so einen Freund gebraucht, um andere Seiten des Lebens kennenzulernen. Vielleicht hätte er auch Gefallen gefunden an deutschen Kulturveranstaltungen, die ihn in den letzten Jahren so abgestoßen hatten, weil sie entweder kommunistisch oder nationalistisch gewesen waren, die linken Theater und Künstler auf der einen Seite, die nationalen Kulturvereine mit ihren Volksliedabenden und ihrer Begeisterung für Faschismus und Nazitum auf der anderen.

Ein Kiosk mit deutschen Zeitungen fiel ihm ins Auge. War Steiner nun Deutschnationaler oder nicht? Anton studierte die Schlagzeilen.

Er kaufte eine Ausgabe des *Argentinischen Tageblatts.* Kalter April in Europa, Hunger in Deutschland, die Leute überfielen Kohlezüge, um sich Heizmaterial zu beschaffen, die Gemüseäcker bei Köln mussten von den Amerikanern bewacht werden, weil die ausgebombten Bürger sie nachts plünderten.

Er verstand Steiner, dass er in diesem Kontinent keine Zukunft mehr sah. Auch er würde nicht mehr zurückkehren, nicht in dieses Europa.

Er nahm die Tram zurück nach Belgrano.

Der Autoverkehr hatte schon wieder zugenommen, die Tram musste immer wieder warten. Irgendwann würde der Verkehr hier total zusammenbrechen.

Wo mochte Steiner jetzt sein?

Anton beschloss, Blumen für Veronika zu kaufen.

45

GENUA, 1946

DAIE. Delegation für Argentinien-Emigration in Europa. Das musste es sein. DAIE stand sicher für die italienische Bezeichnung, aber bedeutete schließlich dasselbe.

Kamnik klingelte. Vom Meer her blies ein kalter Wind. Er hatte während des letzten Jahres in Bozen immer davon geträumt, am Meer zu wohnen, aber im November war es sogar hier unangenehm. Vielleicht lag es auch daran, dass er nicht ausgeschlafen war, im Zug hatte er fast kein Auge zugetan.

Die Tür sprang auf.

Die Dame im Vorzimmer grüßte auf Italienisch und nahm wortlos seinen Rot-Kreuz-Pass und die Empfehlungsschreiben entgegen. Sie sagte zu ihm einige Worte, die er nicht verstand. Schließlich bedeutete sie ihm, sich zu setzen. Wenig später wurde er aufgerufen und trat in ein Zimmer. Ein Untersuchungszimmer, vor ihm stand ein Arzt im weißen Kittel! Davon hatte er nichts gewusst. Der Arzt deutete an, er solle sich freimachen und hörte ihn mit dem Stethoskop ab. Er sah ihm in den Mund, er wurde gewogen und abgemessen. »Malattie« verstand er, Krankheiten. »No«, sagte er und schüttelte den Kopf vielleicht heftiger als notwendig.

»A posto«, sagte der Arzt und verabschiedete sich. Schon fertig? Gott sei Dank!

Als er ins Vorzimmer zurückkam, stand vor der Dame ein Franziskaner in dunkelbrauner Kutte, Sandalen an den Füßen. Seine Züge wirkten streng, er mochte jenseits der siebzig sein, zwei tiefe Falten zwischen Nase und Mund bestimmten das Gesicht.

»Pater Dömöter?«

»Und sie müssen August Kamnik sein. Gelobt sei Jesus Christus.«

Dömöters ungarischer Akzent war nicht zu überhören.

»In Ewigkeit, Amen.«

»Es tut mir leid, dass ich mich verspätet habe, ich hoffe, Sie haben sich zurechtgefunden. Ich habe inzwischen der Sekretärin gegeben, was noch gefehlt hat.«

Kamnik wollte sagen, dass er über ein Jahr gewartet habe, da sei das schon egal, doch die Tür öffnete sich und der Arzt legte umständlich ein Blatt auf den Schreibtisch der Sekretärin, das diese stempelte und in einen Aktenumschlag steckte. Der Arzt verschwand wieder, ohne ein Wort oder einen Blick zu verschwenden. Das Mädchen stempelte weiter an Dokumenten herum.

Dömöter grinste schief, wie Kamnik feststellte.

Er sprach einige Worte zu der Sekretärin, Kamnik glaubte zu verstehen, dass er fragte, ob noch etwas fehle.

Mit einem Lächeln, das eingeübt schien, reichte sie Dömöter ein Bündel Papier. Kamnik erkannte den Rot-Kreuz-Pass und das Landing Permit, die er vorher abgegeben hatte, und weitere Papiere. Dömöter reichte Kamnik das Bündel weiter.

»Ihr Dauervisum für Argentinien. Gratulation!«

Kamnik dankte ihm und faltete das letzte Dokument auf. Endlich hielt er das Papier in den Händen! Jeden Tag im Kloster hatte er daran gedacht und schon befürchtet, es würde nie so weit sein.

Dömöter räusperte sich.

»Ach ja, für welchen Namen haben Sie sich eigentlich entschieden? Ich habe gar nicht nachgesehen. Auswahl gab es ja genug.«

Kamnik nickte und erinnerte sich an den Moment in Bozen, als ihm die Liste vorgelegt wurde. Man hatte ihm geraten, Südtiroler zu werden. Tausende Südtiroler hatten fürs Deutsche Reich optiert. Sie waren jetzt staatenlos, viele von ihnen waren spurlos verschwunden. Er hasste seinen slowenischen Namen seit den Tagen der Volksabstimmung. »Kamen« heißt Stein. Nie war er dazu gekommen, ihn eindeutschen zu lassen wie so viele seiner Kärntner Bekannten. Aus »Klančnik« und »Lipnik« waren »Rainer« und »Lindner« oder zumindest »Glantschnigg« und »Lippnig« geworden. Er sah es als glückliche Fügung, als er die deutsche Version seines Namens auf der Liste gefunden hatte. Diesen Zufall galt es auszunützen. Er wollte ein anderer Mensch werden. Ein Jahr lang hatte er bei den Patres versucht, sein Temperament zu zügeln, hatte viel Zeit in der Stille der Kirche verbracht, hatte sich einen höflichen Tonfall angeeignet, über den er sich selbst wunderte. Er würde ein neuer Mensch sein in diesem Land.

»Steiner. Franz Steiner. So werde ich dort heißen.«

EPILOG

KLAGENFURT, 2008

»Das Buch ist eine Katastrophe für mich. Alle Verbrechen werden aufgelistet sein, alle.« Gunther trank in einem großen Zug und stellte das Glas etwas zu heftig ab. Er erschrak über den Knall, aber zum Glück redeten alle Gäste laut durcheinander, Besteck klirrte, dazwischen drang Hintergrundmusik durch, Easy Listening.

Wie hieß sein junger Kollege ihm gegenüber nochmal? Er blickte so treuherzig, wahrscheinlich hat er Mitleid mit dem alten Sack, der bei seiner Pensionierungsfeier gesprächig wurde.

Gunther schloss die Augen. Nicht dass er bei der Arbeit nie etwas gesagt hätte, er hatte viel geredet, wahrscheinlich viel zu viel, immer leise, hastig, nirgends anecken. Er war ein Kollege mit Erfahrung, hatte immer fachliche Tipps für die Jüngeren gehabt, ein wandelndes juristisches Lexikon, die Kollegen waren dankbar. Aber jetzt war er laut geworden. Es ging ihm an den Kragen. An den Kragen. Hatte er diese Worte laut gesagt? Das Buch würde herauskommen und alles würde drinstehen.

Der junge Kollege, wie hieß er noch mal, ach ja, Koch, Erich Koch, saß noch immer gegenüber, ahnungslos.

»Ich kann dir nicht sagen, wie es mir geht. Ich kann nicht mehr schlafen.«

Gunther wusste, was der Kollege nun sagen würde und dieser sagte es, genau so.

»Niemand kann etwas für die Schuld seiner Eltern. Du bist

sogar posthum geboren. Dezember fünfundvierzig war doch schon alles vorbei. Das ist doch absurd!«

Immer dieselben Plattitüden, aber er sollte milde sein, was konnte der Kollege schon sagen, er war noch keine dreißig. Er wusste nicht, wie es sich anfühlte, wenn du mit fünfzehn erfährst, wer dein Vater war. Wie Rost, der als kleiner gesprenkelter Fleck beginnt und sich schließlich weiterfrisst, bis alles mit einer braunen Patina überzogen ist. Du entkommst der Korrosion nicht, du bürstest, aber der Rost hat sich schon in tiefere Schichten hineingegraben.

Gunther merkte, dass der Alkohol ihn benommen machte. Was hatte er dem jungen Kollegen nochmal erzählt? Wie viel hatte von dem, das durch seinen Kopf jagte, den Weg nach außen gefunden?

Er spürte Erichs Hand auf seinem Unterarm. »Genieße doch die Feier. Schau, die sind alle nur wegen dir hier. Jeder Einzelne. Kein Mensch denkt hier an die alten Geschichten. Und du hast ja noch viel vor im Ruhestand, wie du früher gesagt hast.«

Gunther lief ein Schauer über den Rücken. Dieser junge Kollege will mich trösten und produziert doch eine verunglückte Phrase nach der anderen. Wie hatte er immer gegen Phrasen gekämpft, und doch waren sie Teil seines Berufes gewesen.

Er sollte milder urteilen. Vielleicht war er auch so gewesen als junger Anwalt, ganz sicher. Verständnis für alle, denen es schlecht ging. Tröster der Witwen und Waisen. Pflichtverteidiger aus Überzeugung. Mit leise singender Stimme präzise alle Argumente aufzählend, immer im Kampf für die Unterprivilegierten, die vom Leben keine Chance bekommen hatten.

Er dachte an das Haus seiner Mutter, das er in Zukunft als Pensionist renovieren würde, zuerst würde er das Fundament entwässern, dann das Dach angehen, er hatte viel vor, von wegen Pensionsschock. Der einzige Schock, der ihn nicht schlafen ließ, war jetzt das Buch, dieses verdammte Buch. Bisher unter Verschluss gehaltenes Aktenmaterial. Die vollständigen Biografien der Kriegsverbrecher, die aus Kärnten stammten. Regionalgeschichte.

Es würde ohnehin niemand lesen. Ein paar alte Leute vielleicht. Ein paar Studenten der Geschichte, Pflichtlektüre. Für diese Leser sind die Gestalten von '45 gleich weit weg wie Napoleon oder Luther. Den Jungen ist es egal. Sie wissen auch nicht, was es heißt, ohne Vater aufzuwachsen und dann, mit fünfzehn, den Grund dafür zu erfahren. Sein Gegenüber hatte etwas gesagt.

»Bitte?«

»Die Reden. Freust du dich nicht über die Reden? Ich wusste gar nicht, dass du so viel ehrenamtlich gemacht hast. Mensch, hör doch auf, an dieses Buch zu denken.«

Die Reden. Alle Redner hatten über seine Karriere, seine Studienzeit, sogar über längst vergessene Schülerstreiche gesprochen, aber niemand hatte seinen Vater erwähnt, dessen Name in einigen Besprechungen des Buches in den letzten Tagen in der Lokalpresse zu lesen war.

»Ja, ich war ehrlich überrascht, was die alles ausgegraben haben. Die Präsentation mit den alten Fotos, sehr originell.«

So viel verschwiegen. So viel zugedeckt. Wie viele von den Gästen hier wohl über seinen Vater Bescheid wussten?

»Ich werde hingehen zur Buchpräsentation.«

Das hatte der junge Kollege gesagt. Koch.

»Wie bitte?«

»Ich gehe da schon hin. Mich interessiert diese Geschichte mit den Kriegsverbrechern. Und nochmal: Man kann die Nachkommen ja nicht verurteilen.«

Gunther schüttelte den Kopf.

»Wie schon gesagt, ich geh da nicht hin. Die sprechen mich

sicher an. Und wenn sie's nicht tun, denken sie sich ihren Teil. Hast du das Interview mit dem Autor gelesen letzte Woche? Das mit dem bisher unbekannten Aktenmaterial? Ich hab ihn ja angerufen. Er wollte mir nicht sagen, was er über meinen Vater herausgefunden hat. Erst bei der Präsentation, hat er gemeint. Und ich soll das Buch kaufen.«

Gunther nestelte ein Papiertaschentuch aus der Sakkotasche und wischte sich über die Stirn.

»Ich weiß bis heute nicht, ob sie meinen Vater wirklich mit den anderen hingerichtet haben oder ob er sich doch nach Südamerika abgesetzt hat. Es ist diese Ungewissheit, die vielleicht noch schlimmer ist als das Wissen darum, was er getan hat. Ach vergiss es. Prost, Erich!«

Beide tranken. Die dezente Musik spielte sich für einen Augenblick in den Vordergrund.

Der junge Kollege räusperte sich.

»Ich habe auch mit Ahnenforschung begonnen. Meine Großmutter ist vor Kurzem gestorben. Die war fast hundert, unglaublich. Ich habe sie noch ein paar Mal im Pflegeheim besucht. Josefa hieß sie, aber alle nannten sie Bepa. Komischer Name, nicht? Sie hat immer wieder von ihrem Bruder geredet, der nach Argentinien ausgewandert ist.«

Gunther horchte auf.

»Argentinien kommt in diesem Buch auch vor, ja. Viele Kriegsverbrecher sind damals dorthin geflohen.«

Gunther tat sich schwer mit dem Sprechen, das Bier.

Der junge Kollege, Erich hieß er, warum entfiel ihm das immer, schien mehr zu vertragen, er wirkte noch nüchtern, ja fast wach.

Erich beugte sich zu ihm.

»Eine witzige Vorstellung – mein Vater hatte einen Onkel in Amerika. Onkel Antonio, ursprünglich Anton. Sie haben noch ein paar Jahre lang Briefe geschrieben, Großmutter und er. Aber der Kontakt ist dann irgendwann abgerissen. Vielleicht finde ich bei meinen Recherchen ja noch etwas heraus. Es gab da noch einen Bruder.«

In memoriam
Josl Petek (1902 Podgora/Unterbergen, † 1945 Mauthausen)*
Franz (Francisco) Petek (1905 Podgora/Unterbergen, † 1977 Buenos Aires)*